U0146200

本书收有李森和理论家文章，呈现了学界对近年来新诗写作与批评核心问题的论争。具体分析了张曙光、耿占春、清平、冯晏等诗人的作品。以重估百年新诗的开端与得失为基点，了诗意母语与诗之真实、当代诗的经验主义·当代诗中的语言可信度问题以及句法的变异等重要议题。

中国新诗档案

诗意母语与诗之真实

李森／主编　一行／执行主编

华东师范大学出版社

·上海·

华东师范大学出版社六点分社　策划

主编：李　森

编委会成员：

一　行　方　婷　龙晓滢　朱彩梅　朱振华

纪　梅　李日月　邱　健　何飞龙　明飞龙

符　二　敬　笃　魏　云（按笔画顺序排列）

本卷执行主编：一　行

目　录

诗歌的原木

一行　撰

1

　　有两种木材或木料：一种是原木，另一种是拿各种木材的切片、刨花和边角料压制而成的木料（压木板，又分为密度板和颗粒板）。今天，原木家具已经很少见了，大多数家具用的都是压木板。原木不仅更珍贵，而且更结实、更具有天然的光泽和品质。

2

　　对诗歌来说，也有两种语言方式：一种是从生命和个性深处自然生长出来的语言；另一种是通过短时间、高强度的模拟学习,把各种诗歌语言的成分压缩在一起形成的语言。我们称前者为"原木语言",称后者为"压木语言"或"二手语言"。

3

原木语言的首要特征,在于其密度和结实度完全来自生命时间,它没法在短时间内形成,而是要经历一个从幼态向成熟不断转变的过程。原木材的质量,取决于其树木的品种和年份,也就是天生的质素与时间的作用。"原木语言"的质量,也取决于诗人生命成长历程的真实性和完整性。原木语言无法迅速获得,更不可能跨越生命和语言必经的各个阶段,而是缓慢长成的。其中有一种"慢",可以清楚地看到语言中的年轮,看到每一阶段的变化、成长的痕迹。即使是兰波式的天才,也只是相对地缩短了成长的过程,而并没有跨越阶段;兰波的诗显然是一个青年人的诗,有着青年人精神状态的全部特征。

4

压木语言,是通过二手借鉴、迅速地组合而成的语言,这种语言可以非常快速地获得,是一种速成型的诗歌语言。那些写了一两年就出手惊人的诗人,大多数是用这种二手语言在进行写作。这种语言是聪明的、精致的、老成的,但却是在短时期内通过高强度的模拟学习形成的结果,其中并没有生命经历和真实时间的作用,看不到语言背后的人的真实生命状态。用这种语言方式,一个人可以一上来写得像大师,像晚年风格,掌握各种精致诗风和精妙修辞。可惜它们全都是压制而来的速成品。其结实度和可信度是成问题的。

5

语言不仅要精致、密集、微妙,而且需要可信。可信度的最核心的要求就是语言是否具有与写作者的生命时间或生命状态的匹配度。一个年轻诗人上来就写晚期大师那种诗歌,这固然是天赋惊人,但却根本不可信;同样,那种完全脱离生命实际状态和年龄阶段的精致、老成、世故,都不仅不好,而且是暮气沉沉、缺少青年应有的精气和神采的。二手语言中没有时间的作用,也没有一个自然生命所具有的那种原初的浑朴、欢乐和热情,而只具有一种迅速获取某些东西的欲望。二手语言是急功近利的,它等不及,急切地想要一下子把别人震住,然后借助这种语言满足自己的虚荣心和名利方面的要求。

6

诗歌可以不够成熟,不够精致,但它必须是真实、真切的。它必须能够与我们实际所处的生命阶段和生命状态相匹配、对应,这时诗歌才是生命自身的显露。我们不要假装具有自己实际不具有的成熟度和理解力。这样，通过长时间的精神成长和语言修行，语言才可能臻致一种自然的浑朴、一种可信的结实和精妙。原木语言显现为一种包含着修行、经历和生命阶段特征的神采，比如，青春期的语言具有一种朝气，一种面对世界时的信心、热情和爱欲，甚至有一种不够成熟却包含潜能和活力的稚嫩。青春期的诗人没必要写得像中年人和老年人。因为青春期的缺点本身，也具有一种诚恳的光芒在其中。海子、骆一禾的诗既不精致也不成熟，但因这种光芒而有穿透力。

7

因此，对于许多青年诗人来说，可能最重要的，还是摒除所有的杂念，从速成班式的写作训练中摆脱出来，返回自己的实际生命状态之中，从那里获得、培育自己语言的真实种子。也就是说，把二手语言置换为原木语言，学会信赖真实和时间的力量。这种置换越早发生越好，否则，在二手语言的道路上走得越远，就越会妨碍原木语言的发生，甚至完全失去培育原木语言的可能。只有原木语言才是可以生长的；二手语言只能不断更换配方和混合技术，在风格上改头换面（通常是跟随写作风尚的变化而变化），却不会有任何内在的成长。我们不能为了诗歌语言的现成效果，而牺牲诗歌语言的可生长性；不能为了让语言暂时显得精致、高级，而牺牲写作的真实性，牺牲更长远的语言前景。

8

提出"原木语言"，并不是在否认向前辈大师们学习的必要。但这种学习是缓慢吸收阳光雨露和土壤养分的过程，是一种生命自然成长的过程，而不是直接、立刻将大师们的语言进行分析拆解后，拿来重组、压缩成自己的语言。原木语言的天然性，是从诚恳而来的对生命状态的原初展示，不掩饰自己的弱点和缺陷，而是信任时间和成长会将这些弱点逐渐变成必要的力量来源。你是什么样的人，是什么年龄阶段的人，就写什么样的诗。原木语言是朴拙的(不一定是老年的朴拙，也可以是青年的朴拙)。朴拙的秘密就在于，一开始是真实的笨拙，但在修行中，笨拙会发生转变，变成一种与自身生命不可分离的完整和浑朴的精神。抱朴守拙，是形成原木语言的第一要求。

9

提出"原木语言"，也不是在否定技艺的重要性。诗歌是一种技艺，这一点毋庸置疑。但是，除了精致的技艺，还有朴拙的技艺；除了语言的技艺，还有精神的技艺。朴拙的技艺，其实质就是运用阿甘本所说的"不做……"的潜能(阿甘本《什么是创造行为》)，也就是"知道何时不使用技艺"的技艺。技艺是二阶的，既包含写或说的能力的运用，能把语言弄得精致、微妙、漂亮；更包含不写或不说的能力的运用,懂得何时应该不精致、不微妙、不漂亮,懂得回撤和沉默。诗人不仅是用言说能力来写作的人,更是用沉默的能力来写作的人。沉默的能力,需要精神的修为。精神的技艺或修为,就是逐渐地去除虚荣和炫耀之心(柳宗悦《工艺之道》),而能够诚实地展现自身生命的本相。精神的技艺,就是使语言与生命完全合一、相互映照的技艺。诗艺不仅是对语言进行雕琢的技艺,更是对生命和精神进行打磨的技艺。这种打磨,并不意味着要求青年诗人也像晚年诗人那样完全去掉任何锋芒和光彩,而只是要去掉所有不是来自生命本身的、虚饰性的光。青年诗人大多具有一种竞争意识和好胜心,这是青春期的生命的本相,用不着完全去除;但我们应该禀承尼采所说的"荷马的竞赛"式的精神,让这种竞争成为生命本相之间的竞争,而不是各种速成的二手语言之间的竞争。健康的、具有朝气的竞争,应该是两棵树之间在比赛高度和结实度,而不是两件压成的木制家具之间在比较花纹的精致。

10

信赖真实和时间的力量。如果语言中有原木,它一定会不断生长。

重估价值:百年新诗的开端与得失

——2019年新诗评论综述

纪梅　执笔

时间来到2019年,中国新诗已踏过百年门槛。在新诗研究领域,对"开端"进行辨析性回溯,梳理脉络发展,对诗人的思想资源(西方/传统)、写作方法乃至对写作意图进行反思和考量,依然构成了研究和评价工作的重心。围绕"第三代诗人"和"朦胧诗"产生的相关争论,在今天也存在着并不微弱的回响。本文将选取2019年中国现当代诗歌评论中被较多关注的问题和话题,进行梳理和综述,以期为当代新诗和诗歌评论、研究提供另一个观察视角。

一、重估开端

如萨义德所言,开端是"意义产生意图的第一步",指定一个"开端","都是用于得出、阐明或界定一个'在后'的时间、地点或行为的"。① 中国新诗的开端曾被广泛指认为胡适发表于《新青年》1917 年第 2 卷第 6 号的《白话诗八首》，出发点更多是出于这八首诗歌所展现出的与"之前"在语言形式上的断裂和差异。由于种种原因和意图，特别是联系到"开端"与"之后"的联系，《白话诗八首》的头把交椅一直未能豁免质疑与争论。

在《轻燥的开端——"新诗百年"驳论》(《当代作家评论》2019 年第 3 期)一文中，作者顾星环便对胡适《白话诗八首》作为中国新诗"开端"的说法提出了质疑。她的理由包括：首先，据胡适自陈，其新诗创作起于 1916 年，而非发表时的 1917 年；另外，胡适后来曾表示《白话诗八首》"不过是一些刷洗过的旧诗"；再者，从诗集出版来说，中国第一部新诗集的出版时间是 1920 年 1 月……因此，顾星环借用萨义德的理论，认为"展现开端应有的纷繁、多元的开放性质"比指认某个时间点更为重要；学界鼓吹"新诗百年"不过是在政绩指标和市场诱惑之下急切形成"概念"的操作；在"新诗百年"出发下所进行的各类活动，同样属于"没有充分警惕话语权力在其中的渗透，同时放纵和鼓励着贪婪的入史情结"在作祟。

顾文对学界盛行的概念生产欲望和"入史情结"的批评颇显可贵，援引萨义德而提出中国新诗之源不必执着于一端也甚为合理。不过，将胡适的自谦之词作为否定其文学史地位的证据

---

① 爱德华·萨义德：《开端：意图与方法》，章乐天译，生活·读书·新知三联书店，2014 年，第 21 页。

或许也无必要。批评家或应遵从更具历史视野的判断标准,而非诗人的自我言说——不论这言说是自夸,还是谨慎的自谦。《白话诗八首》确然表现出形式上的革新意图,它们的创作者也具有明显的主动性;同时,它在思维方式、时代精神,乃至意象方面,确然还不够创新,学界对此已有较多关注和中肯评价。要求一个完美、完善的开端,难道不是后来者缺乏"同情"的执念,以及对历史过于轻松的翻检?当然,从学理上,这或许是必要的冷静。事实上,这种冷静的认知早在20世纪20年代初就开始了,在发表于1923年的文章中,闻一多就曾大力推崇《女神》"才配称新"。在此之后,《女神》被广泛视为中国新诗的"奠基之作"。

在《从"白话诗"到"新诗"》(《诗探索·理论卷》2019年第2辑)一文中,王光明再次重申了上述认识。他写道,所谓"新诗","必须从外到里,包括语言形式与思想趣味"都是新的。而早期的"白话诗"受审美惯习制约,主要是外在形式的变化,题材的迁移,而不完全是现代性的美学建构和想象方式的现代转变。相比而言,郭沫若的《女神》"体现了从'白话诗'到'新诗'的一些重要变化","改变了中国诗歌的取材、想象方式和美学方式"。

《女神》的确可堪称为新诗的奠基之作,也是更广泛意义上的新诗"开端"。这个"开端"所展示的与"在后"的时间、意识、行为等的延续性,近年来为诗人和批评家们言说不倦。在2019年的新诗评论中,对《女神》之"新"的关注主要集中在三个方面,一是新的"自我"形象;二是新的时间意识;三是新的语言形式和逻辑。其间得失,尚需细言。

首先,在《从"白话诗"到"新诗"》中,王光明重点指出《女神》在"新诗"中的特殊意义"就在于提供了一个中国诗歌中从未有过的'自我'形象,从而为'新诗'建立了新的话语据点"。这种新的自我和表现形式,"带来了诗歌想象力的解放,同时更远地疏离了中国古典诗歌'天人合一'的宇宙观和不涉理路、不落言筌、以物观物、反对主观干预的表现传统",其特征是"不再将主体融入物象世界,而是把主观意念投射到事物上面,与事物建立主客分明的关系并强调和突出了主体的意志和信念"。

其次,关注思想史的批评家,如唐晓渡,更善于从主体理念入手考察诗歌的创作意识。《作为问题情境的新诗现代性》(《文艺争鸣》2019 年第 8 期)认为,中国新诗的"现代性"需要"持守两个互为表里的标识":一是"以个体创造为指归的主体生命/语言意识的生成",二是哈贝马斯所谓的"现代性依靠的是反叛所有标准的东西的经验"。由此而言,诞生在新旧交替时代的中国新诗"从一开始就是追求现代性的产物"。充当了中国新诗源头的《女神》,不仅展现出新的时间意识,且对后来者产生了巨大的影响,甚至在某种程度上预示了中国新诗的命运。

早在 1997 年,唐晓渡就撰文指出,以《女神》为代表,中国新诗一开始就以"全盘反传统主义"这一"巨大潮流"为依托,展现出鲁迅所说的"别立新宗"的目标,以及进化论的时间观和发展观。(参见唐晓渡《五四新诗的"现代性"问题》,《文艺争鸣》1997年第 2 期)20 余年后,唐晓渡重申,《女神》作为新诗"真正的开山之作",深刻显示了一代人的"时间图像的根本改变"。但是,由于缺乏真正的独立的自由意志,追求"现代性"的中国新诗一开始就表现为"本质上的功能主义倾向",这也奠基了中国新诗在百年间跌宕起伏的"悲-喜剧"命运。之后,胡风的颂歌《时间开始了》与悲歌基调的《凤凰涅槃》分享了同样的时间图像:"同一种黑暗/光明、过去/未来的二元对立;同一种直线的历史进步观。"它们的创作者也在不同意义上遭受"跳崖"式的逆折。在唐晓渡看来,直到 20 世纪 70 年代末,"文革"后复兴的新诗——如"朦胧诗"和以"第三代"为主体的先锋诗浪潮,以"个体的主体性"为枢机,以"审美现代性的追求"确立自身,"新诗的合法性才真正扎牢了根基"。

　　另外,米家路《狂荡的颓废:李金发诗中的身体症候学与洞穴图景》(《江汉学术》2019 年第 4 期)将郭沫若与李金发并置于"力比多能量横向语境",探索了《女神》等诗歌"支配中国现代诗歌之自我塑造的另一种内驱力"。在米家路看来,郭沫若作为"中国新文学的第一个浪漫主义诗人",代表的是"进步现代性",它包含科学技术、理性崇拜、人文主义自由观念、时间的终极胜利等人类进步的信条,充斥着前进的爆炸性能量,而"象征主义之父"李金发则为颓废、晦暗、衰弱、倦怠、黯淡所困顿,这是一种美学式的现代性。衰老的"弃妇"替代了强健的"女神","乌鸦"代替了"凤凰","雾"朦胧了太阳,李金发以时间总是谋杀、屠戮、吞噬与耗尽人的生命与鲜血的观念,颠转了郭沫若进步的自我对时间的英雄般的胜利。这种非生殖的时间观念,正是李金发从波德莱尔与魏尔伦借来的主题,同样,也正是李金发之颓废情感的具体化。李金发对太阳的拒斥同时也是"背离启示与启蒙"和"反田园诗修辞冲动","或可解释为在波德莱尔与瓦雷里的影响下,李金发对现代性的黑暗进步发出最彻底的颂扬"。

再者,包括《女神》在内的早期"白话诗"展示的新的语言形式,以及对后来的影响,也为学者所注意。闻一多在 1923 年 6 月 3 日出版的《创造周报》第四号上高度赞美了《〈女神〉之时代精神》之后,紧接着在《创造周报》第五号上发表《〈女神〉之地方色彩》,对《女神》的"欧化"进行了批评。敬文东《汉语与逻各斯》(《文艺争鸣》2019 年第 3 期)从中西方语言的本质入手,对中国新诗语言"欧化"得失进行了更深入的分析:在西方文明史上,话语(或语言)的本质"始终不离理性",这种发展脉络似乎"与源远流长的视觉中心主义关系甚深"。然而在古老的汉语思想中,"万物万事尽皆自有其味"。白话文运动带来了欧化的汉语,使混血的汉语开始拥有"高度的视觉性"和"纯粹观看的能力",以及对事物"前所未有的表现力",与此同时,"由于一味追求精密、片面并且过度地强调分析性",现代汉语"几至彻底失味的境地"。反映在新诗领域,这一改变同样付出了惨重代价:"新诗对精确和冷静的过度追求带来的,很可能是冷血;而对词语的一次性原则的过度强调导致的,却更有可能是词生词的尴尬局面。"敬文东痛惜地感慨,"凡斯种种,在百年来的新诗写作中,可谓屡见不鲜,比比皆是"。

在发表于《南方文坛》2019 年第 5 期的论文《诗意母语的陷落? ——汉语新诗诗意生成的逻辑》中,诗人李森也从汉语语言诗意生发的历史视野出发,指出《女神》在语言上凸显的转变以及带给整个中国新诗的巨大影响。对此转变,李森持冷峻而悲观的态度。在他看来,传统汉语诗歌到汉语新诗,关键不是由文言文变成了白话文写作,而在于"诗意生发模式的转型",进一步说,是由"道法自然"的直观显现的诗意生发途径,转向了由柏拉图开创的"自然法道"的逻辑判断式的理性诗学。"五四"文学革命的知识分子们所抛弃的,不仅是"文言",更重要的是抛弃了"汉语蕴成诗意的表达方式",取而代之的,"是一种命题语言的构成",即"工具语言的书写"。诗人悲哀地慨叹,发端于《女神》的具有鲜明的"谓述判断特征"的语言"革命",成功动摇了"中国传统文化的语言根基",催生了"逻辑程式的写作"和"翻译体"逻辑诗歌语言,以及"价值观写作的泛化、谓述化",使汉语诗人或"执迷于语义深度构造(隐喻写作)",或"反深度构造(口语写作、后现代写作)"。对于这种"现代性"后果,李森认为"必须进行深刻反省"。

置于"三千年未有之变局"的特殊时期,中国新诗在发端之际即同时在两方面追求"新":一是社会文化观念,二是审美形式。前者又包含了启蒙思想、主体意识、时间发展观等。唐晓渡从诗人的主体性出发,透过时间图示看到了朦胧诗人和郭沫若的本质差异;米家路从美学意识出发,看到了《女神》科学的现代性和随后李金发所代表的美学现代性的差异;观察语言的诗意生成路径,敬文东在早期白话诗中看到了"视觉中心主义"和理性逻辑的兴起,李森则看到《女神》与传统汉语的断裂和悖离,以及与后来的朦胧诗的隐隐联系。在对"开端"的回望中,学者或服膺于思想史发展背景下的启蒙主义,或以中国古典诗意绽放之道为宗。思维方式不同,观察结果迥然有异。草蛇灰线,中国新诗百年坎途在源头已尽见端倪。

二、来自"传统"的凝视和拷问

中国新诗发轫之际,正值社会、政治、文化由旧入新之时。第一批尝试白话诗创作的诗人很大程度上受到了西方现代文明、诗学资源、近代人文主义、科学主义等价值观念的影响,可以说,在一开始,对"新"——或者说"现代性"——的追寻,就构成了"新诗"的核心要义。这是新诗的源动力,也使其在之后的数十年里反复遭致各种"传统"卫护者的诘难。包括胡适在内的很多白话诗人,也难以免除来自"传统"的默默凝视。自闻一多在《〈女神〉之地方色彩》(1923年)中提出新诗要做"中西艺术结婚后产生的宁馨儿"之后,中国新诗的"民族化"和"西化"之争就一直为诗人和评论家反复提及、思考和论辩。其中最引人瞩目的,莫过于郑敏先生于上世纪90年代到新世纪初发表的数篇大论。郑先生回溯新诗发展历程,反思新诗诗体建设得失,对新诗所取得的成就颇为质疑,且十分不满新诗对传统的抛弃和对西方诗歌的"寄生"。

近年来,如何协调新诗和传统的关系,是评论界热衷不衰的话题。批评家沈奇也曾多次论及新诗与传统的关系。他在新近发表的《从"别立新宗"到"百年和解"——新诗百年反思兼谈汉语诗歌之"大传统"与"小传统"》(《诗探索·理论卷》2019 年第 2 辑)中指出,新诗虽然已经形成了自身的传统,但存在的问题更加不容小觑。这些问题大致有:强在"发生"而弱于"接受"(一直未能形成古典诗歌的"群众基础"),强在"求变"而弱于"守常","强于与时俱进而弱于典律生成"……究其根本,仍是因为吸纳西学时"急功近利",终致"头重脚轻"而"根脉不畅"。

在《浅近的自由——说新诗是种"弱诗歌"》(《文艺争鸣》2019 年第 2 期)中,沈奇也将百年新诗诊断为一种"弱诗歌",并列具了三大症状:主体精神之弱、诗体意识之弱、汉语气质之弱。此三种具体表现为诗人机心存胸中而"纯白不备",写作形式仅在于分行,作品缺乏汉语自身的"文脉""景深"和"味道"。沈奇的审美标准很明显偏重中国古典美学,他认为中国现代新诗对西方资源的吸纳落入了"西学为体"的末流,缺少古典汉语诗质的传承与重构这一向度的有机互补。

吕进《百年现代诗学的辩证反思》(《诗探索·理论卷》2019 年第 1 辑)也认为,现代诗学既不能"很好地现代性地处理与传统诗学的承接",也不能"很好地本土性地处理与西方诗学的借鉴",因而"迄今缺乏体系性"。

在全球化盛行、地方性消失、差异性不显的今天,人们对传统的追寻会更见迫切。这种复古的潮流本身也是现代化的产物之一。不过,寻求自我身份认同的焦虑,却容易造成对古今差异的忽视,进而在理解古今诗歌方面形成双重偏差。比如吕进一文认为诗歌从诞生起"就具有公共性这一特质",并以"书写社会关怀是中国诗歌的显著特征"为由责难新诗,既窄化了古诗,更于新诗不够全面和公正。儒家诗学只是中国古代诗歌的一种类型,古代诗词亦有大量书写个人悲欢情爱和消隐山林之作。可以说,中国古代士大夫的心灵是追求儒释道一体的。吕进所言"鄙视公共性的审美追求,抒写一己悲欢",也绝非中国新诗自20世纪80年代以来被"边缘化"的主要原因。另外,评论家没有注意古今诗人身份的本质差异,以"新诗拥有唐诗宋词时代没有的现代传播手段"而责难新诗"小众"和"没有形成公认的审美标准",更是忽略了一个基本原理:那些通俗易懂的、符合大众审美理念、感知和接受度的文艺作品,更容易收获传媒时代的红利。遍观中国古代文学史,不也是从严肃正式的文体"下降"到通俗文本的发展趋势吗?体量稍大、更为市井所接受的戏曲、小说等文体,只能流行于经济发达、市井生活繁荣,以及印刷术发明之后。在今天,有赖经济和科技的发展,被时代"边缘化"的又何止新诗这一种文体?在微博、微信、抖音等作为主要传媒形式并普遍追求瞬时刺激的当代语境中,严肃小说的受众都大幅下降,新诗又何必追求成为符合大众审美的"主流"?

在2019年的新诗批评中,也不乏为新诗进行辩护的文章。朱钦运《汉语新诗的"百年滋味"——以来自旧体诗词的责难为讨论背景》(《中国现代文学研究丛刊》2019年第8期)将新诗承受的责难大致概括为三个方面:第一是用古典诗词的美学标准或历史成就来衡量、校准新诗,第二是以旧诗创作的"道统未绝"

质疑新诗合法性,第三是认为新诗诞生夺取了文学的主流地位而挤压了旧诗的生存空间。针对这些问题,朱钦运分别进行了回应:首先,新诗是一个独立的艺术门类,不是从旧体诗词中分离出来的"支流"或"叛逆",将基于古典诗传统的审美和判断系统加之于新诗的创作和批评,不免有"关公战秦琼"之味;另外,拿古典传统的美学标准来衡量新诗的成就,认为新诗没有像古典诗那样造就足够具有说服力的经典,或缘于"民族文化心理模式使然",或是"对新诗领域缺乏真正内行的了解";第三,今天倘要为旧体诗词争主流和地位,矛头应指向在我们这个时代真正占据了主流地位的小说甚至电影艺术,把新诗当作假想敌"未免有点浪费注意力"。今天已经不是田园牧歌的时代,而是真正的"物化世界",对此,朱钦运追问道:"像旧体诗词那种类型的传统抒情诗,能够赋予它如它所自处的古典时代所拥有的那种稳固意义吗?"答案不言自明。

朱钦运的辩护可谓打蛇七寸正中要害。古今政治、经济、文化方式的本质变化,使得两者在创作机制和源点上存在本质差异,所以新诗不必也难以成为新时代的古诗。当然,我们也没必要将二者完全对立,成熟的诗人并不谢绝来自古诗的教诲,也一直从中汲取适合自身生长的营养。如唐晓渡所言:"对以自由、开放为本性的新诗及其发展来说,借鉴古典,正如借鉴外国,本是题中应有之义。"即使新诗和古典诗歌的相通之处良多,我们也需承认,"内容和形式关系的不同决定了新诗和古诗的根本分野",因此,新诗无论怎样借鉴古典,"都必须坚持自己的本性",

这种坚持，"必须落实到形式的不断探索和创新上"。（唐晓渡《新诗的本性和借鉴古典：从形式焦虑的角度》，《文艺报》2019年12月11日第3版）

叶橹从命名造成的心理暗示理解"新诗"遭受的误解。他指出，"新诗"的"新"字，始终让人感觉到它的"陌生"和"不成熟"，而又同时处在一种同"旧体诗"相对比的状态之中。以一百年的"新诗"同两千年的旧体诗相比较，而且用来作为参照物的诗篇，全都是那些顶级的精品，自然就显出了"新诗"的今不如昔了。在此意义上叶橹建议用"现代诗"一词取代"新诗"，以提请人们在观察和探讨一些问题时具备一些"现代意识"和"独立性"，而非处处受制于"旧体诗"。（叶橹《关于新诗诗体问题的思考》，《中国当代文学研究》2019年第1期）

对于新诗和传统的关系，当代文学史和诗歌史的书写中，还存在着积极的理解和讲述。冷霜在《"中西诗艺的融合"：一种新诗史叙述的生成与嬗变》（《文学评论》2019年第4期）中，梳理、比较了"新时期"以来的文学史书写对于这一问题的关注和讲述变化，以及这种变化如何"逐渐生成了一些新的文学史知识"：第一个阶段，在王瑶《中国新文学史稿》（1982）一书中，对卞之琳、戴望舒、林庚的诗进行概略介绍时并无新诗与古典诗歌关联的任何描述；在《中国现代文学与古典文学的历史联系》（1986）一文中，王瑶将现代文学和传统文学的内在联系概括为"自然形成"。在讨论到"现代派"诗歌与古典诗歌之间的联系时，他注意到"现代派"诗人对"外国诗歌的模仿和搬弄"，从而"与自己民族诗歌的传统结合起来"的努力。

第二个阶段较有代表性的是孙玉石《中国现代主义诗潮史论》(1999)的看法:中国新诗对各种外来诗歌潮流、观念、审美价值标准等方面的接受"都有一个立足于本民族传统的基础上的文化选择意识在起作用"。

钱理群等人合著的《中国现代文学三十年》在初版(1987)时吸纳了"新时期"以来王瑶尤其是孙玉石等研究者的成果,在论及"现代派"诗人和《汉园集》诗人的诗歌成就时,对他们结合西方现代主义诗歌与中国古典诗歌观念与技巧方面的思考和实践做了着重阐述;修订版《中国现代文学三十年》(1998)更进一步,把有关新诗与古典诗歌"传统"联系的论述从30年代的"现代派"诗歌扩展到了早期新诗的各个阶段、各种流派。

冷霜注意到,90年代中期以后,有关中国现代主义诗歌的研究已普遍地将"中西诗艺的融合"作为认识和阐释的基点,并出现了第一部以新诗与中国古典诗歌"传统"关系为研究对象的专著——李怡《中国现代新诗与古典诗歌传统》。该著"开创性地选取了一些古典诗学范畴来考察新诗不同层面的特征",并从"历史形态"的角度将新诗史上的一些流派与古典诗歌不同脉络联系起来;此外,龙泉明《中国新诗流变论》、张同道《探险的风旗——论20世纪中国现代主义诗潮》、龙泉明、邹建军合著的《现代诗学》等著作,也纷纷将"中西融合说"作为解读新诗成绩的出发点,认为古典诗的辉煌背景为中国现代诗歌的成熟提供了巨大的支持,也是中国新诗现代化之保持民族特色的一个重要因素。

通过梳理不同时期的文学史就此问题的阐述变化，冷霜发现，曾经被王瑶认为"与古典文学的历史联系最为薄弱"的新诗，在之后的讲述中，与古典诗歌的关系越发紧密。甚至于，在"注重联系、讲求承传的文学史叙述机制下"，新诗研究领域将新诗发展与古典诗歌的联系"已经视为一种无中介的继承性关系"，并越来越认为后者在这一联系中"更具支配性地位"。相应地，"新诗自身的实践对于生成这种联系的重要性却变得相对模糊"。冷霜详细分析了造成这一趋势的各种原因，如文学史研究体制自身的发展，"新时期"以来现代文学学科在不断扩展"现代文学"的观念边界、淡化现代文学研究原有价值立场的过程中，历史观内在紧张感的松懈和主体性的流失，中国在越来越深地卷入全球化进程时发生的文化价值立场的变动等等。同时，冷霜也指出，诸如李怡《中国现代新诗与古典诗歌传统》这种"从文化原型的理论视野出发的研究也显示出一种观念上的内在紧张"，并在客观上形成了一种"无边的传统"的状况。究其根源，则在于研究者们"对'传统'这一现代认识装置的构造尚缺乏足够的省察"，忽略了新诗与古典诗歌之间任何积极的联系"都已经过了现代性的认识中介"。

通过剖析"中西诗艺融合"的新诗史叙述生成与嬗变路径，冷霜表达了自己的观察和隐忧：对相关社会、历史、文化因素缺少深入的语境化分析，由于更注重不同新诗实践中的"共相"而对具体差异性认识不足，以及对新诗的美学现代性和民族文化传统形成固定化的理解,化约式的理解影响对古典诗歌的差异实质进行细致辨析的耐心……最后,批评家敏锐地指出:"只有通过对新诗历史上相关实践的生成过程与语境的具体把握,把这些艺术探索放回到写作主体所身处的历史、社会、政治、文化、地域、人伦网络中去认识,充分体认到它们的'当代性'、实验性和独异性,对新诗与古典诗歌关系问题的研究才有可能通向有效的、有建设性的批评。"

王家新《论昌耀诗歌的"重写"现象及"昌耀体"》(《文学评论》2019 年第 2 期)追述了中国新诗史上对传统的接续,以及相应的诗学问题:李金发的文白夹杂显得"佶屈聱牙",卞之琳等诗人的文言句法看上去不无"别扭",台湾一些诗人流于装饰……相比而言,昌耀诗歌"高度自觉的与汉语言古典传统的接通",给"新诗"带来了"汉语本身的血质、底蕴、调性和文白之间的语言张力",具有崇高感、历史感和文脉贯通之感,以及"时而苍劲姿纵、时而雍容华贵、时而高峻幽秘"的文体风格,王家新将这种风格称为"昌耀体",并指出"昌耀体"只能在"现代"意义上来调用传统遗产;"昌耀体"的形成,除了吸纳古典,西部独特风物的滋养等因素,同样受益于中国新诗对"现代性"的追求。

三、新诗的大众化与实用主义

一直以来,人们对新诗的指控都包含着不易读懂、不够"大众化"和"实用"等。这种指责建立在一种对古代诗歌的假设基础上,即古代诗歌是易懂的、更为大众化的,于政治时事是有作用能力的。事实上,今人对古诗的"易懂",很可能源于曾经接受的有限的古典诗词教育而形成的巨大误解。除却十五国风的部分作品,不多的汉乐府和《古诗十九首》之外,《诗经》中出自无名贵族的《雅》《颂》,出自屈原、宋玉等贵族文人的《楚辞》,南朝齐梁诗,唐代的律诗……都不易读懂。也因此,中唐诗人白居易、元稹等人,才需要远溯《诗经》和汉乐府,致力写出关切民生、通俗易懂的"新乐府"。

另外,关于诗歌的实用性,今人可能混淆了古代诗歌的实用性和诗人的实用性的差异,把那些通过科举文章进阶高位的士大夫仅仅视为了诗人。事实上,他们主要靠政治身份而非诗词作品来影响朝局,施展儒济天下的入世理想。现代社会的政治、经济、取仕方式与古代社会迥异,现当代诗人早已丧失成为"士大夫"的路径,然而并不缺乏忧国忧民之心。"变文学的无用为有用"的经世观念也于 20 世纪的诗歌史上时常泛现。当它与 20 世纪的民族战争、"社会主义建设"等各种重大事件结合起来,便催生出各种值得关注的诗学结果和值得细味的问题。

姜涛《"打开一条生路"的另外路径——以朱自清对 1940 年代新文艺的接受为线索》(《中国现代文学研究丛刊》2019 年第 10 期)考察了抗战胜利后以朱自清为代表的京派知识分子在艺术观念方面的变化:在 1942 年 8 月所作的《论朗读》中,朱自清尚且是在新诗的音节、形式的层面理解"朗诵诗",而在 1947 年 8 月所作《论朗诵诗》中,他更多关注的是朗诵诗可以起到宣传、教育,尤其是团结的作用。并且,在朱自清看来,"朗诵诗"不是一种特定时期的"权变",而是现代社会工业化、组织化(集体化)之后的必然产物。对此转变,姜涛认为,朱自清在1940年代后期的文学立场"也都是着眼于中国诗文传统、五四新文学传统的内部演进",一切"其来有自"又"自然顺势",同时,也离不开朗诵诗、秧歌、山歌、赵树理的小说等"新文艺"作品带给他的"直接冲击"。

姜涛也指出,朱自清所谓的"人民"只是普通人和常人,而未能理解其内在的政治意涵,他对"人民性"的理解"更多与雅俗共赏的文化理想相关"。在朱自清的创想中,"民主文化"并非单向的俯就、启蒙、动员,而是双向的改造、新生,是知识分子与民众"打成一片",构造"一元"的公共性。这种认识为朱自清招致激进左翼批评家的责难,不过,姜涛在此对朱自清给予了充分的同情和理解:"或许正是因为'执滞'于自身的问题脉络,滑行于激烈斗争的现实之表面",朱自清对于"人民性"基于常识的理解"也包含了一份特殊的敏感"。

颜炼军《现代"意义"的建构与变迁——对朱自清诗学的一种理解》(《文艺争鸣》2019年06期)同样考察了朱自清抗战前后对"意义"的理解的变化,进而窥察到社会历史、学术资源等因素对诗人观念的影响。在20世纪30年代前期,任教于清华大学并曾在欧洲游学的朱自清,受"新批评"和"意义学"启发,开始重新理解汉语的表达结构,以及如何重构中国现代思想的问题。他对诗歌隐喻和意义的分析,包含了对白话新诗的认识和期许:"白话新诗的意义在于隐喻创造,以新隐喻组织现代经验,进而形成新的诗性。"不过,到了40年代,受时势所趋,朱自清与许多知识分子开始转而认为诗歌对语言隐喻的追求应让位于"人民"启蒙和重建国家的需要。为了更好行使启蒙的功能,顾及"平民"的欣赏能力,朱自清认为白话口语是新诗必须坚持的原则。朱自清1948年的不幸去世,"让他'幸运'地避开了知识分子主动或被动放弃'意义'探索和隐喻创造后,遭遇的巨大苦难和浩劫"。

姜涛和颜炼军对朱自清的理解,都将其放置在个人诗学与历史现实、政治话语和流行话语之间的冲突中。在朱自清的同代人和后辈身上,这种矛盾仍然无穷无尽地上演着。个体化的"意义"建构或隐喻创造,如何与历史政治话语形成互惠互助又彼此独立的关系,仍然是今天的诗歌批评家和学者重点关注的话题。

在《"羞耻"之后又该如何"实务"——读余旸〈还乡〉及近作》(《文艺争鸣》2019年11期)中,姜涛便在《还乡》辨认出青年诗人的另一个身份,这是一个可在20世纪左翼文学中寻得脉络的角色:"(余旸)不仅仅在社会议题层面看待乡村问题,而是选择扎根基础,立足城乡撕裂又贯通的身心状态,还要更进一步在诗中探讨乡村治理的'实务'。"姜涛在表达"有理由期待"相关诗学"突破"之前,讳莫如深地指出:"在20世纪左翼到社会主义文学的实践中,通过改造写作者的位置和身份,使文学本身就成为一种内在于历史进程的'实务',早已积累下相当丰富的经验,也包括相当多的教训。但这种'传统'也因激进政治文化的整体挫败而早已退场,其在当代的再生尚在一种历史回溯和观念的提倡中。在专业分化的社会前提尚未动摇之际,怎么于既有的文学制度中、依旧强劲现代主义的风格中,创造出一个'实务'的位置,其实是最难的一种路径,也因违背现代诗的若干信条而注定引发争议。"

与姜、颜二人对朱自清的转变以及相关问题报以审慎态度不同,王昌忠的《七月派诗歌的语象生成》(《中国现代文学研究丛刊》2019年第9期)热切褒扬了包括胡风在内的七月派诗歌的实用主义和功能性。该文表示,置身以民族抗战、民主斗争为时代主题的社会现场,七月诗派"旗帜鲜明、义正辞严地将政治使命和历史责任确定为了诗歌写作的核心动机和基本立场"。虽然作者也认为,七月诗派的独特之处在于"在看重诗歌政治性的同时并没有轻视诗歌的艺术性","反对撇开艺术价值的追求而使诗歌沦为纯粹的政治工具和宣传品",然而对于如何实现艺术价值的追求,该文并未过多提及。其所援引的七月派宣言——"以人民的语言为语言,说话要人民听得懂,写文章要人民看得懂的一条文化路线"——也并未表现出追求艺术价值之意。纵观全文,研究者对七月派语言的肯定也更多集中在"恪守现实生活的真实性、客观性"以及"拥有了正确、积极的思想主题"等"真"的方面,对审美问题鲜有论述。

另外,《七月派诗歌的语象生成》一文过多使用了七月派诗人的口号、宣言、观念话语来证明他们的写作,缺乏更为有效的论证。这种自我论证也难以解释诗人自身存在的悖谬,如胡风的"主观精神"与"人民底号手和炮手"的内在抵牾。

朱自清和七月诗派对"人民"的需求的重视,与元白等人倡导"新乐府运动"似有异曲同工之处。但二者的差异同样不可忽略。受《诗经》、汉乐府和杜甫影响,元白等人感慨世道不复清明,又不满于稍前的"大历诗风"追求清雅高逸的情调——这种抱怨在现当代诗歌史上并不稀见,从而力倡"新乐府运动",主张作诗以补察时政,因而创作了大量讽喻时事的作品。在抬高文学本体意义的同时,他们也难免使文学屈从于"理道""王政"的政治正确。此中得失,吾辈自当明了。另外,为元白等人带来政治打击的讽喻诗作,虽也追求通俗浅显,却绝非另一种意义的"广场诗"或"朗诵诗"。诗歌的经世致用,与投机性的为上所用,看似都关系诗人的"自我改造",实有云泥之别。

相比于朱自清,放弃了"自我改造"以"经世致用"幻想的当代诗人,比古代诗人有更多机会体味"穷年忧黎元,叹息肠内热"的感慨,以及"许身一何愚"的无奈和自嘲。

四、批判和启发:思想表达与语言本体

出于对"朦胧诗"表达思想有余而个性化语言不足的批评和反思,加之更广泛领域的语言学转向,自 20 世纪 80 年代中后期开始,诗歌的语言问题开始得到广泛关注,在"第三代诗人"那里,诗歌的技艺、形式开始获得重要的甚至是本体性的地位,表现之一是诗人笔下开始大量出现"手艺"一词,评论界随后也注意到了这一现象并给予了思考和论述。通常的观点是,语言学

的转向为汉语写作贡献了很多新鲜的修辞和实验性质的文本，同时也附赠了不少风险。张桃洲《诗人的"手艺"——一个当代诗学观念的谱系》(《文学评论》2019年第3期)一文将这种风险概括为两个方面：一是"单一技艺形成的惯性滑动"，二是"技艺自我隔绝、脱离一定语境后陷入'美学上的空转'"。幸运的是，上述弊病随后引起了诗人的警觉。90年代之后，诗人开始反思"技艺"的局限，致力于"重建技艺的能动性及其与历史、现实的联系"，于"技艺"之外增添时代、现实、生活等维度，寻求技艺和现实的平衡。

可以说，90年代以来，诗歌语言如何既关注公共议题又避免意识形态化，既积极言说当下又避免成为表达的工具，既作为一种相对独立的艺术形式又能包容历史经验与个人想象，一直是诗人和批评家关注的重点。

张静轩在《想象力的社会学——论当代诗歌批评的文学社会学潜力》(《南方文坛》2019年第2期)中，以姜涛对肖开愚诗歌《下雨》的评点为正面案例，认为其"重视想象力的社会学视野"和"重建中国新诗的新读法"，"不失为当代新诗批评走出当下困局的一个可行性方案"。作者同时指出，在长时间经历了一元化的社会政治学批评之后，新时期以来的批评家完全走向了对立面，"义无反顾地走向了一元化的审美批评"，"丢弃了从文本中寻得社会化与历史化视野的力量，转而一味停驻于文本本身，自始至终围绕着封闭的文本兜圈子"，导致"诗歌批评干预现实的功能""日趋无效"。

回溯 20 世纪 90 年代以来的诗学著作,张静轩的批评很难说公允而全面。90 年代以来较为重要的诗歌批评家,不论是提出"改变世界与改变语言",还是推崇"个人化历史想象力"和"综合抒情",都未将语言和个人感知脱离经验世界和历史语境。在 2019 年的诗歌评论中,对新诗语言问题的思考,既有延续了"第三代诗人"的反思,也有将其置于新的智能化、碎片化时代的重新出发。

《汉语言文学研究》2019 年第 1 期刊发了耿占春、贺照田、敬文东、何光顺等学者的对谈:《文学观念的演变及其实践:回望20 世纪 80 年代以来的中国文学之路》。回望 80 年代的文学现场,耿占春认为虽然当时的话语资源十分有限,文学经验也相对匮乏,但当时的理论和文学,都与社会情感资源和社会历史势能维系着高度的互动关系,而在 90 年代以后经过了所谓的语言学转向,话语理论得以突出,"感性动机"却不够充分了,很多理论"缺乏一个真实知识动机和一种主体性经验"。敬文东也指出,我们今天盛行的左派理论、后殖民主义、新历史主义等理论,建立在形式范畴之上,"但缺少历史"。近代以来,空间观念完全改变了,我们进入了"经验超级不稳定"的"魔幻现实主义"空间,因此,我们需要考虑的是"词语怎么切中稍纵即逝的经验";何光顺从接受他者话语资源的角度指出:"如果我们丧失了对汉语的感知觉能力,你也同样不可能在英语或法语中找到所谓新鲜的力量。"

杨庆祥在《AI 写的诗可以成为标准吗?》(《南方文坛》2019

年第6期)中指出诗歌"是人类的一种带有神秘感和仪式感的创造行为",是诗人"在某一个特定的历史时刻对特定的情感和价值的综合再造"。在这个有机体里,"历史的人、历史的语言和历史的诗应该是三位一体的"。在这个意义上,虽然人工智能的写的诗"似乎不是'真正'的诗歌",但是可以作为"一面镜子",倒逼人类意识到自己除非写出"更好更有原创性"的作品,否则"被取代和淘汰是迟早之事"。

一些诗人个案研究延续了对这一问题的思考。在《在"现实"里寻找诗的"便装"——张枣佚诗〈橘子的气味〉细读》(《新诗评论》第23辑)一文中,颜炼军便在《橘子的气味》一诗中看到了"历史个人化的诗学尝试"。通过逐句细读,他向我们展示了张枣诗歌《橘子的气味》如何从"室内"主题移向"社会"主题,将"大现实"的素材放置在两性的、私密的"小现实"里。此外,张枣"从汉语、德语,以及古希腊神话里汲取的素材和能量,将其变成诗歌精密性和多义性的才艺",也尤其令人称道。

李国华《紧贴自身的可能性与当代诗的强度——以姜涛诗歌为考察中心》(《江汉学术》2019年第1期)对姜涛诗歌中自我位置和声音的解读,也是将其放置在深远的历史语境、纵深的新诗发展史当中,在厘清思想史脉络的同时做以辨析细微的差异。作者首先注意到姜涛诗歌对驳杂经验的容纳,这种"以一驭多的元话语"模式由郭沫若开启,构成了新诗的突出声部。姜涛诗歌中同样存在这一元话语,但"没有延续元话语背后强大的主体形象",姜涛诗中的主体反而显得游移不定,镶嵌在整个社会结构的内部诗歌。一方面,姜涛对"那尚未被诗歌形式化的灰色地带或非常规地带的事物"的偏重,虽是对"多"的集纳,也是"新诗反崇高之后重新介入历史和现实的努力"。另外,李国华发现,与张曙光一辈"日渐逼近的虚无和虚无体验"的写作相比,"逐渐崩坏的实有所带来的虚无体验和流动感"才是姜涛写作的核心动力。这种本质差异,使诗人往往借助"相机""镜头"等介质获得自我的位置,"在努力以一驭多的同时却表达了无力以一驭多的慨叹",也使这种努力呈现为"一切只发生在一首诗里"的特征。面对"多",姜涛诗歌表现出表达了"寻踪主体性"的努力。但这种追寻与"相信未来""面朝大海"等积极修辞刻意保持了疏离,而呈现为一种"姜涛式的消极修辞",甚或流露出犹疑和不确定的"柔弱之感"。

李国华同时辨认了诗人三种自身位置:第一种是一个不断向下落/纵/滚/跳,是"承认并接受下落的事实";第二种是"登上天台"和"站在阳台上"的俯瞰视角,因为诗人"绝不愿意与真正的下流社会沆瀣一气"。这种高处暗合了"以一驭多"的话语位置,同时需规避"表于万物的轻浮"。它不是超越众生的上帝视角,而是一种诗歌中的视角,同样需要诉诸于介质,比如"海鸥""他"等同类的视角;第三,也是最重要的,一个非确定性的位置和反复位移的状态。李国华认为姜涛诗歌中诗人"仿佛是一个始终在路上的形象",这个活动又被限制在大抵确定的区间。在此三种位置中,最后一种最为重要,前两种"都不过是反复位移过程中出现的奇点,指向虚幻,酝酿变化","山洞"(《洞中一日》)

可堪作为容纳第三种位置的象征寓所："这个既离天更近了、又仍在地中的'山洞'，大概就是自我反复位移的具象空间，透射着诗人的智慧、无奈和诡谲，生产出诗人和知识分子'沉溺于收集'，频繁地介入当代生活的可能性来。"

李国华对姜涛这种个人化的声音的甄辨，独具个人化眼光，行文也颇为鲜活，同样呈现出一种"紧贴自己肉身"的批评文风。

针对施加于诗歌的种种期待和要求，以及认为新诗不够深刻的指责，臧棣在《诗可道》（《写作》2019 年第 5 期）一文中表示："期待新诗能更深刻些，听起来好像很美，但这不啻是对诗的一种谋杀。"臧棣基于对语言特性和地位的敏感，对施加于诗歌的无边的任务提出了抗议："诗的深刻在于诗打开了一种'灵视'。这个'灵视'，集福见、见识、直觉、异想、视野于一体，它激活了古老的'看'。……诗的深刻，也体现为一种能力：即诗有能力把万物间隐秘的关系揭示为一种视象。这些，其实都已经是非常深奥的东西了。"

臧棣进一步指出，认为新诗"缺乏表达思想的能力"实则出于"对诗和思想的现代性关联的曲解"："诗必须对时代做出某种反应，但这种反应必须建立在诗的独立之上。诗对时代的反应，最终必须归结为对时代的超越。""诗，当然可以从事批判。但是也不该忘记，诗性的表达在本质上是一种启发。""诗，从事的是自我启发。"在诗人看来，对于新诗的批评，属于一种需要反思的现代性潮流，即"我们的现代诗性太流连于否定美学"。这种美学在西方文化中自有基督教思想作为根基，因而表现为"对虚无的洞见",而"我们的传统不是这样",因此国人的否定"很容易从反抗绝望走向一种怨恨文化"。

在臧棣看来,诗歌应该是一种什么样的语言,比诗歌承担多少思想批判更为重要。在耿占春《改变世界与改变语言》(社会科学文献出版社,2000年)出版近20年后,臧棣重提"改变语言"的紧迫:"诗歌文化在本质上基于这样一种信念,即如果想改变我们的生活,首先要改变我们的语言。现代世界中,……语言的使用,普遍存在着一种惰性。在此局面中,可以说,只有诗歌在努力抵御着这种普遍的语言惰性。"

五、韵律和节奏研究

对诗歌声音、韵律和节奏的"内部研究"近年来也已成为新诗研究的"显学",在深度和广度上不断得到深化。

张洁宇《新诗史上的叶公超》(《中国现代文学研究丛刊》2019年第9期)积极评价了叶公超对新诗格律问题的持续关注和积极参与。作者认为,叶公超最重要的贡献在于提出了"说话的节奏"的问题。叶公超曾直言指出闻一多的格律实验"并不成功",新诗格律无需严格和古典主义式的整齐,而是应该"创造自己的形式",最重要的原则是要区分"说话的节奏"和"歌调的节奏"。新诗要遵循的是"说话的节奏",要创造一种符合说话语气的新诗自己独有的节奏,而非摹仿吟诵的节奏和声调。

康凌《"大众化"的"节奏":左翼新诗歌谣化运动中的身体动

员与感官政治》(《文学评论》2019年第1期)关注了20世纪30年代左翼诗人对歌谣曲调形式的兴趣和借用,以及伴生的问题。通过研究、抽绎出民歌小调的音响结构并将之应用于自身的诗歌创作,左翼诗人的作品"能够以最为自然/有效的方式,自觉或不自觉地触动大众的身体记忆与生理回应"。不过,歌谣的形式与内容之间存在的紧张关系一直伴随着整个20世纪中的"民族形式"问题的讨论:一方面,歌谣节奏的轻快、娱乐性,以及产生的感官愉悦,"始终威胁着它们的政治严肃性";另一方面,旧的形式总是难以摆脱"旧的封建思想"的笼罩。作为既"旧"又"民众"的"民族形式",歌谣恰恰落在两重维度的错位之中,因此,"左翼诗学对歌谣形式的反复辨证,事实上没有、也不可能有清晰而固定的答案"。

对于新诗借鉴歌谣而出现的困难和限度,李章斌采取了另外的观察视角。不独是20世纪30年代的左翼诗人,他注意到,自20世纪20年代的北京诗人,到七八十年代的台湾诗人,大半个世纪里,中国新诗写作者一直尝试对歌谣进行借鉴,这背后的驱动力在于试图弥合"诗"与"歌"之间的裂痕;更深层地说,是源于一种错误的偏见:"诗"与"歌"(音乐性)的结合的问题经常被简单地化约为格律、押韵的有无问题。于是,自由诗这一新诗的主流体裁,就被有意无意地当作是一块音乐性上的"蛮荒之地",而成为一种无法摆脱的"根本性缺陷"。

李章斌是研究新诗韵律问题的最具代表性的批评家之一,近年来成果丰硕。在《痖弦与现代诗歌的"音乐性"问题》(《文学评论》2019 年第 5 期)中，他指出，虽然在现当代诗歌史上，大量的诗人为诗、歌的弥合作出努力，然而却没有对新诗发展的大势产生决定性的影响，其中的关键在于诗歌和歌曲有着"不同的传达、接受方式"。大部分民谣或者歌曲中的韵律结构是为了"满足听众的期待"，因而有过多的重章叠句，并容易陷入"轻"与"滑"的路数，缺乏现代诗所要求的"张力"与"硬度"；较有现代气息的诗歌则更多是为了"在期待之后突破期待"，是一种"惊讶的（韵律）诗学"。这是"现代诗歌与歌曲或者民谣之间不得不承认的一个分野"。对于新诗而言，"单纯地模仿民谣、歌曲的节奏形式现在看来并不可行"，新诗应该立足于自身的特点创造自身的"音乐性"。痖弦的诗歌虽然大量使用叠词叠句乃至重章叠句等传统形式，但他的重复"暗含着剧烈的跌宕和跳跃"，而这"正是其诗艺中关键的一个特点"："它完全解除了重复排比给读者带来的厌倦与疲惫感，让读者对眼前发生的事情保持持续的关注。"

另外，李章斌还关注了现代诗歌节奏背后的时间意识。他认为，传统诗律学强调的是"周期性的重复、对称"，其背后是一种"原型时间"；在现代社会，周期性与固定模式的瓦解已是世界性的趋势，时间已变成"变动的时间"或"流动的时间"，甚至其重复与同一性因素也是"流动的"。而痖弦诗歌能够"立足于现代诗歌同时作为朗诵艺术与阅读艺术的双重传播—接受特性"，"敏锐地捕捉语言的实际节奏"，以"流动的同一性"给语言带来韵律，并保持丰富的悬念和张力，从而能够在新诗探索"音乐性"

方面为我们"带来方法论上的启发"。

由于古典诗歌形式的深刻影响,以及近百年来关于新诗格律的讨论,今天不少人仍然对新诗的韵律持一种流俗的看法:韵律的形成需要整齐的诗行和押韵。在李章斌看来,这可谓"新诗史上传播最广泛的偏见之一"。在另一篇谈论新诗音乐性的文章中,李章斌以昌耀诗歌为例,指出昌耀那些看似长短不齐、形式不整的诗歌,实际上巧妙地运用了重复、排比、对称、偶句、回环、复沓、重章叠句等很多古已有之的韵律结构,而且在节奏的丰富变化中显出敏锐的现代意识,即对语言的时间进程的微妙掌控。从昌耀身上典型地体现出新诗节奏与音乐营造的创造性和个人性,也反映了新诗节奏的根本特质,即韵律之自由、节奏之"自为"以及形式之自律。因此,昌耀的诗才是真正意义上的"格律诗"。(李章斌《昌耀诗歌的"声音"与新诗节奏之本质》,《文艺研究》2019 年第 7 期)

李心释《诗歌语言中"声、音、韵、律"关系的符号学考辨》关注了新诗的声音和韵律问题。该文从符号学入手,辨析性地指出:"诗歌语言研究中普遍存在两个层次、四个要素之间的混淆问题,第一个层次是声与音、韵与律的混淆,第二个层次是声音与韵律的混淆。在符号学上,声与音原是两种不同的符号,诗歌语言的语音兼备表情功能而伸两者混同;韵与律原是分属语言与音乐,诗与歌的原始结盟使语言在音乐的影响下形成纯形式的律,韵与律自此难解难分,并演化为格律。在新、旧诗更替中,韵律或格律的去留问题成为焦点,诗歌整体声音问题被狭化为格律问题,而中外诗歌写作史上声音与格律一直是两个平行的话题。现代诗放逐格律,但没有放逐诗歌的声音,反而释放了诗歌声音的潜能,在声音语象的创造上与中外诗歌传统一脉相承。"

六、专题研究

(一)《新诗评论》:由敬文东长文引发的讨论

2018 年,批评家敬文东发表两篇雄文:《从唯一之词到任意一词——欧阳江河与新诗的语词问题》和《超验语气和与诗无关——西川与新诗的语气问题研究》,对欧阳江河和西川多年的诗歌写作进行了具体而微又颇富统摄性的梳理和批评。2019 年初,《新诗评论》编辑部围绕这两篇长文组织了一次研讨会,并将与会者发言刊发于该刊第二十三辑(2019 年 12 月)。

其中,张桃洲认为敬文东的两篇长文"确立了批评应有的学术尺度和'批评'维度"(《重建诗歌批评的"批评"维度);西渡《中国诗人的"阿喀琉斯之踵"》回顾了中国现当代诗人朝向"大诗人"这一目标的道路上经历的多次失败,其中既有源于权力的诱拐(如郭沫若),意识形态的妥协(如艾青),猝然离世的不幸(如穆旦),也有技艺的自我僵化(如北岛、杨黎等"朦胧诗"人)……在拥有许多额外的优越条件,也最值得期待的"第三代诗人"身上,海子和骆一禾的骤然去世成为这一代诗人挺进"大诗人"路上的"第一个挫折";20 世纪 90 年代初,欧阳江河、肖开愚等诗人提出"中年写作"概念,是"第三代诗人"在写作方法论、写作心态、学养和生命状态等方面做出的"一次重要的自我调整",成果如何,今天"也到了一个可以检验的时候"。敬文东的两篇长文"以严格的批评观点进行了衡量"。由敬文东的批评,佐以"人格、精神和诗艺的完整与和谐程度"等方面的考量,西渡延伸出对整个"第三代诗人"写作成色的判断:"第三代诗人在冲击大诗人的目标上可以说又一次失败了"。

在不同的原因之外,西渡认为,中国诗人"最要命的阿基琉斯之踵""很可能在于百年来几代诗人都未能彻底摆脱的一种精神结构",这种精神结构就是自宋亡就成形、而今我们仍然深陷其中的"世故—市侩型人格",它使今天的人们即使用现代语言、现代技巧写诗,"但其实西方现代诗的内在精神,仍然与我们绝缘",并且导致了人的功利和势利,诗人精神成长的抑制,青春写作现象突出,以及诗坛的江湖化、山头化等问题。西渡认为:"很可能,这才是新诗越百年而未有公认之大诗人的原因。"

雷武铃《谈敬文东〈从唯一之词到任意一词——欧阳江河与新诗的语词问题〉》首先表达了对敬文东两篇长文的肯定和敬佩,认为它们"客观、准确、清晰地描述、分析和概括出一个诗人及其作品的本质特征","展现出一个评论家的洞察力、敏感性"和"辨别事实、把握文本和发现问题的能力"。基于此,雷武铃对当代诗歌批评提出了建议性的意见:"价值判断必须成为一种洞察力体现在对事实和问题的发展与揭示之中,必须成为一种道德热情体现在其根据的充分性与合理性之上,否则就只是一种个人好恶的表态,意思不大。"

冷霜《从"先锋诗歌批评"到对"先锋诗歌"的批评》赞誉并回应了敬文东对第三代诗人过分倚重"唯脑论"的批评,并指出"唯脑论"和唯意志论的中介是唯观念论,"它们共同轻视人类经验和情感的复杂性和个体的差异";欧阳江河"词语的一次性原则"的反面,或者说对它的观念纠正,我们可以称之为"词语的语境原则",也就是说——冷霜在此借用了钟鸣的相关表述——"一首诗中的每个词只有通过与其他词的有效'协同行为'构造出生动饱满的诗境,才能生成其具体别致的意义"。

王炜《同行时刻与分界时刻》一文集中于 80 年代以来的陈词滥调和诗人"感觉结构"的固化问题:其一,今天被作为案例的诗人"属于第一批积极利用 20 世纪欧美诗歌文化资源的诗人",其写作方法的效果"在一个比较空白的阶段中堪称显著",不过,不论是文本外观还是主题方面,"他们主要是模仿者",如果我们继续把他们视为"强力诗人",即使不算外行意识,也可能是"诗人对诗人的认识受到媒体话语所影响的表现";其二,诗人的自恋可以理解,但是应该反对诗人的"利己主义叙述";其三,"词语救世主义"和"词语混世主义"是"深度的语言无聊者"的一体两面,"表面性文本"甚至不需阿多诺"美学自律"为之辩护,而"更接近一种间接官方文学(无论是有意识的还是无意识的)"。如此种种,造成了汉语新诗写作者"粗糙的思想习惯"和"知性的不诚实"。而诗人之间的"失认",与其说他们不能相互理解,不如说"中文诗写作者们已经来到一种事实上已非常普遍化的认知空白之中",在此"分界"时刻,王炜认为,仅仅在知识路径上具有"反潮流"的面向是不够的,也要把"诗人的未来"交付给"反成功性",其作品也将因此具有"临时性和临界性"。

刘祎家《"元诗"之"元":新的视景还是旧的格套?——由敬文东先生两篇诗学长文引发的思考》由欧阳江河和西川近年来诗歌创作出现的各种问题,联系到 90 年代以来盛行的"元诗"意识的界限:自张枣从史蒂文斯处吸收了"元诗"之后,作为一种创作意识乃至方法论,"元诗""似乎愈发成为新诗写作中一个不言自明的方法论本体",甚至成为具有一种统摄性的"语言—思维"结构,"好像不如此就不具当代性"。这种心理的根由,仍然是人们出于为新诗立法的焦虑而为所谓"新诗现代化/现代性"寻找突破口。然而在事实上,"元诗"概念在诗学后进和诗歌创作中"逐渐发生了一些新的变化"。刘祎家认为,在某种意义上,"元诗"在多大意义上真正把历史的东西有效地转化进来,又在多大意义上真正有效地传达一种"历史意识"和"历史态度","其实是颇为可疑的"。进一步说,"元诗"的活力"似乎限制在了一套内部的自我指涉之中",特别在 21 世纪,"那种严肃而不是通过揶揄、戏谑和反讽建立的伦理向度,全然内卷化为一种语言的嬉戏和自动生成,严肃的伦理意识转换为一种内部的自嘲、意义的平面化乃至无穷无尽的话语增殖和话语瓦解之间繁复拉扯的不平衡界面,在写作主体与历史材料之间,看似逼近了某种写作者可以巧妙无所负担地玩转和观看其写作对象和写作素材的反讽式关系,个人与历史之间的态度亦愈来愈变得没有亲和度、失去信任、油滑和不再天真。"

辛北北《论当代之歌技艺的失衡——以欧阳江河近年来的长诗写作为中心》以技艺为切入点,对欧阳江河近年来的长诗创作进行了思考。该文首先引入孙文波对"技艺"和"技巧"的辨析:"而正是在技艺的原则下,技巧成为诗歌构成的重要因素",可见技巧是具体而细微的,技艺则是涵盖了技巧的综合化能力。作者认为,"上世纪末就已为人熟知的欧阳江河式的悖论修辞",运用在近年来的长诗中,已经"无法再令语义无限翻转,而仅剩空转"。欧阳江河近年来的长诗创作越来越凸显一种现象:他的诗歌技巧"与他一再主张的长诗技艺并不相适"。下面这句话或许可以解释欧阳江河诗歌声誉的溃败:"如果说他早年的短诗以智性的闪光、写法的别具一格遮掩了写作内部的缺陷,那么长诗体量的扩充恰恰将这种不和谐感放大了。"

(二)《文艺争鸣》:"纪念海子逝世三十周年专辑"

2019 年是海子逝世三十周年,《文艺争鸣》2019 年第 3 期刊发《纪念海子逝世三十周年专辑》。其中,钱文亮《"麦地之子"与 1980 年代的"远方诗学"——为海子殉诗 30 周年而作》一文将海子的诗学倾向命名为"远方诗学",与之相联的关键词包括"天国""源头""草原""海洋""河流""未来""众神""自由""冒险""骑马""飞翔""梦游""流浪""漫游""死亡"等。钱文亮认为,海子的诗学不同于世俗社会历史语境的"浪漫主义",而是"在诗歌抱负与理想上表现出为中国诗歌以及中国文化、人类文明寻求自新之路的理想主义情怀和英雄主义气概"，同时又带有"反现代的"现代主义诗人"反日常、也是反生活的情绪"和后现代主义的行动哲学，还有一种"在路上"的漂泊心态。

另外，针对目前学界对海子诗歌缺乏现实感、历史维度和社会维度的批评意见，钱文亮辩护道："因为海子擅长哲学意义上的抽象思考，习惯于站在人类生存及其文明的总体性高度看待'现象世界'，对'未知'的体验和表达充满好奇与探索，而且，有别于散文式的日常逻辑、平铺直叙，海子具有极强的艺术感受力和艺术思维、表达能力，诗歌中多用隐喻和转义及非逻辑的表现手法，故此容易引人误读和误解，但在事实上，海子诗歌中所渗透的丰富而深邃的现实、历史感受和心理情绪可能是当代诗歌中最为强烈、最具艺术感染力的部分。"

木叶《海子：开天辟地，世界必然破碎》一文称赞了海子诗歌语言的创造性和贡献：一方面，意象与节奏、韵律相融合，自由体与谐韵体相融合，使语言"赏心、悦耳"，这是海子"对当代诗歌的一大贡献，较为自然地推动了意象与咏唱的结合，趋于一种不拘一格的音韵之美"；另一方面，海子"经由一些诗人和哲人所发现的语言的危险性、开放性，以及对家园和存在的升腾，形成了一种新的汉语言，进而跃入一种语言的神性，创造性"。不过，因为"缺少更多更必要的外部的光的照耀"，海子最好的诗歌"都是沉默在其中发言的"；海子"在叙事性作品方面（包括小叙事）的才华是迷人的"，这一点"尚未得到足够的关注"，但是在长诗中，"不少时候过于急切，重复，喧响"。

张伟栋《自动写作、多调互换与实体的观念——论海子诗歌的抒情语调兼及新诗的音乐性问题》对海子的读解也注意到其诗歌的音乐性维度。张伟栋首先指出，"音乐性"这一提法极容易引起误解，尤其是对于外行来说，或者是将音乐性直接等同于格律，或者是将音乐性理解为朗朗上口的朗诵腔调，或是与乐声所具有的音乐性相混淆……在他看来，诗歌的音乐性是"使格律成为格律的那种力量，而非格律本身"，而新诗音乐性的两个重要向度就是"语音"与"语调"。其中，语调及其复杂的生成机制"是理解新诗音乐性问题的关键"。语调不仅包含着语气、情绪、情感、认知和体验，更为关键的是"塑造其成为个性化声音的精神性观念"，语调的展开取决于"精神性观念的运动与发展"。海子的抒情语调主要有三个层面：自动写作、多调互换与实体的变格。自动写作指的是海子的抒情语调的自发性、即兴性和触发性特征；多调互换表现为其语调中哀歌、颂歌与圣歌三种音调模式的转换；实体的变格指的是语调背后的精神性观念，具体体现在海子对"伟大的诗歌"的定义与描述之中。

　　西渡《海子诗歌中的原始主义及其根源》认为，海子是一个"过去的歌者"，其作品很多都表现出"反向进化"和"逆时间而行"的趋势。这种"根深蒂固的原始膜拜"最终"把原初和原始变成了价值的来源"，原始不仅意味着"生命的丰盈和充沛"，还意味着"创造和力量"。

　　论及这一心理根源，西渡分析说，一方面，海子深受尼采生命哲学特别是其酒神说的影响。正是在《悲剧的诞生：尼采美学文选》(周国平译,1986年)出版的次年,海子的写作发生了重要的转向。另一方面,海子的原始主义另有"心理、情感和经验上的内在根据",即"对童年经验的留恋",而这种内在因素是"决定性"的。也是这一因素决定了海子诗歌充斥着对"金色的童年"和乡村生活的回顾,孩童式的天真视角和物视角,以及对"母亲"的依恋。

海子的诗歌在1987年出现了明显的风格转向,西川曾把这一转变描述为"由母性向父性的转变"并为学界广为接受。但在西渡看来,这不过是"从一个经验的母亲转向一个更为原始的母亲,从一个爱与包含的母亲转向一个愤怒的、复仇的、毁灭与破坏的原始母亲、神秘母亲。"因为心理能力和精神气象等原因,西渡认为海子始终始终没有挣脱"母亲势力"对他的束缚,其转向从根本上"与更具造型力和作为创造意志体现的'父亲势力'没有多少关系"。

另外,《文艺争鸣》2019年第3、4、5、6、9期,分别连续刊发了张清华的"海子六讲"中的前五讲。因为所刊内容来自作者2016年和2017年春季在北师大"中国当代诗歌研读"的课堂授课,因而保留了一定的口语化和对话性,同时也不失严谨的学理。在该系列文章中,张清华将"伟大的诗歌"定义为"不是单纯指文本意义上的诗歌,而是人格意义上的,生命人格实践意义上的诗歌,但它是文本与生命相统一的诗人";另外,伟大的诗歌"某种意义上就是在语言上有高度还原性的诗",而海子正是一个"创世纪式的诗人"(《一次性写作,或伟大诗歌的不归路:解读海子的前提》,《文艺争鸣》2019 年第 3 期)通过文本细读,评论家为我们展示了海子的诗歌,特别是长诗,是如何"试图用盘古的方式"以及第一人称"我"的视角与方式,"揭开这个星球上最原始的场景",从而实现了"创世"的叙述;另外,海子通过把语言还原为"史前形态"而"部分地抵达了伟大的还原之境";通过与郭沫若、艾青等现当代诗人的作品进行比较,张清华认为,海子通过将史诗"予以非时间化的处置",使之变成了"文化史诗",甚至"哲学寓言",是包含了生命的"一次性创造"。

除了对"伟大诗歌"的观念构想,海子"卓越的感性想象"是构成其诗歌"巨大的体积"的另一个重要支撑。在第五讲《"在燃烧的太阳和酒精中心":海子诗歌中的感性、身体与情欲》(《文艺争鸣》2019 年第 9 期)中,张清华通过史料挖掘和文本分析相结合,论述了早在 1985 到 1986 年,海子就以隐喻和转喻的形式写出了大量"身体本位"的诗篇,在当代新诗史上,涌动在这些诗篇中的"生命的在场和感性的活跃",在一定程度上"矫正和弥补"了"现代性困境"。评论家进一步指出,海子的诗论背后有一个"酒神式"的思维,甚至相似的哲学话语的支撑,这是使他"能够超越同时代的其他诗人,能够从'诗之本体论'和'哲学本体论'的双重意义上谈论诗歌的一个原因"。

海子的诗学观念还不止于此,第三讲《疾病、疯狂、青春、死亡:作为精神现象学的海子诗歌》(《文艺争鸣》2019 年第 5 期)从哲学和精神现象学的角度出发,分析了海子的身体和精神状况,以及与之相关的诗歌写作,海子的诗歌精神表现较为突出的气质有忧郁症、疯狂,以及 80 年代特有的青春气质和感伤格调,另外,张清华通过细读文本,论证了海子如何使用"超越文化语义,重建词语的新鲜内涵"的"陌生美学"对上述精神进行了独到的表现。

第二讲《以梦为马的失败与胜利、远游与还乡:海子诗歌入门》(《文艺争鸣》2019 年第 4 期)中,张清华将海子的名篇《祖国(或以梦为马)》放置在中外诗歌历史上最优秀的经典序列——屈原的《离骚》《远游》、李白的《将进酒》等——中进行解读,将它看作"新诗诞生以来的'小《离骚》'":海子和屈原一样"设定了悲剧的自我想象","拯救大地"的壮怀激烈和悲情正义,同时,他们都和现实"构成了南辕北辙不可调和的冲突",也共同走向了悲剧的结局,并激赏其在语言的"返还与穿透力"方面"是程度最高、艺术性最强、境界最炉火纯青和天衣无缝的代表"。

第四讲《村庄·土地·大地·原乡:海子诗歌的基本母题与美学根基》(《文艺争鸣》2019 年第 6 期)分析了海子诗歌关于"土地"这一原始母题的基本结构,为由村庄、土地、大地、原乡四个同心圆构成的"套娃体",它们"形成了由里到外的套叠关系",其中村庄是最小的,在村庄的下面和周围,是更大一点的"土地"——也常常化为"麦地";而"大地"是使海子从乡村经验和乡村根基中抽象出来的哲学存在,"一个隐含在他作品背后的、无比辽阔而神秘的、作为世界本体的存在之物";"大地"的诞生则是因为"人和信仰,大地与个体经验的结合物",即是所谓精神的"原乡"。"原乡"是"一个神话化了的、永恒的归所与抒情对象"。

不同于上述学者对海子的盛赞,贾鉴反思了海子神话的形成以及他的史诗观念。在《"一次性行动的诗歌":重评海子的史诗观念》(《扬子江评论》2019 年第 2 期)一文中,贾鉴对海子史诗写作的观察是将其放置在 80 年代写作语境中进行的。这个时代另一个具有代表性的史诗写作诗人是杨炼,贾鉴敏锐地发现了两位诗人的一致性:"尽管他们对史诗的理解各有差异,但他们的史诗大都展示出'负面的想象力'";另外,寻找本源是 80 年代史诗写作的主要动力,二人在本质上也殊途同归:"如果说杨炼是在过去的维度上将传统改造为一个自我-创世神话的话,海子则在未来维度上重述了同一神话。传统和反传统、过去和未来在此并不相悖,它们共享一个目的论信念:过去和未来分别将理想的一面投向对方,都构成历史判断的最高时间尺度。"海子的诗歌和文论,洋溢着"典型的黑格尔式艺术观",以及"对世界艺术价值秩序的排定"。很明显,史诗写作已经不只是个人的诗学趣味,而是"与一个时代更大的价值密切相关"。史诗造型意味着一劳永逸地创立开端及未来,意味着以"一次性行动的诗歌"开启永恒之诗的机运。因而在 80 年代的史诗中,充斥着宏大的空间架构和真理的声音。"无论是诗中被排列成透明的、博物化的视觉对象的繁复意象,还是真理的光学隐喻,"贾鉴说:"它们都既是可欲的对象又是欲望本身,语言变成对伟大主体的演示,民族志的朝圣旅行和直接跃入真理的天空都可视作大写的自传。"即如诗中同时登场的众多历史人物或虚构人物,"既未示人以丰沛的个人命运形象,也不代表特定的历史内涵和历史意识,他们都是'我'在不同的主体位格上的分化,历史中的全部生命都汇集为同一音质的反复独白"。基于上述反思,贾鉴在最后指出,"与其急于创建一种有关死亡的形而上学,不如首先思考一种过于简明的形而上学本身是如何死亡的。"

(三)《文艺争鸣》:"雷平阳研究专辑"

《文艺争鸣》2019年第9期刊发"雷平阳研究专辑",与论者主要关注了在全球化和现代化的背景下,雷平阳诗歌中的地域因素(边地特色)、关切现实的深度和自然符号的寓意等内容。

其中,钱文亮《雷平阳诗歌的当代性、历史感及其"泛神论"》认为,雷平阳的诗歌具有"巨鲨的胃口",深度介入了当代中国的生活经验和时代问题,写出了当代中国最为普遍的"时代内容"和"真实痛苦",并且在文体形式和结构方面"大大超越了传统抒情美学关于'诗'的想象和定义";在表现形式上,因为生活在边疆地区,受地域文化因素影响,"混杂着泛神论、鬼神观念和万物有灵论的宇宙观、人生观"构成了雷平阳的艺术思维及其诗歌世界的基本思想背景,"魔幻叙事"和"通灵抒情"则成为诗人灵活运用的表现方式。在总体上,钱文亮推崇雷平阳"复魅"的诗歌是"对技术主宰世界的普遍物化的抗议",在当下"具有特殊的意义"。

李骞《雷平阳诗歌中的自然符号破译》认为,雷平阳诗歌中常见的自然符号,如麂子、雄鹰、雪山、茶叶、盐巴等,被诗人赋予了"高度自觉的本真生命意识",具有"原生态的生命理念"和"鲜明的象征意义"，包含了诗人"对生命的形而上的哲学思考"和"生命的灵魂观、文化观"。

刘波《诗歌的现代之光如何划过幽暗的传统——雷平阳论》认为，对于雷平阳这个"边地"诗人而言，"守护恒久的传统也就是最大的现代性"，而且"他所有的写作都立足于现代性"。更进一步说，雷平阳的诗歌是"现代性对接了古典传统，且将笔触伸向浪漫主义和叙事性"的写作，"预示了新世纪诗歌的多元杂糅所呈现的效果"。

王士强《雷平阳的重要与为何重要》认为，新时期以来，中国诗歌一直在追新逐异、自我换血、改造自我，希望能够跟世界同步、与世界接轨。这个过程产生了很多成绩，但也"存在很多问题"，比如"很多投机性、姿态性、策略性的写作"。在这个过程中，中国诗歌的"本土性、主体性"是受到"压抑、潜隐不彰"的。雷平阳的写作则体现了"农业文明在中国当代的遭遇、困境和嬗变"，写出了"这个过程中个体的人所经受的疼痛、忧伤、隐忍、绝望与希望"等等，他的写作"是有根的、连接传统的，又是有现代性、当代性的"。

在另外一篇发表于《文学评论》2019 年第 6 期的论文《行走大地，歌哭人生——论雷平阳》中，王士强也肯定了雷平阳诗歌立足现实、记录时代与个人处境，凸显地域性特色，关注生态问题，对现代文明进行反思，以及在"拓展诗歌的边界方面"做出的"独特的贡献"等特质，并认为"在摧枯拉朽、高速前行的现代化语境中，雷平阳无疑是一个不合时宜的人、一个'落后'于时代的人",其写作立场"似具有一定异质性、不合时宜性,但却切入了时代内部,对之做出了有效、有启发性的表达,具有真正的'同时代性'"。

七、其 他

2019年的诗歌批评中,得到较多关注的诗人还有穆旦、昌耀等。

2019年之前,穆旦的相关研究较多关注了他与西方现代派诗人的关系,以及与之相应的与中国古典诗歌和传统文学的关系。学界广泛认为,穆旦在青年时期主要接受了艾略特、叶芝、奥顿等现代派诗人的影响。王毅《重读穆旦〈诗八首〉:原诗、自译和安德鲁·马维尔》(《文学评论》2019年第5期)则于此之外有了新的发现。王毅表示,有充分的证据表明穆旦在西南联大读书期间已经十分熟悉玄学派诗人安德鲁·马维尔(1621—1678)的诗歌作品。结合影响研究与平行研究,王毅将穆旦的名作《诗八首》的原诗、英文自译与安德鲁·马维尔《致他的娇羞的女友》等中英文文本细读比勘,作者发现,从诗歌主旨到技艺(意象、巧智、奇喻、双关以及词语选择等),《诗八首》的写作与马维尔之间都有着"出人意料的呼应",或者说对其文本的借用"显得非常实在"。此外,因为穆旦当时年纪尚轻,新诗写作经验尚不丰富,他还不能像马维尔那样"以戏剧独白的方式隐藏作者",而只能用传统的"无题"这种方式进行"闪避",特别是关于"爱"的定义中,在涉及到"及时行乐和放荡主义这个欧洲文学中伟大的传统主题"时,王毅认为,穆旦与马维尔在思想价值与诗歌技艺方面"都还存在着不小的距离":《诗八首》有关情爱的表达"显得相当抽象而且朦胧甚至晦涩"。

该文同时引述了穆旦的自述,以及穆旦的友人和研究者对穆旦诗歌的观察,反复印证了穆旦对中国新诗的"复兴"方式和创新途径:介绍外国作品。这个理念支撑穆旦在艰难的环境中矢志不移地翻译外国诗歌和文学作品,期望以此提高中国读者的审美眼界和欣赏能力,进而提高创作水平。

李蓉《论穆旦的"身体信仰"》(《文学评论》2019 年第 5 期)从历史化和现代性两方面对穆旦诗歌中的"身体"进行了解读。作者注意到,穆旦诗歌中呈现的对"身体"时而坚信时而怀疑的态度与其不同时期的精神状况直接相关,诗人的怀疑"恰恰证明了身体的限度"以及对身体因环境变化而具有"不稳定性"的承认,诗人的"摇摆""真实地体现了身体对于历史的在场"。换言之,穆旦"始终试图将对身体的思考插入历史话语之中,他的困惑和挣扎也正是这样的历史事实的投影"。另外,穆旦在不断怀疑和惶惑之后仍葆有对身体的信赖,重要原因在于他对身体"具有高度自觉的现代认知"。穆旦对身体的思考"建立在对西方身体哲学理解的基础上",其身体书写"带有强烈的批判性和反抗性",承认身体存在不受精神控制的部分,并力图保持身体的"独立性",这也是穆旦诗歌的现代性所在。

穆旦的另一个主要研究者易彬,长于史料的搜集与细致考证,近年来为学界贡献了不少有价值的研究论文。在《"自己的历史问题在重新审查中"——坊间新见穆旦交待材料评述》(《南方文坛》2019年第4期)中,他展示了坊间近期出现的有关穆旦在1965年年底至1973年间的全新材料,这些材料以"个人交待材料"为主。这些材料的发现,进一步丰富穆旦的遭遇和交游谱系,也向我们显现了"审查机构"的反应。

2019年学者对昌耀的关注重点集中在诗人对早期诗作的重写问题。昌耀对早期诗作的改写,不仅关系个人诗学成就,更影响到了整个当代诗歌史的书写和评价,因此可谓是此类诗学现象的典型案例。王家新《论昌耀诗歌的"重写"现象及"昌耀体"》(《文学评论》2019年第2期)指出,昌耀对早期诗作的重写使后来的研究者产生了诸多误解和误判。细究可以发现,那些因为被改写而显得超越了时代限制的诗歌"只能从重写这个作品的昌耀而非早年的那个而来,从一种诗人直到在20世纪80年代才获得的历史视野和美学追求中而来",然而,昌耀"几乎以自己成熟期的眼光、风格和笔力彻底改写了它们",这种修改"不是局部的修订",而是"深度的、整体的刷新",因此,昌耀所谓的"早期诗"实质上大都属于昌耀在80年代以后的作品,属于诗人"对自己早年生命的重写"。

王家新援引诗人希尼"诗歌的纠正"一说,对昌耀的重写给予了充分的理解和肯定。在他看来,因为正是这种重写,昌耀"将自己置于了更严格也更伟大的诗歌本身的'纠正'之下,不仅大大提升了早期作品的质量,也使他超越了和他一同'归来'的那一代的很多诗人"。这种重写"完全体现了他对诗歌标准新的认定,也体现了他重写自己一生的意志和决心"。对于该现象产生的研究障碍,王家新说:"问题只在于我们的研究和评价"。

李海英《"旧作再生产"与中国当代诗歌知识体系的建构》(《扬子江评论》2019年第6期)同样涉及了昌耀重写旧作的问题。作者基于旧作再生产的多种意图,择取其中四类进行分析:第一类是以《九叶集》《白色花》为例的"真旧作再出版",表面上看是在争取复出的权利,"制造一张进入新诗潮的通行证",实质上是"要参与到对新诗潮的推进",进而参与到"新的文学知识"建构中;第二类是以昌耀为例的"新旧作重写",诗人以重写的新旧作再塑早期风格,从而"撬动当代诗歌史对'十七年文学'已有的评价";第三类是"旧作语境再建构"。20世纪最后十年,诗界围绕"白洋淀诗群"的追名及围绕食指进行的一系列行动是"借助回忆这种独特的情节编织方式虚构出了一段'特殊的生命史'",并最终"重构当代文学史";第四类是文学史家和研究者的参与,对"旧作事件"及时又积极的回应,使再生产的旧作成为一种文学知识得以传播,进而得以再评价和再生产。

"重写"旧作的确包含了一种完善早期自我的意志和努力,但是,诗人如果不于文本注明修改时间,且延续落款初稿时间,确也不能豁免研究者对其隐晦动机的猜测。

存有自我美化、自我修饰嫌疑的,还有诗歌史上此起彼伏的诗派宣言和自我命名。张桃洲梳理了中国新诗史上自我命名的几种情况,其中既有随意性的权宜表达,也有追认性质的,如"九叶派"和"七月派",还有一些"姿态大于实质"的,如"撒娇派""日常主义""病房意识"等,其中最有影响的诗群之一"非非主义",以"理论宣言与创作实践之间的错位或'脱节',揭示了某种类于'非非'这个名称自身的悖谬"。张桃洲认为"不必对某些命名过于较真",因为在那些"似是而非的命名"背后,甚至包含了提出者"参与构造历史的冲动"。

批评之余,张桃洲也提出了他对某些命名的肯定,如"中生代",并说明这个主要出生于 1960 年代,写作开始于 1986 年诗歌大展前后,并于 1990 年代中期引起关注的诗人群体,在艺术观念、美学风格、修辞手段等等方面"各不相同",在诗歌技艺上"更综合化",文本呈现上"又更个人化",因而,张桃洲指出,"中生代研究必须建立在具体的具有代表性诗人及其作品的深入研究、梳理与把握之上,否则难以获得有价值的指认与确立"。事实上,这个所谓的群体性的命名仍然存在自我的悖谬,他们人数太多,又缺乏作为"诗歌流派"或"群体"所需要的某种统一性。

结　　语

中国新诗写作和相关研究虽届百年,但由于其诞生在一个急剧转折的时刻,后又逢 20 世纪的中国灾难多变,文化启蒙和现代性发展滞后,当代诗界一直呈现出"现代性""后现代性"以及延续至今的"前现代性"因素同时并存的特殊现实。批评家对古典诗意的回望,与思想者对"现代性"的呼唤一样殷切。隔而不断的古典性和"未完成的现代性"广泛存在于中国的政治、经济、文化等各个领域,同时也构成了新时期以来中国诗学评价的难题。

当代诗的经验主义与非经验主义：
近年来中国新诗写作概观

一行　执笔

"当代诗"已逐渐取代"现代诗"或"现代汉诗"，成为了对今天中国新诗写作的主要命名。这一取代背后，是诗人们的写作意识在近三十年来持续而深刻的变化。在对"当代诗"的众多界定和解说中，一种很有影响的主张是将它与"经验主义诗学"绑定在一起：诗歌写作的当代性，意味着诗要尽可能多地吸收、容纳我们时代的生命经验，并通过对这些经验的书写（叙事和描写）来揭示或抵达"真实"。如果对近几年的诗歌现场进行一次扫描，我们会发现尽管这一现场仍然具有某种"混杂"和"多元"的外表，但广义的"经验主义诗歌"（叙事诗和准叙事诗）已经在其中占据了最大份额。我曾在另一篇文章中作出过如下判断：以"世俗日常生活"和"历史意识"为诗的本源、边界和支撑框架的"经验主义"，作为一种诗学观念和写作方法论，在中国新诗中的逐步确立、稳固和壮大，是近三十年来中国新诗所取得的最重要的成就之一。对近年来公开发表和出版的各类诗集、选本以及诗歌公众号的广泛阅读,也不断验证着这一判断。然而,"经验主义诗学"在当代诗歌写作中的扩张和优势地位,带来的并不全是好处;当"经验主义"逐渐走向一种"自封正统"的排他性诗学立场,当其主要手法(叙事和描写)被诗人们无反思地滥用时,这种"经验主义"就会危及诗歌本身。本文将以近年来的中国新诗作品为实例,具体说明当代诗中的"经验主义诗歌"的源流、类型、主要特征和方法论优势,反思这一写作方式内在包含的局限性和弱点,并提示那些不同于经验主义且能对经验主义诗学构成平衡、补充的诗歌类型和诗学路径。

一、当代经验主义诗歌的源流与类型

尽管当代"经验主义诗歌"以叙事和描写为主要手法,但它显然不同于古典意义上的叙事诗。今天的诗人们面对的是一个已然"祛魅"和"理性化"的世界,每个人作为"偶在个体"已经难以嵌入到古老的天道或神意秩序中,因而不太可能书写"英雄""圣王""祭司""先知"等题材的叙事诗。当代的经验主义诗歌总体上是世俗化的,它们处理的是现代人的日常生活,往往是日常生活中碎片性的瞬间或片断,其意义是不确定的、有待于在诗歌中生成的,而不是从既定的意义秩序中直接获得的。古典时代虽然也有关注日常生活的诗作(如中国宋代的田园诗),但其依托的世界图景仍然是一个稳定、熟悉的自然和礼法世界——这样的世界在当代中国已经消逝。奥尔巴赫在谈论古罗马作家佩特罗尼乌斯的日常风俗小说时的观点,也大体适用于中国古典田园诗:"他的作品虽然生动传神,但运动只在画面里,画面背后死水一潭,那里的世界静止不动。这固然是一幅时代画卷,然而这时代似乎永远不变……不论是佩特罗尼乌斯,还是他的古罗马时代的读者,对这一切时代的制约性或历史性都丝毫不感兴趣。"(《摹仿论》,吴麟绶等译,商务印书馆,2018 年,第 41 页)换句话说,古典时代的日常生活书写通常缺乏对现实的历史意识。只有那些在乱世中书写人的生存境况的古典叙事诗,才将一种"诗史"意识引入到生活经验的叙述中——杜甫是这一方面的典范,他也成为了中国当代不少经验主义诗人效法的楷模。不过,即使是杜诗,其历史意识也不能直接移植到当代诗之中,因为它的根基是儒家传统。而当代的经验主义诗人普遍意识到"此时此地"的生活是转瞬即逝的,并且深刻地感受到这种生活所嵌入其中的现代世界的基本结构,以及它在器物、制度和精神氛围等方面的条件和约束性。这意味着,不仅在经验内容上,而且在经验方式上,当代诗歌中的经验主义写作都深刻地打上了现代世界图景的烙印。

中国新诗中的经验主义诗学和写作方式,从观念源头上说已然蕴含在胡适"白话诗"的主张之中。但早期新诗中却很难找到较为成功的经验主义诗歌的例证——周作人《小河》可能是仅有的几个例证之一,它在叙事手法、节奏控制和结构方略上都具备了一定火候。中国早期新诗中的现代主义主要以表现主义和象征主义为主,而受浪漫派影响的诗人热衷于抒情,所谓的"现实主义诗歌"在感知力和叙事技艺上又显得粗糙、生硬,因而,以"精微描写"和"沉稳叙事"为特征的经验主义诗学并未在早期新诗中真正立足。这种状况一直延续到 20 世纪 80 年代中后期,中国新诗的作者们对现代诗的认知主要是从法语诗、德语诗和俄语诗的中译本获得的,这三个语种的现代诗传统都缺乏经验主义性质;即使此时有不少英语现代诗译过来,但受到诗人们更多关注的是其中的玄学派、意象派和深度意象派,而不是那些以叙事见长的诗作。中国诗人对经验主义写法的大规模探索和推进,发生于 20 世纪 90 年代,它主要是向英语现代诗中的叙事诗学习的产物,以弗洛斯特、奥登、拉金、希尼、米沃什(英语化的)、洛威尔、奥哈拉、R. S. 托马斯和爱德华·托马斯等诗人作为主要范本,同时借鉴和吸收了威廉斯等人的客体诗观念。英语诗中的经验主义写作,最根本的特征有两个:其一是诗歌的主要题材聚焦于日常生活的常规经验(如家庭关系和地方生活场景);其二是在方法上,强调诗人要以一种理智而专业的冷静态度,来处理诸种经验。中国新诗从上世纪"八十年代新诗"向"九十年代新诗"的转换,实质是从"抒情性的观念书写"向"经验主义诗学"的转变——那些具有代表性的"九十年代诗人"们(张曙光、孙文波、萧开愚、桑克等),在诗学范本和诗歌写作方向上作出了重大取舍:主要向英语诗歌中的"现实感"和"日常性"学习,在方法论上突出叙事、描写等手法的地位,在本体论上则倚重艾略特所说的"历史意识"。由于中国古典诗歌传统也包含着一种诉诸历史意识的传统(不止于杜甫,但杜甫是中国古典诗歌中历史意识的最佳典范),因此当代中国的经验主义诗人,可以部分地与中国古典传统达成精神契合。

中国当代诗人从英语现代诗人那里获得的最重要的东西,首先是直面现代人的日常生活的态度,是将日常经验作为诗歌感知力、理解力、想象力的主要来源的立场,是从世俗生活中汲取诗的语汇、题材、声调和语气(比如谈话性和现场感)的方式。由此,诗与日常经验之间的关联紧密起来,而诗的任务成为了对"我们实际所过的生活"的如实感知、呈现。经验主义诗学所要探究的"真",并非"超验真理",而是"经验真实"。经验主义诗人们普遍认为,作为有限的存在者,人无法抵达"超验真理",而只能通过感受、观察和思考,部分地揭示"经验真实"。对"日常生活"及其"经验真实"的关切,构成了中国当代经验主义诗学的首要特征。但是,以何种方式来书写"日常生活",在经验主义诗歌内部是有着很大分歧的,由此划分了经验主义诗歌的各种类型:有强调日常生活的"神秘瞬间"和"纯粹经验"的"提纯式的经验主义",也有强调要如实容纳生活的混乱、污秽和琐屑经验的"芜杂的经验主义";有以"第一人称"作为主要叙述视角、因而携带着个体情感和情绪特征的经验主义诗歌,也有以"第三人称"作为叙述视角的、显得更冷静和客观的经验主义诗歌;有更偏重于抒情(叙事为抒情服务)的经验主义诗歌,也有更偏重于观察和分析的经验主义诗歌。此外,诗歌中的叙述究竟应该以口语和白描为主,还是以更修辞化的语式为主,这也是争议的焦点之一。就目前的写作状况而言,虽然"提纯式的经验主义"更受普通读者欢迎,但多数有抱负的诗人仍然义无反顾地将"芜杂性"作为经验主义诗歌的必要特质之一,主动地书写日常生活的混乱、污秽和琐屑。"芜杂性"之所以重要,首先是因为它是现代世界的基本状况,它比"提纯式的经验主义"更能满足对真实性的要求;另一方面,当代诗的基本特征之一是空前地扩大诗的容量,"芜杂性"本身就意味着容量。为了使得诗歌与当代世界的芜杂状况相匹配,为了使诗歌能消化各种事物,必须部分地牺牲简洁、纯净甚至微妙。很多所谓的"简洁"和"微妙"之作,不过是将诗歌制作成了"盆景"一样的语言景观。真正杰出的当代诗歌,是要像鲸鱼和裹胁鲸鱼的洋流一样,在内部携带庞大、繁多但却生机勃勃的内容。这并不是说诗越混乱越好,而是强调诗歌对我们所在的这个空前复杂的世界的忠诚:我们的理智和精神或许应该是清晰和坚定的,但我们的生活和生命却无往不在芜杂之中,我们的语言因而也需要在"精神的澄澈"与"生活的芜杂"之间保持必要的张力。

就近几年的中国新诗来看,"第一人称"视角的、以叙事的方式来进行抒情的经验主义诗歌占据了上风。这主要是因为,与20世纪90年代新诗中以反讽、怀疑为主的叙事态度和情绪相比,最近这十几年的中国新诗似乎一直在渴望、寻求着"重新肯定",对世界、对生活的肯定。有力的抒情从根本上说建立在肯定之上。可以将这一类型的具有抒情特征的经验主义诗歌命名为"肯定性的经验主义",与之相反的是以虚无感为主的"否定性的经验主义"。当代诗中,前者的代表是黄灿然、雷武铃等人,后者的代表是桑克、张曙光等人。"肯定性"一般与对经验的"提纯"相伴随,而"否定性"则更多地倾向于"芜杂";即使一位"肯定性的经验主义"诗人也书写了非常混杂的生活经验和细节,他也一定会在诗的某处设置一个净化性的"过滤点",将全部的芜杂性回收到精神的纯净之中。黄灿然在《细节》一诗中写道:

> 我并不是日复一日上班下班可以概括的,
>
> 我对自己说。想想吧,
>
> 昨天晚上我在路上遇见她,她曾使我
>
> 对着山上的树林也流泪;昨天下午
>
> 我在海边站了一会儿,注意到
>
> 蓝得发绿的海水在起伏;昨天早晨
>
> 我在山上遇到暴雨,在避雨亭
>
> 站了十五分钟,而且为了不被
>
> 大颗大颗密集的雨点打到双脚双腿
>
> 我是站到凳子上的,然后在离开时
>
> 用裤袋里的一团厕纸
>
> 把我留在凳子上的脚印擦净。

这是一首典型的披着叙事外衣的抒情诗。诗的第一句就是对日常生活单调重复性的逸出,强调总有一些"奇迹"和"纯净瞬间"的存在。"昨天晚上""昨天下午""昨天早晨"这三个经验场景的依次展现,就是日常生活中的"奇迹"发生的时刻,它们对应着与他人、与自然的相遇。虽然诗的语气是平静的、得到了控制的,但可以清晰地从字里行间感受到这些"相遇"在诗人身上引发的激动。诗的最后对"把脚印擦净"这一细节的描述,显示出抒情主体在这些时刻的诚挚、认真和分寸感:对痕迹的擦除是为了恢复事物不受干扰的完整性,这是一种肯定的、在事物面前保持礼数的伦理姿态。与黄灿然的诗作相近,雷武铃及其学生们的诗歌中也经常出现这样的"细节"。王志军诗集《时光之踵》、谢笠知诗集《花台》以及雷武铃编选的诗歌选本《相遇》,其中大部分诗作都是这种肯定性的、抒情性的经验主义诗歌。

20 世纪 90 年代的经验主义诗歌,大体上是以反讽、虚无和怀疑主义的态度,来观察、理解和分析日常生活,这一态度在今天也仍然是部分诗人写作时的主导情绪。桑克长诗《向爱德华·霍普致敬》(2022 年)中写道:

> 本来可以抒情的,
> 面对一个安静的同样也穿着
> 沉着绿的外套的小姑娘。
> 但是年长让多说几个字都是多余的。
> 那就别讨嫌了。赶紧拿开目光,
> 或者赶紧迈步离开这里。
> 你年轻的时候就是这么看待
> 年长的人。如今颠倒了一个个儿,

你也不允许自己对自己产生怜悯之心。

太可笑了。还是回到想象之中。

咸湿也咸湿在想象里,好像日本小说里的

一个人物,写出来难堪但是实际上

并不妨碍谁。甚至可以更从容……

这首诗中的玩世不恭声调,与桑克多年前写下的《贺新郎》《嵇康》等诗作一脉相承,但多了一些从年龄而来的自嘲。"本来可以抒情"的冲动,被一种尴尬的、"别讨嫌"的自我意识所压抑,只能让发霉的欲望"咸湿在想象里"。桑克近年来特别喜欢进行这种自我分析、自我暴露式的叙述,它也确实揭示了一类"写出来难堪但实际上并不妨碍谁"的处境。而张曙光的近作则通过一种碎片化的叙述,更深切地推进了他以前诗作中的虚无感。在《晨歌》(2019)中他写道:"我们将越来越适应这个世界,还是相反? /一只乌鸦孵着恐龙。而乌鸦被一条舌头孵出。/是的,舌头。它正在那里休眠,肥大,油腻,软塌塌的/带着粘液,就像这个早晨,或我们的生活。"这里从"乌鸦"向"恐龙"和"舌头"的转换,是从诗性想象向日常意象的突降,它作为一个无意识的联想活动最终却跌落回了日常生活的平庸真相。在另一首诗《冬天的童话》(2019)中,张曙光也发出了类似的疑问:"生命是一种重复/确切说依赖于重复,谎言也是。但这是否有助于改变命运? /当寒流沁入我们的内心,我们是否会和冬天融为一体? /我们的身体是否会随时间的碎片而剥落?成为寄生体/或宿主,直到忘记了自己的身份。而现实的问题是/我们究竟是应该从这个世界逃离,还是继续折磨它/让它发出痛苦的呻吟?"正如谭毅在评论时指出的,"与从前的写作相比,张曙光的近作用这种裹胁着众多'此刻的碎片'的意识流,突破了经典的经验主义诗歌中对完整叙事的要求——经验主义的完整叙事,在我们这个时代很可能是虚假的;事实是,任何事件在发生的瞬间,都经过了媒介与技术的中介,被碾碎成一些雪状的粉末或尘埃,塞进了我们的接收频道","从标点的角度来说,这些密集出现的句号意味着对叙述线性、连续性的拒绝。句子像瓦砾或建筑废料一样搭起来,形成了一首临时的、装置性的诗歌,刚好对应着这个'一切坚固的东西都烟消云散'的世界。"可以认为,张曙光和桑克这两位在 20 世纪 90 年代就确立了自身叙事风格的重要诗人,在我们时代仍然坚持着一以贯之的虚无姿态,拒绝加入近十几年来中国新诗中"重新寻求肯定"的潮流。

与这种带着深度虚无气息和怀疑主义情绪的叙述不同,对日常生活进行呈现的另一种方式是突出生活本身的幽默感和喜剧性。席亚兵和金辉的诗作就深谙此道。席亚兵《歌声》是对某位女性"自行车上的歌声"的戏谑式书写:"她是现实,不是艺术/……/现实回避艺术,现实/迎接歪歪扭扭的风貌,/不喜欢标准,更讨厌龙飞凤舞。/她爱上了这种字体,这字体/中的形象。她心入迷不浅。/她的感觉绝对如钻石。/她的真理悍然如雷霆。/她宣布无效。她是/否认。哦,哦,哦,哦。"一种"歪歪扭扭"的、与"艺术"不太沾边的热情,在诗中虽然受到了调侃,但似乎又得到了奇怪的肯定和同情。金辉的诗作则极力还原生活的烟火气：

> 三奶奶可不管什么疫情不疫情的，
> 照常每天吃肉，只要有肉吃她就每天快活。
> 虽然街上的气氛有点紧张，
> 儿子和儿媳妇还是紧着老太太的
> 这张嘴，得空就偷着到镇上买几斤肉。
> 这会儿，刚吃过几片肥肉的三奶奶
> 站在院子里听了一会儿远处的大喇叭，
> 回头跟唯一的孙媳妇说：这喇叭
> 八成有四十年了，我当姑娘那会儿就见天响，
> 动静还是那么大，可那挂喇叭的树啊，
> 自打我嫁过来，不知道换了多少棵了。

这首诗的核心感受(并非观念性的主题)是"顽强"：人坚持过自己的正常生活的顽强，与树上"喇叭"的顽强形成了对称。按照哲学家张盾的说法，日常生活体现了"存在的平凡本意"：每一存在者都努力地保持自身的存在，这一保持构成了存在者的"可再性"(张盾《第三人称存在论》，南京大学出版社，2021 年，第 248 页以下)。日常生活作为人之存在的本相，就是通过不断重复的"可再性"来构成自身的。"平凡"就是不管发生什么事情，都继续过自己往常的生活，像"三奶奶"一样"照常每天吃肉，

只要有肉吃她就每天快活"。这就是生活自身的顽强。这首颇具喜剧色彩的诗，包含着诗人对普通人生活的尊重，也提示着我们需要尊重每个人过正常生活的权利，因为人的存在就是他的正常生活本身。

第一人称视角的诗歌容易陷入自恋的泥潭，即使用叙事来平衡抒情，这种隐秘的自恋性质也经常难以消除。那么，换成第三人称视角的叙述是否会避免这一问题呢？看上去，第三人称叙述是冷静和客观的，但事实上，它会引发新的问题。许多第三人称视角的经验主义诗歌是对他人生活的描述和分析，它显然包含着一种窥探欲。但对他人的窥探很多时候并不是全然正当的，其中的乐趣也总是伴随着某种不恰当的优越感和对他人的物化、工具化。因此，席亚兵会主动限制这种窥视性的写作，他写道："最好让我们/看不见伸手可探的事物"（《生活隐隐的震动颠簸》）。如果一定要写他人的生活，就需要有更多的同感心。楼河的叙事诗是这种同感心的例子。楼河诗歌对他人生存境况的切入和描述方式，并不是分析性的，而是感受性的，这避免了分析性视角带来的居高临下的、将对方客体化的姿态，而有更多的设身处地的理解和尊重。《在县人民医院》《去医院的路上》等诗作弥漫着一种寒凉和悲伤的氛围，但楼河擅长在揭示人生命的脆弱和无奈的同时，用诗的方式给出某种安慰，因为他相信"诗的疗愈高于诗的拯救"。如《月下闲谈》的结尾对一位与自己交谈的"衰老男人"的内心状态的猜想：

曾经饥饿的记忆变成心中的虚无，

在想要遗忘的时刻愈加强烈，

仿佛欲望的火焰烤炙着衰老的肉身。

所以要紧紧抱住将要睡着的枕头，

在脑海里挖掘那枚月亮，

回想起山谷中耕种的日子，

破碎的芬芳与辛劳的青春在月光下

存留着永远消逝的形象。

　　这样的诗也带有微弱的、受到抑制的抒情性，但它并非第一人称性质的抒情，叙事也不是为抒情服务的。楼河诗歌中的第三人称叙述并非一种冷静、客观的中立叙述，相反，他对第三人称的运用总是试图以移情或同感的方式进入他人的内心，用自由间接引语的方式来言说其心理活动。楼河的诗因而可以成为第四种经验主义诗歌类型的代表：在肯定性的"提纯式经验主义"与否定性的"芜杂经验主义"之外，在喜剧性的第三人称叙述之外，他提供了悲伤的第三人称叙述的例证。

二、当代经验主义诗歌的自然转向与伦理转向

　　在前文中，我们提到 20 世纪 90 年代新诗中的经验主义诗歌，主要是一种以反讽和怀疑主义为特征的写作。而进入新世纪以来，中国经验主义诗歌的主要趋势却是"重新寻求肯定"。

这种对肯定的重新寻求,其体现集中于当代诗的"自然转向"和"伦理转向"之中。而这两种转向的实质,都是试图在"日常经验"中重新寻找"超验"或"超越之物"以作为生活根基。这是在现代性造成的虚无或意义危机中,试图重新寻找肯定性的超越之物,来为生活、为诗歌重新奠基。"自然"("大地"或"山水")作为超越性的场域(赵汀阳:"与人事无涉而具有超越性的自然就是山水"),人伦经验与"天道"的连通性,构成了中国自身的文明传统中本来就包含的两种"超越"形态。因此,新世纪的经验主义诗歌内部的转向也可以说是一种朝向"中国自身"的转向,它不再停留于对英语诗中的经验主义方法的学习、移植和改造,而是建立在文明自觉和为生活秩序重新确立超验根基的意图之上,因此,不妨将其理解为"文明转向"和"超验转向"。经验主义诗歌的立体纵深,就取决于它在书写日常生活的同时与自然、历史、他者和超验发生关联的深度。

经验主义诗歌的"自然转向",在今天的写作中主要体现为从"风景诗"向"风土诗"、"新山水诗"的变化,其核心旨趣是试图在今天的中国重建或重新引入"山水"维度。上个世纪的中国新诗中,并不缺少"风景诗",但基本上都是在一种抒情浪漫主义的模式里,或者以风景为"观看对象"的主体性视角中,对自然进行书写。90 年代新诗中的经验主义,主要关注的是日常生活场景和社会空间装置,对"自然"的兴趣不大。"风土"并非"风景",它不是观看的外部对象和旅行中经过的地点,而是人生活、扎根于其中的非对象性的场域,它塑造的是一种更深入、内在、共属性的与自然的关系。"山水"则是经过古典精神洗练之后的"风土"。中国当代杰出诗人们的"自然"书写,已经从外在的"风景书写"转换为更丰盈、深刻的"风土书写"和"山水书写"。孙文波的"新山水诗",雷武铃与"保定诗群"的风土书写,雷平阳笔下的"昭通"和"基诺山",陈先发、杨键、聂广友、陈律、施茂盛等人的江南书写,以及余怒、李森、飞廉、泉子、苏野、高春林等人的诗中,都可以看到"山水"精神的踪迹。

在被称为"地方主义"的写作中,"自然转向"和"伦理转向"往往混合在一起,它们共同指向对一个"山水-宗族小共同体"的重建。更诚实的"地方主义"诗人则会意识到宗族的解体和山水的失落,人最终只能和他周围的事物、周围的人结成"临时的共同体",去找回"附近"、歌颂"附近",而无法再与更广大的世界缔结盟约。这种更诚实的写作,可以在宋前进的诗中看到。宋前进的诗是关于"附近"的自然诗或风土诗,多以《小巷颂》《小路颂》《小区颂》之类为题,虽有"颂"字,却满是丧失、寒凉和死亡的意象,比如下面这首《小院颂》:

又到春天了……细雨纷纷

一株梅花饱含热泪。

道路变得更窄,而牛蹄印更浅

我将返回迷雾散尽的小院。

(愿清冽的井水还记得我!)

一切事物在细雨中矮化

香椿树、葡萄架、门槛、小板凳

和高过苍天的红薯窖。

墙角的雪尚未化尽,刚好露出

豆芽一样瘦弱的灵魂。

天渐渐黑了

黄土依然滚烫,落满疲惫的麻雀。

记忆中,墙外茂密的槐树林

曾经埋过死猫、死狗和夭折的婴儿

如今只剩下一片沙丘

像大地将尸骨变成了照片。

我将返回安静的小院,如同陨石

重新回到星空。

连同空空的鸟巢、白白流淌的河水

和那年夏天淹死的小伙伴。

　　"90年代新诗"对"伦理主题"的处理,主要是以"知识分子"的良知姿态,以人文主义道德作为立足点,对社会生活作出批判性的审视。在"知识分子写作"中,"道德的姿态性"往往覆盖了"伦理的具体性",营造某种道德化的"自我形象"的动机压倒了对他者的真正关切。进入新世纪后,"伦理书写"在中国当代新诗中得到了深化和调整,出现了三类主要的伦理写作方式。第一类,是前面提到的以"共同体伦理"为立场的伦理书写,它主要围绕着家庭(家族)叙事和地方叙事展开,但也有可能上升为更高层级的民族叙事或文明意识。自然、地方与伦理经验的汇聚,就是文明经验在诗歌中的显现。聂广友和陈律,雷平阳和陈先发,李建春和杨键,他们的写作都可以视为这种文明经验的诗学例证。试读李建春近作《长啸的黄金》(2022 年),可以体察文明经验如何渗透在日常经验之中,并改变了日常经验的性质,使之变得深邃广大:

> 站在老家山坡上。早起,在水井边
> 洗完脸,我不怀疑自己。与朝日
> 对视的距离映照一个人的心胸。
> 光速,广大,含藏了父灵的小河水
> 在肘后远方激溅。鸡群扑腾而出,
> 带着奇怪的默契,仿佛交班的护士。
> 是的,今日凌晨,大公鸡和小公鸡
> 可没少打鸣。在它们掌控的时间内
> 我欣赏母亲喂它们。长啸的黄金
> 闪出竹林,漫延在南方幕阜山脉。
> 我不再逃避自己的直觉,决不原谅
> 字眼中的奸邪。高速路面的厚黑
> 被乡村迟钝的作息透视,我坦然返回
> 一幅山水画中旅人与天地的比例。

第二类,是以列维纳斯式的"他者伦理"为立场的书写,诉诸一种朝向陌生者的注意力,黄灿然的《奇迹集》和江汀《来自邻人的光》中部分体现了这种伦理目光。第三类,是以"自我伦理"或"自我技术"为中心的书写,它朝向的是"真实的自我",臧棣、陈先发与余怒等人的写作中,就包含着这种对"自我"的深度探寻和建构。

与上世纪诗歌对伦理主题的处理方式相比,今天的"伦理书写"包含着以下几个新特征:(1)"伦理书写"不是只局限于"伦理主题",而是在一切主题的书写中都贯彻伦理意识;(2)今天的伦理书写不再以"否定"或"批判性"为主,而是以"肯定性"为主,从"批判现实"转向了"肯定生命中的超验者"(无论这超验者是"共同体"或"文明精神",是"他者",还是"真实自我");(3)从知识分子式的人道主义姿态和良知自我形象,转向更具体的对共同体生活细节和他者生活细节的关注;(4)引入了文明意识与"中西之辩",不少诗人今天的伦理写作都有强烈的中国文明本位立场;(5)今天的伦理写作面对着古今伦理之变,亦即要在"共同体本位"和"个体本位"之间进行取舍或平衡。今天的诗人必须思考:是返回共同体还是朝向他者?或者,一切真实的共同体伦理和他者伦理的前提,都是先行确立本真自我的存在?不少诗人基于儒家或保守主义立场,对现代诗原本携带的个体主义进行反思和批判。但这里也可能包含着矫枉过正的危险:否定个体主义变成了完全倒向共同体传统和经典,以至于否定了新诗作为"现代诗"的正当性。我们或许需要一种更恰当的对个体主义进行扬弃的方式:以"个体"作为诗的必要起点,但不固守于个体性,而是从个体的真切经验出发,通向超验、历史传统与他者。

这意味着,今天的伦理书写所要求的,是一种同时朝向共同体、他者和自我的诗歌。真正完满的幸福,正是建立在对这三重伦理维度的综合之上。由此我们才可能构建一种以经验主义方法论为基础的"幸福诗学"。九十年代诗歌的经验主义,是一种"社会经验主义"和"日常经验主义";而新世纪以来诗歌中的经验主义,则出现了一种"自然经验主义"和"超验经验主义"。其中包含着"从反讽到肯定"、"从社会到自然(或山水)"、从"知识分子的良知书写到更真切复杂的伦理书写"的转向。由此,八十年代末以来中国经验主义诗歌的演变轨迹,就可以大体概括为以下几次转换:集体意识(无经验的象征系统)→个体性的日常生活经验→地方经验与他者经验→文明经验。

这一由"自然转向"和"伦理转向"共同构成的"超验转向",并非没有内在的问题和危险。我们看到,这一转向与新世纪以来中国新诗的另一个重要趋势有着紧密关联,那便是"保守主义新诗的兴起"。所谓的"重建山水"和"回到伦理共同体"的诉求,本身就是保守主义性质的。这一保守主义的诉求如果太急切,可能会使得诗歌写作者低估当代中国社会的复杂性,低估现代文明的合理价值。文明意识的引入,虽然使得新诗与中国古诗之间的鸿沟在一定程度上被抹平,新诗与古诗获得了沟通、连接的可能性,但这种文明意识目前来看仍然是以忽略当代世界的复杂性为代价的。与此相关的另一个问题是,对"肯定"或"超越"的过于匆忙的追求,会带来诗歌自身批判性和复杂性的削弱,而这会降低诗歌的意识水准。如果肯定性本身并非建立在足够丰富和充分的环节之上,省掉、缺失了太多必要环节就试图抵达肯定,这种肯定就类似于升华,其真实性是可疑的。大多数寻求"肯定"的经验主义诗歌,都效仿弗洛斯特和早期希尼的写法,用一种带着明亮光泽和纯净气质的语言来营造神秘、通透的诗性氛围(例如雷武铃诗集《赞美》),我在前文中称其为"提纯式的经验主义"。但这种经验主义的容量或能够处理的主题是有局限的,它一般不能处理城市经验,更不能处理繁复的由诸种力量、观念和话语方式的混杂和冲突所构成的当代经验场景,即使处理,也会给人一种单调和片面之感。因此,需要通过前面所说的"芜杂的经验主义"来校正"提纯的经验主义"的缺陷。

三、经验主义诗歌的优势与局限

经验主义作为一种诗歌方法论,有着非常突出的优势。前面已经指出,经验主义诗歌对"经验真实"的忠诚,使之获得了一种沉着的现实感和具体感,较之于那些空泛的抒情和粗疏的文化观念写作要远为可信。用古典诗学的标准来说,这是一种诉诸"现量"(或"直接经验")的诗——它内部可以再划分出更侧重于"感-兴"的写法和更侧重于"观-思"的写法。总体上看,当代诗的经验主义是以"观察"和"沉思"作为诗的基本动力的,"感兴"的力量在诗歌中有所减弱。尽管如此,这种写作方式仍将自身深深嵌入到当代世界的生活方式和感觉结构之中,而比其他类型的诗歌更具切身性和处境感。

除了能够真实、具体地回应我们时代的生存处境之外,经验主义诗歌最重要的优点,是它在方法论上的成熟和稳定性。它的基本手法是"叙事"和"描写",这两种手法经过现代主义以来的改造和变异,已经发展出一整套非常系统、有效的模式和技术,任何学习现代诗歌的人,只要肯花时间和功夫,都能够大体上掌握(虽然其中一些比较复杂和新颖的技术需要一定天赋才能灵活运用)。由于这一写法对经验细节进行叙述或描写时,着力于做到准确、生动和细致,因此,它天然避免了粗糙、陈词滥调和滥情、矫情的问题,而显示出对语言和世界的平正态度。这样一来,经验主义就成了几乎仅有的一种"不依靠天赋、不依赖运气"就能稳定地写出不错作品的诗歌方法论,它持续产出优秀诗作的稳定性远胜于其他诗歌写法。历史上出现过的其他写法,几乎都要依靠天赋或运气才能运用得当,天赋差一点就会陷入陈词滥调、任性或滥情的泥沼,运气差一点诗作就失去了色彩和魅力。

经验主义的诗歌方法与它所要训练的心智类型是高度匹配的。这一心智类型,大体上可以概括为沉稳、平正的心智。沉稳意味着耐心、专注和细心,经验主义诗歌建立在对生活进行观察和理解的沉着态度之上。平正意味着质朴、踏实、端正,不言过其实,不以华丽空洞的言辞取胜。在沉稳和平正之外,一些受到现象学和"客体诗"观念影响的诗人,还强调写作的"如其所是"

性。"如其所是"意味着不任情使性，不歪曲、不美化事物和我们的生命经验，而是如实呈现事情本身、生活本身的面貌。长期坚持经验主义写作并对它进行反思性的深化，会带来心智的逐渐成熟。经验主义诗歌是可成长的，是一定能越写越好的，它唯一需要的就是时间。相比之下，其他的诗歌写作方式都并不直接促成心智的成熟，因为它们大多数都是建立在奇想、神秘直觉、无意识和激情之上，这些非常规的经验往往与儿童和青年的关系更紧密，很难在成年以后得到保持。

任何一种诗歌方法，如果成为固定的程式和套路，都会从中产生出大量的常规诗歌或庸诗。经验主义诗歌的一个优势在于：即使诗人按这种方法写出了许多常规作品，这些作品也不会给人空洞感和虚假感（其他方法写出的庸诗基本上都是空洞和虚假的），因而似乎仍然是立得住的；而且，在写作大量的常规诗作之后，经验主义诗歌有可能发生内在的、质的改变，向非常规的真正诗歌转化。当经验本身在心智成长中逐渐变得独特、深入、有力而语言在重复训练中与之越来越契合时，诗人就能写出不凡的作品。据我观察，按照经验主义方法写了十年以上的诗人，几乎全都写出过令人信服的诗作。做到这一点并不需要太高的才华。而其他类型的诗歌方法，由于并不依托于逐渐成长起来的成熟心智，几乎全靠作者的天赋才华，经常是"出道即巅峰"，兰波就是一个极好的例证。聂鲁达晚年对自己诗作的评价，可以表明非经验主义的诗歌写作常常陷入的停滞或倒退状况——聂鲁达说，他最好的诗是在 19 岁时写下的。

无论是"90年代新诗"中的"中年写作"、"叙事"和"技艺"概念，还是口语诗的各类尝试，以及新世纪以来中国新诗在自然、地方、伦理等方向上正在进行的努力，其主导线索都可以归入到经验主义诗学的范围之中。经验主义由此成为了当代新诗写作中最重要的方法论，它造就了一种真实、朴实、结实和踏实的写作意识，并产生出大批以经验主义为主要诗学原则的杰出诗人和杰出作品。但是，经验主义在现实感和方法论上的优点，并不代表它就是唯一的、最好的或最正宗的诗歌方式。如果不加反思地将经验主义方法树立为唯一正确的诗歌方法，会导致对其他诗歌方式的轻视和不公正。当代中国占据主导地位的经验主义诗歌类型，正如前文所分析的那样，并不是没有缺陷和危险的，它需要通过方法论反思来调整其方向和内在构成。

　　当代新诗中的经验主义常常与保守主义混合在一起。这意味着，今天不少诗人所写的经验主义诗歌带有强烈的保守本性：对"日常生活"缺少批判意识，对那种廉价鸡汤式的"人道主义"或伦理情调缺少反思意识，使诗歌变成了一套关于爱和慈悲的情怀宣教，变得伪善和平庸。当一位诗人无反思地沉浸于以细节描写来呈现"伦理秩序"、"自然之美"或"肯定性"时，他的诗往往显得虚假，散发出一种不真实的光感。这种经常与保守主义相结合的"提纯式经验主义"，对秩序、美和光明有一种特殊的偏好，使诗人回避灰暗、无聊和重复的真实经验，而以修辞和观念对经验进行美化、抛光。

　　经验主义诗学向来以"真实"和"具体"作为自身最重要的价

值所在。但是,"真实"并不等同于"现实"或"实际"。即使经验主义诗人在日常经验中探寻或暗示出一种超验维度的存在,这种依托于超验的经验主义也并不能垄断"真实"一词。这是由于,"经验"除了"经验主义"诉诸的那种常规或日常经验之外,还具有非常规、断裂、奇异性的维度。换句话说,今天这种诉诸世俗生活中的日常经验的诗歌写法,终究只是覆盖了人类生命经验中的一部分、一个区域,还有更大的区域在这种写法能够触及和处理的范围之外。冥想、直觉、幻想、无意识、梦境等等,往往并不直接属于日常生活,而是从日常生活的断裂处和缝隙到来,对我们的生命施加改变。在这样一些断裂性的、灵魂出窍式的深层意识中,有着另一些类型的"真实"需要被诗人探究。此外,观念论意义上的"真实",也构成对经验主义所说的"现实"的扬弃。"诗学的真实超越现实的真实,因为它同时让现实的根基具体地呈现出来。"(宾德尔《论荷尔德林》,林笳译,华夏出版社,2019 年,第 27 页)对观念论诗人来说,现实本身也只是一种符号,而诗人的写作,是"以解释的方式使现实的东西非现实化,以便在语言中重新将它现实化的辩证过程,遵循并指明了现实的东西变得真实的道路"。"诗人的语言体现在秩序与实施的完全综合,并因此体现了现实东西的真实结构,因为,眼见的真实只是一种事实,脑中的真实只是法则,只有言说的真实才呈现为两种因素的统一。"(《论荷尔德林》,第 32 页)因此,我们不能认为只有经验主义诗歌才书写了"真实",相反,必须以某种方式超越单纯的经验主义。

同样,具体感也并不一定就要通过叙事性和场景细节描写来呈现。读过黑格尔的人都知道,更高的具体性是观念的具体性,是具体的总体或普遍。只要一种观念或理念中注入了生命的活力、感性的丰盈度和精神性的洞见,就能够变得具体。在这个意义上,诗人未必就只能靠知觉细节和事件细节来获得具体性,思辨性的洞见或观念,只要它们是真正展开了的,它也同样是具体的。

四、非经验主义诗歌的诸路径:从经验主义诗学突围

经验主义方法论在当代诗中的确立和壮大,一方面带来了新诗心智的成熟与稳定,另一方面,它本身也需要进一步的调整。经验主义诗歌仍然未竟全功,因为它虽然已经在当代诗中站稳了脚跟,但还没有成为当代中国人对诗歌进行理解时的基本常识。大多数诗歌读者和爱好者,仍然是从非经验主义的角度理解诗歌的,他们面对经验主义诗歌时往往会很不适应,经常会质问"这是诗吗"或"这难道不是散文吗"。在这一意义上,我们仍然需要继续推进和完成中国新诗的经验主义启蒙。这一启蒙的基本内涵是:经验主义方法应该成为绝大多数诗人的基本功,成为他们诗歌道路的出发点和构成性要素之一;同时,在诗歌教育和诗歌普及中,逐渐使大多数读者能够理解这一写法的必要性和有效性。

经验主义诗歌方法之所以有必要成为诗人们(必要但不唯

一)的基本功,缘于当代中国人生存状况和诗歌状况的内在要求。当代中国无与伦比的复杂性,要求诗人和作家以经验主义的基本态度,书写各种职业、阶层、地域、族群、性别和性取向的人群以及个体的生存经验。目前来说,还有很多类型、很多个体的经验没有得到必要和恰当的书写。经验主义诗学能使他们发出自己的声音。像郑小琼、许立志、陈年喜、李松山这样的诗人,还可以有更多。因此经验主义诗歌仍有很大的写作空间。

但是,要书写当代世界的复杂经验,光靠"提纯式的经验主义"是很不充分的,因此在诗人的基本功训练中,必须包含"芜杂性"的内容。这是在经验主义内部的突围:扩展诗歌中"经验"的范围,从"提纯式的经验主义"走向"芜杂经验主义";从生活经验扩展为技术经验与科学经验这些被"理性"渗透、塑造的经验;从"经验"走向"关于经验的经验"(二阶经验);从世俗时代重复性的日常经验,走向一种"生成差异的强度经验"(德勒兹),甚至走向一种巴迪欧意义上的"事件"的经验。日常状态削弱了经验的力量,因此有必要引入界限的经验、事件的经验。如巴迪欧所说,"对事件的命名是诗歌的最高使命"。

另一方面,经验主义方法,需要与其他各类写法相配合。诗人写作不应该只采用单一的方法论,否则会导致诗的单调和乏味。如果每个人都只按经验主义方法写作,很快会出现诗歌形态和风格上的趋同,形成千人一面、难辨彼此的诗歌现场。在继续倡导经验主义诗歌方法的同时,诗人们也要警惕将其树立为唯一正确的道路,压抑其他的诗歌潜能和诗歌类型。近年来,已经有一些经验主义诗人出现了这种排他性的诗学倾向,他们将自己选择的这条诗歌路径视为"最正宗"和"最厉害"的写法,这样肯定会误导人。

在经验主义外部,存在着各类反经验主义和非经验主义的写法,以及将经验主义与非经验主义相混合的写法:传统抒情诗、思辨诗、史诗、神秘主义诗歌、幻象诗、材料主义诗歌、元诗、无意识写作等等,这些形态的诗歌都各有其道理依据。多多和王敖就是当代中国反经验主义诗歌写作的两位典范。多多最近出版的诗集《拆词》(2022年)显示出他倔强、一以贯之的反潮流态度,其诗作以对词语地层的深度感应和测听为出发点,真正释放出了汉语的内在爆破力。王敖《十二束绝句》(2022年)则更新了汉语诗歌想象力的范式:这是一种更重视"准因"(quasi-cause)和"偶然性"的诗学,它用一种小尺度的、微观的神话想象(一种微型史诗,一种更像童话和传奇的神话),取代了中国新诗曾经流行的大尺度的、宏观的神话想象,并用"精灵性"取代了"精神性"。"精灵性"是轻盈的、欢乐的,而"精神性"则往往过于沉重和严肃。王敖引领了新一代诗人在"微物之神"或"微神"上的想象方向,也与他的老师臧棣一起引领了新诗中想象力的轻盈路径。

今天的不少青年诗人致力于发掘非经验主义写作的可能性。其中可以辨认出几条不同的道路:第一条是继续挖掘诗歌形式和句法的潜能,形成独异的诗歌体裁,诸如"绝句"体(王敖)、"谐律"体(茱萸)和"屏律"体(炎石)从形式上说就不太可能是经验主义的;第二条是走神秘主义道路,突出诗与神话性质的"内在体验"之间的关联;第三条是强化诗的观念性和玄思性质,以思辨来构成诗的内容;第四条则是在修辞方面下注,以密集、奇异的修辞来制造语言景观。在后面三条道路中,将"修辞性"作为诗的首要特征的写法会遭到大多数人的批评,"经验主义"本来就是为了弥补修辞性的诗歌常常陷入的"华而不实"的缺陷而存在的;而以观念性作为内核的诗歌写作也常常被诟病,人们总是指责它在"感"的方面存在重大缺失。而神秘主义路线的诗歌写作则兼具感受力、理解力和想象力,因而得到了最多的支持。郑越槟的诗堪称当代神秘主义诗歌的代表,他将一种济慈式的"消极感受力"与里尔克式的对"超验"的领悟和观照能力结合在一起,形成了独有的诗歌气息和精神性。《尘土与火焰》就体现出了一种通过自我辨识来接近"绝对之物"的深层渴望:

现在被你称之为悬崖的那一夜
我曾在上面有过一次小瀑布式的
理解;我曾给很多没什么前途的箭
当过弓,那么多等着被射中的点
只有最寂寞的那一个才能成为靶心

现在我只想在一点波纹都没有的
水面下做会波纹;我曾千百次抵达
其他人的心,抵达了又必须立刻远离

对自我艰难而又漫长的辨识,只是
因为知道它没有例外地一定是个虚空

现在我只住在词语上就像猫只住在
自己的尾巴上,只有一颗越犹豫就越
属于自己的心;我曾摸过你最空的
地方,现在好了,我手掌上全是
摩挲这个仁慈的凹陷带来的宇宙感

假如我知道了怎样去爱,我应该
就能单独活在黑暗中。那些能看到
我的人都在看月亮,都把船停在
绝对性附近,宁静再次来自比星辰
磨爪之声还要远的地方。我曾在那里
听到过第一个钟声,现在它激进的
撞锤,还在瓦解着我身上的全部教育

　　在这些道路之外,当代诗歌还有将经验主义写法与非经验
主义写法进行综合或混融的例子。当代"材料主义诗歌"从一开
始就是对经验主义因素与非经验主义因素的混合:欧阳江河和
钟鸣在"90 年代新诗"中对"分析性"和社会学视角的引入,既包
含对当代社会场景的复杂经验的叙述和揭示,又具有强烈的观
念思辨、知识装置和修辞主义色彩。这里涉及到"经验与观念"

之间的辩证法。甚至，如果我们推进经验主义诗歌的"超验转向"，不断增加观念思辨在诗歌中的比例，使得"超越"在观念论的意义上被给予和呈现，那么，经验主义诗歌就被"观念论诗歌"所取代，亦即将经验和现实置回其根基处，使之成为超越者的显示。这种写法，在聂广友和陈律等人那里已现端倪。尽管经验主义能够促成诗人心智的稳步成熟，但如果他想要走得更远，就需要在经验主义方法之外掌握更多的诗歌方法，走向更复杂和更独特的个体诗学立场。

由于大多数非经验主义的诗歌方法都植根于人的童年性和青年性，因而，我们需要在"中年诗学"之外，重新呼唤一种新的"青年诗学"，呼唤诗与元气、朝气、直觉、意志和想象力之间的直接关联。青年的血气、热情、无意识和对神圣的渴望，应该重新成为诗的动力来源。如果说，青年诗人应该尽早完成经验主义的训练，那么同样的，中年和老年诗人也应该训练自己一直保持内在的青年性或赤子之心。一位好的诗人，应该同时保有布莱克所说的"经验与天真"，也就是同时具有成年性和青年性。在经验主义已融入新诗的血液和骨骼之中的今天，新诗写作的创新，其关键就在于以观念论、神话意识和"青年诗学"中的非经验主义成分，对经验主义进行修正、丰富和深化，使之成为对他者和事件进行命名的准备。

诗意母语的陷落？
——汉语新诗诗意生成的逻辑

李 森 撰

"汉语新诗"辨

汉语新诗，一般认为是始于"五四"新文化运动的"白话诗"。以胡适、刘半农、沈尹默、刘大白、康白情、俞平白、郭沫若等为代表。"白话诗"运动，是"白话文运动"的先声和重要组成部分。最早出版的诗集是胡适的《尝试集》，其中著名的《蝴蝶》等 8 首诗，发表于 1917 年 2 月出版的《新青年》。但本文认为，对汉语新诗诗意生成的语言逻辑结构"影响"最大的诗集，是郭沫若的《女神》。《女神》收录郭氏 1919 年至 1921 年间的诗作，共 57 首。代表作有《凤凰涅槃》《女神之再生》等。这里说的影响，是"诗意母语的陷落"：一种现代汉语诗歌诗意生成系统的语言结构。

"白话诗"这一概念,已成众说。沿用这个概念,未尝不可。至于有使用"现代诗"的,肯定不妥。因为"现代诗",已然是"现代主义诗歌"的简称,而所谓"白话诗",与"现代主义"创作方法,是没有关系的。不过,本人仍然觉得,用"白话诗"不如用"汉语新诗"准确。理由是,并不存在纯粹的"白话诗"这种东西。诗人(歌者)一旦使用语言为诗,白话语言(包括方言),就脱离了世俗使用中的白话,而成为了诗的语言——无论口头吟诵,还是书写,概莫例外。况且,自古以来,以"白话"吟诵、创作诗的风尚,从未间断过。从正统的文学史文学来看,《诗经》的"风",汉乐府民歌,元白诗派的新民歌等,都是"白话诗";从民间传诵或写作来看,民间文学的歌谣,亦从未断弦,比如张打油(张孜)的《雪诗》("江上一笼统,/井上黑窟窿。/黄狗身上白,/白狗身上肿。")等,可谓激活诗意创造力的卓越典范。

胡适也说:"在这两千年当中,所有一般大文学家,没有一个不受了白话文学之影响,乐府是其一例,今日看一看乐府,尽都是用白话体裁写出,那般创造文学的大文学家,却没有一个不在摹仿乐府。唐朝的集子,头一部就是乐府,乐府是白话,学乐府就是学白话,其结果所以都近乎白话,唐朝的诗,宋朝的词,所以好懂。所以就很通行,《唐诗三百首》,其中所载,大半是白话或近乎白话。后有以为作诗有一定格律,字句之长短,平仄声均有一定公式,嫌太拘束,故改之为句之长短不定的词,词之作法,也有一定,又生出一种曲来,这种曲子,是教给教坊歌妓们唱的,因为要他们了解,所以用白话,当时的一般文人学士,一方面作古文求功名骗政府,一方面巴结那般好看的女人,结歌妓们欢心,所以又要白话文学。"①

　　所谓"白话诗",是一个不周圆的说法。从起源于《诗经》的"风、雅、颂、赋、比、兴""六义"看,并没有"白话诗"这种诗体。采自于民间歌谣的"风",其表现手法,也是"赋、比、兴"杂糅并用的。

　　可是,始于"五四"新文化运动的文学,百年来,的确形成了一种与传统汉语诗意生发逻辑不同的语言逻辑,因此,我们可以将富有这种语言逻辑诗歌,称为汉语新诗。

诗,即诗意生发

　　要讲清楚汉语新诗,需讲诗和诗意生发的问题。

　　可以用很多命题的表达式来命名诗,所有的诗论著作,都试图回答"什么是诗"。可是,没有一个封闭性的、圆融的命题,一劳永逸地阐明了"诗"的概念。原因是,封闭性的逻辑语言表达式,没有这个描述或辨析的能力。这是语言自身的局限。本人创立的诗学(艺术哲学)方法论——语言漂移说,将使用一个开放的、生发的、漂移着的表达式,试图给"诗"一个说法。的确,为了满足学理语言表达的渴望,"诗"也需要一个说法。但不是制造一个高明的概念——概念,其一旦使用,就脱离了诗。语言漂

---

① 引自《新文学运动之意义》,载《胡适演讲录》,云南人民出版社,2015年5月,第40—41页。

87

移说给"诗"的说法:"诗,即诗意生发。"换一种说法:诗,是语言生发诗意的用法。(正如维特根斯坦所说:意义即用法。)

诗、艺术、美,这些范畴的命名,都在抗拒概念系统。因为一旦对它们进行阐述,它们就默然离开了有生命气息的作品。

因此,"诗意生发",是讨论诗歌的核心问题。除此之外,都是旁枝末节,或者说,都是语言无节制的扩张。"超自然"的概念扩张,是形而上学的途径,而非诗的生发之路。诗、艺术、美,从形而上学后退,从事物生发,在一个"形而中"的语言漂移"位点"上生发。

从语言漂移说这个方法看,诗意生发的路径如下图:

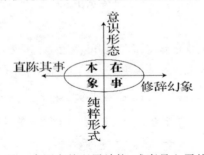

整个图,是一个语言的心灵结构,或者是心灵的语言结构。

"本在事象",是语言对事物、事象命名的一个出发点。只是出发点,而不是所谓本质,也不是纯自然的材料(质料)。"本在事象"一旦成为语言,它就开始漂移,脱离了它自身的存在。"物"、"本在事象"之类的出发点,是一种假设。"物自体"(自在之物)的存在,是不可知的。

语言搬不动自在之物。是故,心灵结构本身,也处于一个漂移的中间地带,可视为一堆语言漂移、生发、漂移、凝聚、漂移的梦幻泡影。这是语言和心灵结构依存的宿命。

大体而言,诗,生发诗意的过程,是朝着四个方向漂移的:意识形态;纯粹形式;直陈其事;修辞幻象。但有时候,诗意语言的漂移,是相互裹挟、渗透着,蕴藉而生的。

古往今来之诗,无论哪种流派,哪种写法,都可以视为以此四个漂移方向为主的诗意生发模式。当然,一种诗意的生发模式,不可能是单一的。因为,语词自身已经浸润着各种语义,各种音声形色的节奏、旋律,各种素材和自身言说的气息。讲清楚了这个问题,再来看传统汉语诗歌与汉语新诗之间的关系,就一目了然了。

当然,不同的诗学立场,对此图的解读可以不同。西方理性主义诗学,可以将"本在事象"解读为自然的、经验的"实在"或"质料";东方正统的诗学家,可以将其解读为纯粹的"形-象"幻影。《金刚经》最后的四句偈吟诵:"一切有为法。如梦幻泡影。如露亦如电。应作如是观。"这是最为悲智的东方思-想①。

形-象,正统汉语诗诗意生发的原点

汉语新诗区别于传统汉语诗的诗学核心问题,一般认为,是

---

① 名称(名词)中用连接线"-"撑开,是采取了马丁·海德格尔在《哲学论稿:从本有而来》中的做法,意思是将一个凝固的概念或名称变为动词,以激活它们的"生命"。比如海德格尔使用的"此-在"(Da-sein),本文使用的"思-想"、"形-象"等。

从文言诗(包括古诗和近体诗)向"白话诗"的转化,但本文必须指出,这种语言使用方式的转化,只是一种"文学革命"的语言策略,不是诗意生发的核心要素。就是说,问题不在于使用"白话",还是文言,而在于诗意生发模式的转型,何以成为一种创作事实:传统汉语诗诗意的生发,与现代汉语诗诗意生发的方式有何区别?这是学术界从来没有讲清楚过的。

一般文学史教科书的书写,都是从语义、意义、概念、观念、流派等诸多范畴,去阐释古今诗歌,比如,从题材、体裁等角度,去发现、解读诗中的"时代精神",将诗意语言的生发系统,当作一个可以利用的工具系统看待——语言是工具化,生成文学的知识化,这种写法,当然既安全,又有利于学子背诵,考试。然而,诗意生发系统的转向,却比政治学、社会学、文化学的意义认识论转向要复杂得多。必需指出,诗意生发结构的转型,是个人、集体心灵结构的一种激活生命的转型,甚至是一种生命感性直觉的替换。

从艺术语言的表现方法上,即诗意语言的漂移方式看,传统汉语诗歌诗意生发的语言显现方式,是"形-象",而生发的路径,是"形-象"的语言漂移。意思是说,它不是语义、意义、概念、观念或价值观隐喻系统的漂移,是"形-象",这种"自然之道",而不是概念、观念之"道",即不是某种"超自然"的逻辑判断、形而上书写。不清楚这样点,就不能理解正统汉语诗的伟大源泉:"缘起形-象"——"形-象缘起"。

中国古代伟大的文艺理论家,也是这么认为的。《文心雕龙·原道》说：

> 文之为德也大矣，与天地并生者，何哉？夫玄黄色杂，
> 方圆体分；日月叠璧，以垂丽天之象；山川焕绮，以铺理地之
> 形。此盖道之文也。仰观吐曜，俯察含章，高卑定位，故两
> 仪既生矣。惟人参之，性灵所钟，是谓三才。为五行之秀，
> 实天地之心。心生而言立，言立而文明，自然之道也。傍及
> 万品，动植皆文：龙凤以藻绘呈瑞，虎豹以炳蔚凝姿；云霞雕
> 色，有逾画工之妙；草木贲华，无待锦匠之奇。夫岂外饰，盖
> 自然耳。至于林籁结响，调如竽瑟；泉石激韵，和若球锽。
> 故形立则章成矣，声发则文生矣。夫以无识之物，郁然有
> 彩，有心之器，其无文欤？

刘勰的《文心雕龙》最重要的诗学原点，是开篇的《原道》，《原道》最重要的部分，即是上引的第一段。道家的"道法自然"（从伏羲开始的"自然形象符号学"），可以看做是诗意生发的东方思–想，而西方人的诗学根基，则是"自然法道"（从柏拉图开始的"超自然"理性诗学）。这是两种绝然不同的诗学（艺术哲学）思–想。一种是诗意直观显现式的，一种是逻辑判断式的。

看与听

还有东方的般若思–想，与理性主义诗学迥异。般若诗学

思-想,是正统汉语诗学的组成部分。般若思-想以"蕴"凝聚"形-象",使形-象生发为诗意之蕴,抟住生命的气息。

般若思-想是以"六根"(眼、耳、鼻、舌、身、意),为凝聚、即蕴成诗的,而"六根"中,最重要的是"看"的"眼根"和"听"的"耳根"。正统汉语诗歌通过"看"(形-色直观)、听(音-声直觉)凝聚形-象,蕴成诗意歌谣。

而概念、观念认知性的诗歌,是"意根"的诗歌,这种诗歌在正统汉语诗意生发系统中,并不发达。"六根"对应的"六尘"(六境)是色、声、香、味、触、法。概念性、观念性的诗歌,是"法"(概念、观念)的诗歌。

"看"与"听"生发诗意的例诗:

《蒹葭》(秦风)

  蒹葭苍苍,白露为霜。所谓伊人,在水一方。

  溯洄从之,道阻且长。溯游从之,宛在水中央。

  蒹葭萋萋,白露未晞。所谓伊人,在水之湄。

  溯洄从之,道阻且跻。溯游从之,宛在水中坻。

  蒹葭采采,白露未已。所谓伊人,在水之涘。

  溯洄从之,道阻且右。溯游从之,宛在水中沚。

《采薇》(小雅)

  昔我往矣,杨柳依依。今我来思,雨雪霏霏。行道迟迟,载渴载饥。我心伤悲,莫知我哀。

《菩萨蛮·平林漠漠烟如织》(李白)

平林漠漠烟如织,寒山一带伤心碧。暝色入高楼,有人楼上愁。

玉阶空伫立,宿鸟归飞急。何处是归程? 长亭连短亭。

《锦瑟》(李商隐)

锦瑟无端五十弦,一弦一柱思华年。

庄生晓梦迷蝴蝶,望帝春心托杜鹃。

沧海月明珠有泪,蓝田日暖玉生烟。

此情可待成追忆? 只是当时已惘然。

以上诗中虽然出现了"伤悲"、"我哀"(《采薇》)、"伤心"、"愁"(《菩萨蛮·平林漠漠烟如织》)、"此情"(《锦瑟》)等观念性涵义(意)的词藻,但都是具体的"形-象"托出来的,且诗并没有对这些观念(意)进行分析、判断或铺陈,让它们变成意义陈述或语义判断,然后,让它们形式一个价值观表达式的语义链,而是在形-象显现生发处戛然而止,通过"形-象"诗意的激活,将它消解、融化,重归万物葱茏的语言之象。

"五四"作家对汉语的怀疑

"五四"新文学运动中的诗人作家们,把对文言的批判,演升为对汉语和汉字的怀疑、鞭挞,群情激昂,纷纷著文讨伐,甚至要取缔汉语和汉字,尤其对汉字恨之切切。"汉字不灭,中国必亡!"这个口号在当时叫得最响亮。据说,这个口号是钱玄同最早喊出来的,(大家都在喊)鲁迅等人也跟着喊。好像中国的落后挨打,罪过都在汉语和汉字。当然,作家诗人们不仅痛恨自己的母语,还要"打倒孔家店",对道教,则视为"妖言"。反正,在革命诗人作家们眼里,中国的语言文字、思想文化,庶几一无是处,须革其命而后快。

钱玄同在《中国今后之文字问题》(1918年致陈独秀的信)中写道:

所以我要爽爽快快说几句话:中国文字,论其字形,则非拼音而为象形文字之末流,不便于识,不便于写;论其字义,则意义含糊,文法极不精密;论其在今日学问上之应用,则新理、新事、新物之名词,一无所有;论其过去之历史,则千分之九百九十九为记载孔门学说及道教妖言之记号。此种文字,断断不能适用于二十世纪之新时代。

我再大胆宣言道:欲使中国不亡,欲使中国民族为二十世纪文明之民族,必以废孔学、灭道教为根本之解决;而废记载孔门学说及道教妖言之汉文,尤为根本解决之根本解决。

至废汉文之后,应代以何种文字,此固非一人所能论

94

定。玄同之意,则以为当采用文法简赅、发音整齐、语根精良之人为的文字 ESPERANTO。

用拼音文字取代汉字,是当时先锋知识分子的"共识",陈独秀、胡适等人亦持此说,就连蔡元培先生,也在北京大学建立了世界语(ESPERANTO)的推广机构。郜元宝评论说:"现代中国知识分子的爱国心绝不亚于屠格涅夫与果戈里,但热爱祖国的中国知识分子并不像屠格涅夫和果戈里那样热爱本国的语言,倒是像果戈里笔下的上流社会腐朽堕落的绅士闺秀们那样竭力避忌母语。他们并不因为爱国,就认为这国家的语言也值得热爱;他们认为爱国爱语言是两回事,可以爱国,却绝不可以爱这国家的语言。在他们看来,国是可爱的,而可爱的国家的语言则是可憎的,甚至正因为他们爱国,才更加清楚地意识到语言的可憎,因为这个可憎恨的语言阻碍了他们所热爱的祖国的发展,甚至威胁到他们所热爱的祖国的生存。"[1]

"五四"文学革命的知识分子们,不仅抛弃了文言写作,也抛弃了汉语蕴成诗意的表达方式,也就是抛弃了汉语生发诗意的传统诗学。从此,以"五四"新文学运动作家的写作为蓝本的"翻译体"现代汉语诗学书写模式,很快就系统性、学科性地建立起来了。

---

[1] 引自《母语的陷落》一文,载《汉语别史》,复旦大学出版社,2018 年 10 月,第 37 页。

工具语言对形-象语言的颠覆

正统汉语的诗意蕴成方式是"生发",一种以"形-象"为视觉中心的"生发"。"形-象"中心处于时刻被激活的漂移状态。"锦瑟无端五十弦",一个事物,某个形与象"无端"生发诗意,仿佛"缘起性空"、"性空缘起"般激活人的诗意心灵,使存在的天籁呈现"天人合一"、"天人合德"、物物相生的盎然生气。

现代汉语文学书写语言创造诗意的方式是"生成"。"生发"和"生成"的迥异之处是:"生发",是一个生命过程,如风-春万物;"生成",是形成一种表达模式,如知识系统的逻辑演绎。

说得具体点,汉语新诗诗意的"生成"模式,是一种命题语言的构成,即工具语言的书写。

命题语言,是一种逻辑语言,或者说,是一种思维工具的语言,一种认知性的思维科学。科学是理性,是生成知识的;而艺术,则是感性智慧。科学凝结知识;艺术融化知识。

这里讲的逻辑语言,是源于西方的逻辑语言。逻辑分为形式逻辑和数理逻辑。形式逻辑的创立者,是古希腊哲学家亚里士多德;数理逻辑的创立者,是德国数学家、哲学家弗雷格。数理逻辑,又称为符号逻辑,它是用数学符号改造形式逻辑而成的。符号逻辑作为一种数学方法,它创立了分析哲学的方法系统,风靡二十世纪的西方思想界。

自从符号逻辑诞生以来,科学主义的方法成功地渗透进了人文学的诸多领域。"五四"新文化运动引进"德先生"和"赛先生"。这"赛先生"作为一种思维和语言的文化逻辑,在现代汉语形成过程中扎下了深根。

西方逻辑语言,以形成命题的表达系统为推动力。逻辑通过真假命题判断,生成概念,表达知识或观念范畴,推动语义、概念、意义、观念的生成。

命题语言的表达式是一种主词——谓词——宾词的结构。一个命题,及其附着的逻辑涵项,在主——谓——宾结构中生成语义链(概念、意义、观念)系统。

主——谓——宾的命题表达结构,是逻辑语言(理论语言、科学语言)的表达系统,而不是诗意语言表达的系统。"五四"新文学运动以后,形成了一个命名为《现代汉语》的学科。语言教育,是作为审美的文学教育的重要内涵。新文化运动以来"新学"的语言教育,即全面铺开的《现代汉语》教育。现代汉语教育系统的语法框架,有如下口诀:

> 主谓宾,定状补,主干枝叶分清楚。主要成分主谓宾,附加成分定状补。主语功能被描述,谓语最爱说主语;宾语多在谓语后,配合谓语来描述。定语只在主宾前,限制修饰不含糊;状语有时在句首,谓语前面常光顾;补语天生胆子小,谓后宾后小嘀咕;的前为定得后补,地字前头是状语。明确概念常练习,学习语法莫怕苦。

现代汉语的这种逻辑语言的语法结构，形成书写语言的一种工具化句法。现代汉语新诗的创作方法，不是呈现世界"形-象"（情态、样貌、事象）的方法，而是一种形成"句子"表达式的方法。

一个句子的表达式，其重心，在于它的"谓述"（Predication，或译述谓、判断、辨析）结构（以谓词为中心点的逻辑演绎句法结构），就像桥梁的重心在中心桥墩。美国著名语言哲学家唐纳德·戴维森说："关于谓述的讨论，以及关于它的分歧意见，最终一定会回到一开始引起我们兴趣的尘世现象。然而，我们在适当的时候仍然应该回到现实。正如维特根斯坦和奥斯汀强调的那样，我们以无穷无尽的方式使用语言，不仅做断定，而且也常常逗乐、欺骗、获取名声、许诺、定协议、下命令、问问题、结婚或离婚。所有这些活动可以认为实质上是句子的，因此牵涉到谓述。被我们算作语言演示的东西是通过说出或写下一些表达式来演示的，而这些表达式在语境中是句子式的。"[1]

有人提出"母语的陷落"的说法（郜元宝），有人甚至提出"汉语的沦陷"的说法。无论哪一种说法，都隐含着对汉语文学书写语言被以西化逻辑工具语言颠覆的批判。郜元宝针对胡适等传播的"语言文字都是人类达意表情的工具；达意达得好，表情表得好，便是文学"这种"语言文字工具论"批评道：

---

① 引自[美]唐纳德·戴维森著、王路译《真与谓述》，上海译文出版社，2007年9月，第125页。

重视"思想感情"而轻视语言文字,用后来的"文艺理论"术语来说,重视内容而忽视形式,或者用胡适之当时更加熟悉的传统文论是术语来说,重视"质"轻视"文",是中国现代文学运动的一个基本策略,而究其根由,则是现代中国知识分子对母语的失望与否定以及与此紧密联系的视语言文字为单纯工具的现代性观念。[①]

令人扼腕叹息的是,无论是对这种文学工具书写语言的建构,还是对其进行批判,事实都已经存在。"翻译体"逻辑工具语言的文学书写,对正统汉语诗意生发语言的"革命",已经"成功地"动摇了中国传统文化的语言根基。这种"现代性"的启蒙,是必需进行深刻反省的。中华文艺复兴,或可从反省百年新文学的"现代性"历程开始。

谓述判断,非诗写作

毋庸置疑,语言文字,的确有工具性的功能,非诗写作的功能。

但是,文学之所以为文学,诗之所以为诗,与其他文体是不同的,此为常识。比如,科学义体,有科学文体的结构;哲学文体,有哲学文体的结构。科学文体可以将语言当作工具,因为它

---

① 郜元宝著,《汉语别史》,复旦大学出版社,2018 年 10 月,第 75 页。

指向实在之真,目的是创造知识;哲学文体在一定程度上,亦可利用语言这个"思维工具",反省真、假,书写、创造善(价值观系统);然而,以诗为最高创造的文学语言,它创造的是美,它不能利用语言,将语言当作工具,因为语言的诗意生发,就是美的意蕴生发。美,审美,就在语言之中,而不在语言之外。自然、心灵,当其呈现"美",都是语言的呈现与创造。

科学语言,西方理性主义哲学语言,是谓述判断语言。以语言为工具的逻辑程式句法结构,即是谓述判断语言的标识。谓述判断,无论得出真、假,必然以语义(内容)生成为叙述目的。语义的生成,必然以概念或观念的表达为推动力。

逻辑程式的写作,是价值观的写作。这种写作与纯粹诗意生发的写作,虽有一定的关系,但却不是诗的写作。价值观写作的泛化、谓述化,执迷于语义深度构造(隐喻写作),或反深度构造(口语写作、后现代写作),是汉语新诗写作的最大弊病。如果就四十年来的诗歌写作而言,无论是朦胧诗(莫名其妙的概念),还是所谓第三代诗(更莫名其妙的定义),都陷入了语义的深度构造,或反深度构造的谓述判断框架中。

谓述判断的非诗写作,有两大特点:一是利用语言;二是利用诗意。

具体说,这种背离正统汉语写作的"翻译体"写作,不仅是一种超越文学之外的价值观写作,还是一种利用价值观的写作。价值观系统属于"真"与"善"的范畴。如果从学科划分的角度看,它是社会学写作、政治学写作、文化学写作、人类学写作、民俗学写作、伦理学写作等等学科范畴的文体,显然与纯粹诗歌写作、纯正汉语诗歌写作相去甚远。

在现代汉语句法结构形成书写语言的大背景下,谓述判断的写作,除了以"谓述"句法为推动力之外,还有一个推动力,那就是概念的演绎、归纳、生成的推动力。唐纳德·戴维森说:"我们可以接受这么一种学说,它把具有一种语言与具有一种概念图式联系起来。可以对这种关系做出这样的假设:概念图式有什么不同,语言也就有什么不同。但是,假定在不同语言之间有一种翻译方式,那么讲不同语言的人就可以共有一种概念图式。因此,对翻译标准的研究便成为集中心思研究概念图式的同一标准的一种方式。"①现代汉语的文学书写,的确同一到翻译体语言句法上去了。

在正统的汉语中,诗意生发不依赖"谓述判断",而是"形-象"的某种自在、自由的开显,即"显示"。唐纳德·戴维森也说过:"显示过程(ostension)并不建立一种规范;它不过是在我们感官等等的条件下创造一种倾向,即一种使句子适合于世界面貌的条件。"②正统诗意汉语自由开显的"形-象"显示,自然也与"句子"有关,甚至也与"谓述结构"有关,但它是自然的、"形-象"的开显,而非逻辑推演对叙述目标的掠取。诗意汉语的显示,是

---

① 引自唐纳德·戴维森著,牟博译《论概念图式这一观念》一文,见陈波、韩林合主编《语言与逻辑》,东方出版社,2005年7月,第589页。

② 引自[美]唐纳德·戴维森著、王路译《真与谓述》,上海译文出版社,2007年9月,第124页。

人、自然和世界自身的到达，在心灵空间中扶风迁流。

汉语新诗的诗意生成

海涅有一首诗，《星星待在高空》(此选绿原译)，最后两句：

> 至爱者的面庞
> 就是我用的语法。

在汉语新诗中，最能体现命题逻辑诗歌语言、"翻译体"逻辑诗歌语言结构的作品，是郭沫若的诗集《女神》。《女神》凡57篇，代表作有《凤凰涅槃》《女神之再生》《炉中煤》《日出》《地球，我的母亲!》《天狗》《立在地球边上放号》等。我们引《凤凰涅槃》(1920年发表)中的一段，看看一种生成观念的命题语言，是如何使用的：

> 凤凰和鸣
> 我们更生了，
> 我们更生了。
> 一切的一，更生了。
> 一的一切，更生了。
> 我们便是他，他们便是我，
> 我中也有你，你中也有我。

我便是你，

你便是我。

火便是凤。

凤便是火。

翱翔！翱翔！

欢唱！欢唱！

《女神》诗里的"谓述结构"的中心，即"是"、"更生"之类。句子的谓述结构框架一旦确定，主词和宾词，就可以无限替换。这就是工具语言的用法。

显然，这种句法，都是判断式的逻辑结构。以判断式的逻辑结构为诗，要么是散文(叙事文)式的讲述(描述)，要么是举手表决式、广场号角式的口号。这种"谓述"式的命题逻辑语言，其诗意的生成目标，是概念、观念、意义，一言以蔽之，是指向认知性的意识形态、价值观系统的一种线性语言结构。

因此，这种写作，从语言漂移说诗意生发(生成)途径看，无疑是意识形态的知识、意义写作。语言被某种"超自然"(形而上)的概念、观念利用，语言变成了承载的工具。这就是汉语新诗所谓"现代性"的特征。文明盲目地颂扬文学启蒙的现代性，现在是反省新汉语文学的时候了。

再看郭沫若1921年发表的《女神之再生》中三个女神诵出的诗句：

［女神一］

我要去创造些新的光明，

不能再在这壁龛之中做神。

［女神二］

我要去创造些新的温热，

好同你新造的光明相结。

［女神三］

姊妹们，新造的葡萄酒浆，

不能盛在那旧了的皮囊。

为容受你们的新热、新光，

我要去创造个新鲜的太阳！

　　这里，作为工具的语言承载的语义锋芒，是通过"光明"、"新"、"旧"、"太阳"等有明确取向的隐喻内涵来磨亮的。诗中的"创造"，则是"谓述"语句的支撑点。仿佛有个诗人用一根名叫"创造"的扁担，挑着两个巨大的箩筐。前一个箩筐里，装着一堆"光明"、"新热"、"新光"之类的"隐喻包"；后一个箩筐里，装着一堆"黑暗"、"旧了的皮囊"之类的"隐喻包"。这个"奔向未来"的语言革命的担子很沉重，因为它不是一个人的担子，是文学革命、制造现代汉语书写体系的"担子"。

　　汉语新诗的第一部诗集，胡适的《尝试集》，虽然"新-旧"、

"黑-白"的观念隐喻分量没有那么重,但"白话"中赋予诗的语言逻辑,仍然是那种演绎式的线性结构,一种谓述结构。(胡适也是一直将语言文字当作工具的。)比如《希望》的叙述逻辑是,我的兰花草——种在小园中——明年开出满盆花。这是对"希望"的主题进行诗化分解那种单向度的诗思:

> 我从山中来,带得兰花草,
>
> 种在小园中,希望开花好。
>
> 一日望三回,望到花时过,
>
> 急坏种花人,苞也无一个。
>
> 眼见秋天到,移花供在家,
>
> 明年春风回,祝汝满盆花。

如果我们将胡适的"白话诗"与汉乐府诗比较,就可以看出诗意"生发"和"生成"两种逻辑之间的差异。比如在《陌上桑》中,秦罗敷那美人儿自始至终是个迷人的核心"形-象",而非一个"希望"(观念)、一种关于美的道理。又比如《江南》:

> 江南可采莲,
>
> 莲叶何田田。
>
> 鱼戏莲叶间。
>
> 鱼戏莲叶东,
>
> 鱼戏莲叶西,

鱼戏莲叶南，

鱼戏莲叶北。

要说白话诗，这才是伟大的、正统汉语的白话诗。整首诗，均为感官的音-声-形-色。"田田"，用得多精妙。"田"本来是个名词，两个"田"连用，生发"江南"景象的事物，就风咏、敞亮而来了。这就是名词之为"形-象"的动词化，转而为视觉"形-象"和听觉节奏。

我们倡导，自然的，归于自然；万物的，归于万物。

是故，天籁的自在、自显，与我、你、他主观世界的强行介入无关，更与爱、恨、情、仇无涉。看看吧，乐府民歌里这生发"江南"的"鱼"，既不游于"上"，也不游于"下"，而游于"中"，漂移在明亮的"中间"，无挂无碍，没有任何阻力地游于天地之间，以生发"江南"，生发心灵的江南。而这个，就是江南。

胡适《尝试集》中的诗，写得好的，都受乐府民歌影响。可惜，这"尝试"，一旦隐隐注入"文学革命"的观念和逻辑，格调和品次，即刻如鱼漂下坠。

当然，以"内容"（观念含义、意义）表达而摧毁"形式"（"形-象"的自显自洽），在汉语新诗诸诗人中，胡适是做得比较隐晦的。毕竟，胡适的实验主义有个经验论的基础，本人又是谦谦君子，不是"愤青"，写诗行为，讲究学理，所以，他的新诗，仍然保持着与正统汉语诗歌的联系。冯文炳（废名）在谈论《尝试集》时亦认为，所谓新诗和"旧诗"之间的差别，在于"内容"，而不在于"形

106

式"，这一见解是在赞美，却也是事实。

限于篇幅，我们跨过二十世纪三十至六十年代的汉语新诗创作，直接来看看所谓朦胧诗的名诗名句中的语言逻辑。下面四行诗，是朦胧诗中最有名的四行：

> 卑鄙是卑鄙者的通行证，
>
> 高尚是高尚者的墓志铭。
>
> ——北岛《回答》

> 黑夜给了我黑色的眼睛
>
> 我却用它寻找光明
>
> ——顾城《一代人》

前两行，是北岛著名的《回答》一诗的前两句；后两行，就是顾城的名诗《一代人》。从汉语新诗的百年历史来看，两首诗的诗意生成系统，与重内容表达或隐喻深度构造的"运动诗"，是一脉相承的。有了李金发等和三四十年代的诗歌创作新传统，比如九叶诗人的创作，何其芳等人的创作，70 年代末 80 年代初的专业读者，仍然将北岛、顾城、舒婷等人的诗称为"朦胧"，而且还要"崛起"，实在是令人费解。北岛、顾城的这四句诗明显的谓述判断特征，恰恰是"五四"新文学运动一代诗人作家们的文学遗产。"卑鄙"对"通行证"，"高尚"对"墓志铭"；"黑夜"对"黑色"、"眼睛"和"光明"，这种逻辑辩证法式的观念判断，在"五四"诗人作家的作品中比比皆是。这是社会批判之隐喻路径的语言漂移，是一种指向明确的语义（意义）的真、假逻辑判断。所谓朦胧诗，其实就是一点西方现代主义文学的修辞技巧，加浪漫主义的直抒胸臆，加批判现实主义的舞台朗诵、广场抒情策略。两千多年伟大的汉语诗意生发诗学，在这些新诗中，几乎没有一点传承，这种诗歌对纯正汉语诗的背离，是中华文艺复兴的一个痛点。

诗人的反省与批评

汉语新诗自产生以来，批评者或批评文章都难以计数，比如国粹派、学衡派的批评，都很猛烈。不过，那些声犹在耳的批评，从学理上看，多数属于谩骂、讽刺、口号一类。倒是诗人自身的反省值得思考——理论家、批评家靠得最近的，也只能处在创作完成后的第二现场。毕竟，现代汉语和现代汉语文学，仍然是"五四"新文化运动影响最为深远的成果之一，而这一成果，首先是创作成果——现代汉语书写语言系统的形成，首先归功于文学创作。最能代表诗人自身对汉语新诗进行反省、且从理论和创作角度进行两方面反省的，是闻一多。闻一多在1923年6月3日出版的《创造周报》第四号上，写了《〈女神〉之时代精神》一文，高度赞美这部号角般的诗集。文章开头就说：

若讲新诗，郭沫若君的诗才配称新呢，不独艺术上他的作品与旧诗词相去最远,最要紧的是他的精神完全是时代的精神——二十世纪的时代精神。有人讲文艺作品是时代的产儿。《女神》真不愧为时代的一个肖子。

但是,在接下来的《创造周报》第五号上,闻一多又发表了《〈女神〉之地方色彩》一文,对《女神》的"西化"、包括有人提倡的"世界文学",都进行了辛辣的、学理深邃的批评。文章开门见山写道:

> 现在的一般新诗人——新是作时髦解的新——似乎有一种欧化的狂癖,他们创造中国新诗的鹄的,原来就是要把新诗作成完全的西文诗。(有位作者曾在《诗》里讲道,他所谓后期的作品"已与以前不同而和西洋诗相似",他认为这是新诗的一步进程,……是件可喜的事。)《女神》不独形式十分欧化,而且精神也十分欧化。

写作此文时的闻一多,认为好的汉语新诗,应该是既吸取西方艺术优点,又承传汉语文学精华孕育而生的,即既不忘"今时",也不忘"此地"的艺术,与"旧艺术"和"洋艺术"都不同的那种"我们翘望默祷的新艺术"。在文章的结尾,他说:

> 以上我所批评《女神》之处,非特《女神》为然,当今诗坛之名将莫不皆然,只是程度各有深浅罢了。若求纠正这种

毛病,我以为一桩,当恢复我们对于旧文学的信仰,因为我们不能开天辟地(事实与理论上是万不可能的),我们只能够并且应当在旧的基础上建设新的房屋。二桩,我们更应了解我们东方的文化。东方的文化是绝对的美的,是韵雅的。

闻一多在 1923 年 6 月的这一见解,时至今日,仍然正确,且振聋发聩。

同样的反省,在废名等诗人中亦有表现。1935 年,上海良友图书公司印行的《人间小品》(甲集)中,刊登了废名的《新诗问答》,此录"一问一答"如下:

> 问:有些初期做新诗的人,现在都不做新诗了,他们反而有点瞧不起新诗似的,不知何故?
> 答:据我所知道的初期做新诗的人现在确是不做新诗,这是他们的忠实,也是他们的明智,他们是很懂得旧诗的,他们再也没有新诗"热",他们从实际观察的结果以为未必有一个东西可以叫做"新诗"。

这是火热的文学革命之后,诗人们冷静的思考。那些"名将",要么做起了传统的中国学问,要么换了其他文体写作,要么干脆做起了他们曾经憎恨的旧体诗词。总结起来看,这些才华卓越的文学革命家,其实对新诗是缺乏自信的,或是怀疑的。当初,他们利用了新诗,利用完之后,就改弦更张了。当然,也有闻一多这样的诗人,在苦苦探寻新诗的出路,比如探究新诗的格律之路,就是这位赤子诗人的一个抱负。

无奈,新诗写作的西化逻辑,已经在很大程度上,改变了当代诗人的诗歌写作语言,欲复兴汉语诗意生发的正统,创造一种建基于东西方文学精神之上的新艺术,难度已经非同寻常。

察,当今诗人的创作,崇洋媚外者众,降低写作"门槛"者狂。汉语新诗伟大作品的诞生,尚在"翘首默祷"中。

在此必需指出,"诗意母语陷落"论,当然不是倡导一种"民族主义文学",也不会宣扬空洞的"世界文学"(这是不存在的)。关于"民族的"与"普遍的"这个论题,还是木心说得好:

> 这是在大地缺乏盐分的危机时期,才会扰攘起来的问题,经上说,如果盐失去了咸味,再有什么能补偿呢,我挂念的是盐的咸味,哪里出产的盐,概不在怀。①

2019.6.18　昆明燕庐

---

① 木心著,《鱼丽之宴》,广西师范大学出版社,2007年1月,第82—83页。

论坛：诗意母语与汉语新诗

邱健　整理

　　2021年3月，云南大学中国当代文艺研究所举办了"第二届原初论坛"。本次论坛是基于李森《诗意母语的陷落？——汉语新诗诗意生成的逻辑》的讨论，主题为"诗意母语与汉语新诗"。与会者为：王凌云、方婷、魏云、邱健、李日月、朱振华。各位发言者以笔谈的形式提交了6篇主题发言稿，分别为：《纯正与变异：当代诗的语言立场》《〈诗意母语的陷落〉参与讨论》《隔与不隔：关于"诗意母语"的一则札记》《从语言与思维看"诗意母语的陷落"》《诗学革命的下半场》《母语陷落还是母语的崛起》。

纯正与变异：当代诗的语言立场

王凌云

　　李森老师的《诗意母语的陷落？——汉语新诗诗意生成的逻辑》一文，是近年来对"汉语新诗"的构成方式进行深度反思的重要文章之一。这篇文章提出一个杀伤面积和杀伤力都非常大的宏观判断:与"正统"的汉语古典诗歌依据"形-象之漂移"或"直观显示"的方式"生发"出来不同,汉语新诗自产生之日起,就是以"谓述判断"或命题的"生成"为其主要构成机制;因此,多数新诗作者都背离了"正统汉语",造成了当代写作中"诗意母语的陷落",其表现形式是"翻译体写作"和"价值观写作"的泛滥。由此,李森呼唤"诗意母语的复兴",但又意识到这一复兴的难度:"新诗写作的西化逻辑,已经在很大程度上,改变了当代诗人的诗歌写作语言,欲复兴汉语诗意生发的正统,创造一种建基于东西方文学精神之上的新艺术,难度已经非同寻常。"

不难看到,这篇文章的立论建立在以下四个核心要点的层层推进之上:

要点1:根据"漂移说"这一诗学观念,诗意的发生乃是语言朝四个不同方向进行的漂移运动;

要点2:存在一种"纯正"或"正统"的诗意母语,其范例是中国古典诗歌中的伟大作品,其漂移方式是"形-象"(音声形色)按照"自然之道"的缘起或生发;

要点3:"新诗"所本的"现代汉语"在本质上是一种工具化、逻辑化、以"谓述判断"为基本言说方式的语言,以这种现代汉语进行的诗歌写作最终是"非诗"或"反诗歌"的;

要点4:由此,当代的诗歌作者需要复兴纯正的汉语写作,摆脱"五四"以来现代汉语的工具性和逻辑性,回到以

"形-象"生发为主导的诗歌创造方式。

这四个要点显然包含着对中国文明传统和汉语之特性的强调和坚守,呼应着近二十年来中国学界对"五四"启蒙运动的反思和某种判分中西的文明论意识,并将这种对"现代性"或"工具理性"的反思置入到诗学领域之中进行深刻阐发。在李森看来,诗作为"语言的漂移",其漂移方向有好有坏,好的漂移方向是"形-象"的缘起(以中国古诗为例),而"坏的漂移"则是朝向"逻辑判断"(工具理性)和"意识形态"(价值观)运动,大部分"新诗"很不幸地主要是往"坏的方向"漂移去了。这样一种思考自有其理,许多分析也切中要害,在中西古今的对观中提出了非常重要的诗学问题。不过,如果我们对其中涉及到的问题做出更进一步的辨析,特别是从"漂移说"的内在理路出发去考察诸如"正统"、"诗与逻辑"和"诗与观念"这些说法,可能会产生一些困惑和微妙的歧义。

首先,我们会看到,在要点 1 和要点 2 之间存在着某种紧张。《诗意母语的陷落?》将"形-象之缘起生发"树立为汉语诗歌的"正统",这一做法可能并不合乎"漂移说"本身的要求。既然"漂移说"主张诗意生发于语言朝不同方向的漂移,那么,原则上就不应该存在某种"唯一"或"正统"的"诗意语言"。那种"形-象缘起"的诗意,也只是众多可能的诗意语言中的一种形态罢了,它并不能成为唯一的、最好的、今天所有汉语诗人都必须效法的言说方式。"漂移说"划分了"好的漂移"和"坏的漂移",这一划分当然是必要的(否则就无法区分好诗和坏诗),但是,如果将某种语言方式树立为"唯一典范"和"正统",它就停驻、静止在了某种固定形态的语言之上,这相当于认为"(好的)诗意"具有某种恒定不变的本质。这显然是"反漂移"的本质主义立场。如果真正坚持"漂移说",那我们就应主张,"好的漂移"并不只有一种方向、一种语言形态,而是具有许多不同的可能路径,每一条路径都可以抵达"好的诗意"或"新的诗意"的发生。

另一方面,要点2中树立的"正统汉语诗歌"的基本含义,与中国古典诗歌传统中对"诗歌正统"的自我理解存在着重大分别。自《易传》和《诗经》注疏(毛诗、三家诗和郑玄笺注)开始的中国古典诗学,之所以将屈原、陶渊明和杜甫等人确立为中国诗歌的主流或"正统",是因为这些诗人明确地将某种价值观系统(主要是儒家价值观)作为写作的根据和尺度。中国古诗中的多数伟大作品都是承载着价值观念的写作,《诗经》《离骚》《蜀相》就是明证,要完全否认这一点是不太可能的。中国古典诗歌虽然也重视"观物取象"和"气之兴发",但这种对"形–象"和"声–情"的重视,与现代诗学中认为诗作为"形–象"或感性世界的构造已经自足的观点完全不同,因为这些"形–象"和"声–情"全都是嵌入到一个更大的伦理–政治秩序之中得到其定位和意义的,它们都是为古典文明的价值理想服务。刘勰《文心雕龙》的前三章就是对这一古典文明理想和价值秩序的发皇:"原道"中的"道"固然是"自然之道",但同时也是"文明之道"和"圣人之道"。"原道篇"对"元首载歌""文王患忧""公旦多材""夫子继圣"这一历史线索的追溯,是对圣人所立的伦理政治秩序的再次确认,视诗文为教化载体,所谓"观天文以极变,察人文以成化;然后能经纬区宇,弥伦彝宪,发挥事业,彪炳辞义"。这是中国古典诗学中"文以载道"的要旨:"道沿圣以垂文,圣因文而明道。"刘勰在后文中对"征圣"和"宗经"的强调,也是在说诗文要承载从圣人和五经而来的法度或价值观。在"毛诗"以降的《诗经》正统注疏中,"诗言志"中的"志"也具有非常明确的政治-伦理涵义,只是在后世、特别是近现代的解释中才逐渐蜕去其价值观的因素(傅斯年和闻一多等人的解释都受到西方近现代观念的影响)。因此,中国古典诗歌传统的"正宗"或"正统",在这一传统的自我理解和自我解释中,明确服务于伦理-政治教化,它就是某种价值观性质的写作方式。

而《诗意母语的陷落?》中所说的"正统汉语诗歌",却试图摒除所有的价值观内容,而将"形-象"生发所成就的自足世界作为"正统"的根据和尺度。这样一种奇特的、偏离原本正统的"正统",其实是以现代主义(甚至是"后现代")诗学进行逆向回溯,对诗歌史进行重新解释、裁剪之后重构出来的"正统"。它实质上是以当代新诗的某一诗学立场来反向格义,对古诗传统进行重新建构和命名。那种诉诸直观、形-象缘起、感性世界的自足性的诗学,虽然在古典道家那里已有类似的观念,但在很长一段历史中只是支流和辅助,并非其正宗,只是到唐宋以后由于禅宗的缘故才有了较大影响。但即使是道家和禅宗,也不能动摇儒家价值观在古典诗歌中的主导地位。在诗歌中拒斥或不考虑价值观,这样一种诗学观念成为许多诗人的共识,需要等到"新诗"诞生后,尤其是新诗中的现代主义风潮席卷之时。秉持着现代主义理念的新诗写作偏离了古典诗学的"正统"而主张"文学自律",主张诗歌首先是个体生命的自由言说,诗歌首先是一种"形-象"汇聚的感性织体。正是由于"新诗"的理念让诗歌回归到个体生命的直接所是,诗中的直观、形象和感性才被认为是自足的、无需为价值观念服务的。诗歌不再是伦理-政治教化的载体或工具,因而可以不承载任何明确的价值观念。这样看来,《诗意母语的陷落?》中的"形-象"诗学,以及对"工具化写作"和"价值观写作"的批判,事实上都是反古典正统的现代诗学立场的变体。它以重新构造出来的"正统"的名义,进行了一次对原本正统的变异。

这意味着,我们在诗意漂移的历史中所肯定的"正统",并非某种固定不变的、作为权威起源的正统,而是经过我们自身时代的诗学理念的中介、透析和重构之后留存下来的"变异的正统"。而如果我们将这一"漂移说"的逻辑贯彻到底,我们同样会看到,我们需要肯定的诗歌语言,也只能是一种"变异的语言"。现代汉语就是我们今天的新诗写作所赖以生存的语言,它是对古典汉语的变异。《诗意母语的陷落?》对现代汉语的评判(要点3),看上去是不认同现代汉语对古典汉语的变异方式,而主张以某种方式回归到古典汉语诗歌的句法特征:

　　　　现代汉语的这种逻辑语言的语法结构,形成书写语言的一种工具化句法。现代汉语新诗的创作方法,不是呈现世界形-象(情态、样貌、事象)的方法,而是一种形成"句子"表达式的方法。

这样的判断符合我们的通常印象,但却忽略了现代汉语内在的复杂性和异质性。以"谓述判断"为语法特征,只是现代汉语之一面,这一面是为了形成一种统一的标准化语言,方便教育的普及,并促成日常交流和学术讨论的清晰性、逻辑性。而现代汉语在这一工具性的功能之外,还有许多别的面相,如抒写个体情感、言说陌生经验、进行语言实验探索等等。工具语言只是现代汉语的诸多形态之一,现代汉语自身的诗性潜能要求与工具语言不同的句法和语言形态。现代汉语在草创之初,其多种潜能各自要求的句法规定还没有来得及分化,于是出现了诗歌语言与用于交流的工具语言在句法上的混同,这在郭沫若等人那里尤其严重(朦胧诗是在沉寂和压抑后诗歌语言的再度草创,所以也有类似的问题)。但在现代汉语及其新诗形态产生百年之后,诗人们的语法早已越出了以谓述判断为主的句法藩篱,在各类先锋倾向的语言实验的冲击中,在"化欧化古"的技艺积累中,我们看到,今天凡是写得好的诗人,都会在写作中自觉地偏离或改造那种以谓述判断为特征的标准化汉语。其根本原因是,"新诗"的理念,要求每位诗人在每一首诗中都去寻求自己独一无二的声音和语言形式,它不可能完全遵循那种一般性的、人人都在使用的语法。只有平庸诗人才只用标准化的语言写作。

现代汉语并不只是逻辑化的工具语言。谓述判断句式充其量只是"标准化的现代汉语"的特征，它并不能决定现代汉语的诗性形态。现代汉语还有着远为丰富的、尚未穷尽的各类变化和漂移方式，它可以是逻辑化、工具化的，也可以是非逻辑、非工具的。另一方面，诗也可以容纳逻辑语言，谓述判断句式在经过适当调整和改造之后，可以成为一首诗内部的语言要素。这是由于，诗并不依托任何固定的语言或语法形式，它可以包容一切形式，将它们全都变成自身的材料和养分。因此，在格律诗词和韵文之外，可以有自由体诗歌和无韵诗；在优美、典雅的"雅言"诗歌之外，可以有充满各类日常俗语、白话的口语诗；在诉诸直觉、情感和形象的诗歌之外，可以有直接进行说理和思辨的教诲诗、哲学诗、观念诗。诗无定法，诗无定言。逻辑并非诗歌之敌，只要这是独特的、带来陌生感受和新异理解的逻辑；命题或判断句式也并非诗歌之敌，只要这是以恰当方式编织进诗的整体之中的判断句。在一首诗中，形-象生发的机制与谓述判断的逻辑机制完全可以相互补充、相互支撑，例如，昌耀名篇《紫金冠》中的判断句式就带着坚定、高峻的金属音色，犹如"剑柄与月桂婀娜相交"一般，与诗中的形象生成运动交相辉映。

这意味着，对诗来说，"正统"或"纯正"或许并不是那么重要。重要的始终是诗的可能性，是诗朝各个方向漂移所生成的诗意的无限性和丰富性。从"漂移说"的内在理路出发，我们会看到，诉诸"正统"或"纯正"是不必要的，它很可能会缩减诗的空间。当代诗的语言立场,是以"可能性"作为诗的首要之义。在具体操作上,这种对诗之可能性的追求有两种主要方式,其一是"混合",其二是"变异",而"变异"又比"混合"更加重要。所谓"混合",就是将历史和现实中已经存在的各类语言形态或形式全部当成诗歌的备选材料或要素,包括古汉语、方言、现代书面语、口语、网络语言、专业术语和外语等等,也包括与这些语言形态伴生的各类句法(古汉语的句法、欧化句法、方言句法、反逻辑的句法甚至乱码)。诗人在写作时,按照一首诗的主题、意图或形式的要求,从这些语言形态中选择出合适的词汇、短语和句式进行编织,使之混合成为一个具有当代感的诗歌体式。这样一种混合的语言策略,是为了与极度复杂、紊乱的现实相对称。如我在以前的一篇文章中所说:

当代诗作为"现代汉语"最丰富、最具活力的形式,她对"现代汉语"的构想或理念,并不只是对其进行"纯化"(被广泛引用的艾略特名句"去纯洁部族的方言"),而是不断提升其丰富性、灵敏度和处理能力。当代诗将"现代汉语"作为一种类似于"安卓系统"的开放语言系统,将所有曾经出现过的局部语言方式作为 APP 吸纳和兼容到自身之中。……当代诗所要建构的"现代汉语"不是一种单一性的语言,而是在自身中兼容着无数异质性的语言方式的开放系统。这种语言,是比任何一种单一的"雅言"或"古典语言"更高级、更具综合潜能的语言;要理解这种语言、并为这种语言作出贡献,要求当代诗人比那些仅仅从事"古典研究"、仅仅热爱古典语言的精英具有更深广的感受力和心智。

不过,"混合"式的诗歌仍然局限于已有的各种语言形态,而要生成新的语言形态,还需要对语言的创造或变异。"变异"是诗人在长期的写作中,逐渐寻找自身独一无二的声音、气息和句法,并最终形成一套专有的语言形态的过程。"变异"绝非对语言的任意和胡乱的改造,而是必须包含来自个体生命至深处的道理,这种有深刻道理的变异只能通过漫长的与语言的"亲密的斗争"来获得,它打上了一个人生存的真切烙印,但又具有与公共语言的相关性。这就是德勒兹在《批评与临床》中道出的文学之奥秘:"在母语中创造出一种外语"。现代汉语虽然受到西方语言的影响,但这种影响在中国人的长期生活中早已经被转换和变异,成为了中国人自己的言说方式;现代汉语的活力和可能性,正在于它在古典汉语与西方语言的交互作用的间距之中获得了自身不可替代的新异性。如德勒兹所言:"语言并不拥有符号,而是在创造它们时获得了它们。一种语言在另一种语言中发生作用,并在此产生了一种新语言,一种闻所未闻的几乎像外语的语言。"当代诗的这一语言立场或语言理想,应合着现代中国的文明理想:在中国古典文明和西方现代文明的双重作用的间距中,寻找并创造出属于"我们自身"的文明。

《诗意母语的陷落？》参与讨论

方　婷

"诗意母语的陷落"这一判断，如果非要从胡适开始谈，就不只是一个关于汉语新诗的论断，也是一个关于文化选择的问题。民国之初救国和改良中国文化的迫切性，后来反而变成世人诟病之处。而开始时急切地吸纳西方思想，在当代又变为了急切地要为传统文化续命的可悲。从文化心态上看，革命和复兴都来自于一种迫切感和焦虑感。正如新诗的产生也是基于一种语言和文化上的不得已心理，译介、学习和试验本为开阔这条路的有益尝试，在后来又变为翻译体和晦涩的责难。困境包裹着人的一次次行为。这便陷入了一种两难和自我反省：文化选择的意义究竟何在？所谓的正统汉语是否也是个幻觉，或回望中的理想形态？

漂移说似乎从诗的层面想要给予一种解释和回应。即我们的思维始终在变动不居之中，它会在不同的模式之间切换和变化，文本也在这种思维的变动中产生，成为心灵的图景。这个坐标体系所建构的四个象限，会让人想到柏拉图，它的原点在于肯定了人的思想方式就是理念的形成方式，描述、修辞、观念、形式只是完成理念的不同方式。理念可以无穷变化，但它始终需要一个停驻的点，或者一些轨迹，哪怕这个点或轨迹可以是空幻本身。

中国艺术也包括中国诗,尤重形象,但形在根本上是用来超越的,象是对形的发挥,势是形的连结。其整个象征体系的建构在根本上还是指向道统的。道统与理念之不同在于,道统更多指向的是人格状态,而理念更接近观念和观念形成的制度。汉语本身所追求的对称性、结晶状、心道体用不同层面的指涉等,皆包含着中国哲学的思想方式。漂移的理论模式几乎集结了西方历史上曾经提出的种种思想形态的可能性,也包括佛理的启发,其雄心在于想要从根本上去截断什么或完成什么。而我的疑问在于,中国思想用藏的方式所建构的层层深意是否可能用这种象限方式囊括,而汉语新诗在面对西方语言的解析方式时,其触碰和变数是否可能被机械化理解。

隔与不隔:关于"诗意母语"的一则札记

魏　云

"隔与不隔",是王国维《人间词话》中拈出的一组概念,为人熟知。写景抒情,"语语都在目前",鲜活、灵动、真挚,直指人心,是为"不隔",如陶渊明、谢灵运之诗;"雾里看花",终隔一层,如欧阳修、姜夔之词,就是"隔"。

钱钟书先生特别欣赏这个"不隔",认为它既可以作为好翻译的标准,又可以作为一切好文学的标准。连这个迷人的比喻"雾",也大有来历——阿诺德的"雾"来自柯勒律治,王国维的"雾"则来自杜甫。中西批评的不约而同是美丽的巧合,带给游

123

刃有余、乐在其中的钱钟书先生一种"触悟"。同时,钱先生一番左右逢源的征引,正为后学示范了一种充满诗意的批评技艺。

不仅如此,这篇 1934 年的批评文章《论不隔》,还在《围城》中生了根、发了芽,——两位新诗人苏文纨与曹元朗,就是"隔"派的诗歌代表。这两位令人过目不忘的小说人物,以及方鸿渐一番富于急智的应景演出,呈现了一幕难得的新诗批评喜剧。

女博士苏文纨的博士论文题目,是《十八家白话诗人》。论文出版距白话诗的产生不过区区一二十年,"白话诗"还只是一个过渡概念,苏小姐就一口气举出十八家诗人,博学之余,也有点用力过猛。在苏小姐家,诗人曹元朗从公事皮包中取出一本荣宝斋蓑衣裱的宣纸手册展示众人,这考究的诗集,所收的诗作却让人不忍卒读——曹大诗人的诗复杂到让人完全读不懂,只见诗句夹杂了许多外国文字,又写满了作者的自注。

鸿渐正想,什么好诗,要录在这样讲究的本子上。便恭敬地捧过来,打开看见毛笔写的端端正正宋体字,第一首十四行诗的题目是《拼盘姘伴》,下面小注个"一"字。仔细研究,他才发现第二页有作者自述,这"一""二""三""四"等等是自注的次序。自注"一"是:"Melange adultere"。这诗(一)道:昨夜星辰今夜摇漾于飘至明夜之风中(二)圆满肥白的孕妇肚子颤巍巍贴在天上(三)这守活寡的逃妇几时有了个新老公(四)?Jug! Jug! (五)污泥里——E fango e il mondo! (六)——夜莺歌唱(七)……鸿渐忙跳看最后一联：雨后的夏夜，灌饱洗净，大地肥而新的，最小的一棵草参加无声的呐喊："Wir sind!"（三十）诗后细注着字名的出处，什么李义山、爱利恶德（T. S. Eliot）、拷背延耳（Tristan Corbiere）、来屋拜地（Leopardi）、肥儿飞儿（Franz Werfel）的诗篇都有。鸿渐只注意到"孕妇的肚子"指满月，"逃妇"指嫦娥，"泥里的夜莺"指蛙。他没脾胃更看下去，便把诗稿搁在茶几上，说："真是无字无来历，跟做旧诗的人所谓'学人之诗'差不多了。这作风是不是新古典主义？"曹元朗点头，说"新古典的"那个英文字。苏小姐问是什么一首，便看《拼盘姘伴》一遍，看完说："这题目就够巧妙了。一结尤其好；'无声的呐喊'五个字真把夏天蠢动怒发的生机全传达出来了。Tout y fourmille de vie，亏曹先生体会得出。"诗人听了，欢喜得圆如太极的肥脸上泛出黄油。鸿渐忽然有个可怕的怀疑，苏小姐是大笨蛋，还是撒谎精。

这一幕以诗会友的闹剧，十分出彩。可见，笔力不逮的"隔"还不是问题，这是作者的能力，刻意引进许多毫不相干、支离破碎的典故，弄得斑驳陆离，已经到了"要报告捕房捉贼起赃"的地步，需要质疑诗人的人品了。研究十八家白话诗人，女博士一面不屑，一面谄媚；苏小姐当然不笨，只是撒谎成精。出身名校的大诗人一心想获得读者的赞美，炫耀诗中一字一词的来历，摘抄别人的诗句杂拌儿成什么样子、是否侵犯版权，以及诗句的死活，诗人自己是绝不负责的。女学者与名诗人这般一唱一和，简直是中国诗歌文化一个可怕的噩梦。

绝妙的是,自从在红海船上被苏小姐选中,方鸿渐就一步步踏进她爱的陷阱,就像落入一篇老旧文章的窠臼,明知如此却又照章办理,眼看就要来到花好月圆的结局,总是无法破局——要不是出了唐小姐这个意外。《围城》中浓墨重彩、啼笑皆非的虚情假爱,每一次降临到方鸿渐头上都显得如此做作、滑稽,诗之赝品正是用来作为陪衬的一件舞台道具。

讽刺艺术要真切地讽刺当代的人与事,才是正中靶心。

在1930年代,批评家钱钟书感悟的是文艺之"隔与不隔",是融会与互通;到了1940年代,在时代的风气下,旧诗固然大势已去,学习外国诗的白话新诗却"遍地赝品",曹元朗之流的新诗人劣迹斑斑,一定在小说家心中留下了深刻的印象。如果说"隔"的麻烦,从前还只是"雾里看花"的一层雾,而今却成了为囚禁诗意而刻意修筑的、一堵堵学问的高墙。诗意语言的蜕变与沦陷,一旦开了头,就以超乎想象的速度运转起来。

钱钟书在《围城》中也讽刺了守旧的假名士,但更多的笔墨,还在于刻画趋新的洋新贵、假哲学家、科学老家。这所三闾大学中,文科的地位日益降低,文学只不过是知识生产中微不足道的一个陈旧小车间,学科间的鄙视链已被学生亲手打造并敬拜起来,抗战尚未胜利,诗意文学的瓦解、科学偶像的坍塌还仅仅只是一个遥远的开端,就已经暴露出可怕的裂纹。

正如钱钟书早在1930年代所指出的,诗歌在"隔与不隔"上,并无中西与新旧之别。作为诗艺的一个具体尺度,有几个例子可堪回味。

同写"尺八"这一日本器物的诗,苏曼殊可谓"不隔",卞之琳却"隔"。

苏曼殊《本事诗》非常有名:

> 春雨楼头尺八箫,何时归看浙江潮?
> 芒鞋破钵无人识,踏过樱花第几桥。

尺八箫、樱花桥,是日本风物。芒鞋、破钵,是僧人相。浙江潮,又是中国景物了。直陈事物,铺展一种恍惚迷离、前生旧事的喟叹,足以打动人心。苏曼殊的旧诗,并不僵化,也不保守,才情浓艳。

卞之琳《尺八》,选编者甚多,也堪称卞之琳名作之一。

> 像候鸟衔来了异方种子,
> 三桅船载来了一枝尺八,
> 从夕阳里,从海西头。
> 长安丸载来的海西客
> 夜半听楼下醉汉的尺八,
> 想一个孤馆寄居的番客
> 听了雁声,动了乡愁,
> 得了慰藉于邻家的尺八,
> 次朝在长安市的繁华里

独访取一枝凄凉的竹管……

（为什么霓虹灯的万花间

还飘着一缕凄凉的古香？）

归去也，归去也，归去也——

像候鸟衔来了异方种子，

三桅船载来了一枝尺八，

尺八乃成了三岛的花草。

（为什么霓虹灯的万花间

还飘着一缕凄凉的古香？）

归去也，归去也，归去也——

海西人想带回失去的悲哀吗？

　　两相对照，这首《尺八》的重复感伤，就显得累赘。长安街市里的一个海西客，听尺八而思乡，刻意将眼下诗人自己在日本听到的尺八，推向另一个时空——唐代的长安。尺八声音悲哀，所以直写海西人的悲哀，直写凄凉的尺八、凄凉的古香、夜半的醉汉、寄居的番客，长安的繁荣也无法打消思乡之苦——恰恰将哀愁推得更远，更让人雾里看花。

　　这种对比也有一个好处——不需要因为刻意编造新诗的经典，而勉为其难地赋予许多并不优秀的诗作以"现代性"、"知性"或别的桂冠。"隔"就是"隔"——无须掩饰。从中国古代诗话词话中，可以找到不少有效辨别诗意传达成功还是失败的试金石。这些渊源有自的古代诗学概念，能对当代批评术语有所校正与补益。

　　"隔与不隔"适合用以辨识短诗——如徐志摩《沙扬娜拉》轻快、"不隔"，而戴望舒名作《雨巷》反而很"隔"。何其芳、废名的哲理之作很"隔"，而痖弦与商禽的哲思诗就"不隔"。"隔与不隔"有用，却似不适合衡量长诗，对于太长的作品，这组概念就失去了焦距与大部分的效力。如欧阳江河《悬棺》、肖开愚《向杜甫致敬》这样的长篇作品，就是另一种维度、另一种现象了。

　　（李森老师在《诗意母语的陷落？——汉语新诗诗意生成的逻辑》一文中，提出了以漂移学说为基础的诗学框架，剖析了新诗写作的西化逻辑之害，直探诗意生发的内核，点明"形—象，是正统汉语诗意生发的原点"。因此，在读书过程中，思考"隔与不隔"这组有生命力的诗学概念，正是回到"诗意生发原点"的一个尝试。姑以这则札记，作为学习的一点体悟。）

从语言与思维看"诗意母语的陷落"

邱　健

　　自"五四"新文化运动以来，汉语新诗作为"白话文运动"的产物，与中国古代文学中的传统诗歌在诗意产生的方式上有了很大的不同。从表面上看，汉语新诗使用的是白话文，诗意的产生有别于用文言文写作的传统诗歌。但不得不指出，汉语新诗也区别于那些用白话文写作的传统诗歌。换言之，我们不能只用白话文或文言文的雅俗之分来辨析汉语新诗与传统诗歌的诗意产生。李森的《诗意母语的陷落？——汉语新诗诗意生成的逻辑》一文已经关注到了这个问题,即要跳出白话文与文言文的思维定式,从诗歌的传统和语言的结构这些更为深层次的原因来反思汉语新诗的诗意产生。对此,笔者将从萨丕尔-沃尔夫假说谈起,在语言和思维的关系中进行相关回应。

萨丕尔-沃尔夫假说有两个基本看法:

第一,所有较高层次的思维都依赖于语言。

第二,人们习惯使用的语言的结构影响人们理解周围环境的方式。宇宙的图像随着语言的不同而不同。[①]

显然,汉语诗歌的写作是一种较高层次的文学思维活动,这种思维的运转所依赖的是汉语的使用。传统诗歌使用的是古代汉语,汉语新诗使用的是现代汉语,这两种汉语在语言系统中语音、语法、词汇等多个层次上都有了较大的区别,其所形成的诗歌写作思维也就有了明显的差异。在传统诗歌中,古代汉语所体现的文学思维是以赋、比、兴为表现手法,通过事物自身的感性呈现来产生诗意。这种思维方式突显的是词汇的意义,用语词自身来营造意象、意境,追求言、象、意的谐和。如马致远的《天净沙·秋思》,"枯藤老树昏鸦,小桥流水人家,古道西风瘦马。夕阳西下,断肠人在天涯。"这首词作的"枯藤""老树""昏鸦""小桥""流水""人家"等都是意象,它们之间的连接靠的是语

---

① B. L. Whorf: Language, *Thought and Reality*, New York, 1956, preface. 中译本见［美］本杰明·李·沃维夫:《论语言、思维和现实——沃尔夫文集》,约翰·B. 卡罗尔编,高一虹等译,北京:商务印书馆,2018 年,序言。

词自身在心灵结构中的印象,即一种完型心理学意义上的整体想象。而不同意象之间的相互关联又形成了意境,全诗是一个离别、送别、等待、思念等多重含义蕴藉的完整的意境,因而生发了象外之象、韵外之致的诗意。

在汉语新诗中,现代汉语所体现的文学思维是以概念的运转为手段的,把事物置入到逻辑性、程序性的话语中来产生诗意。这种思维方式强调的是语法的意义,用句子来形成命题式的叙述,对事物、事项进行语义性的判断。如北岛的《回答》,"卑鄙是卑鄙者的通行证,高尚是高尚者的墓志铭"。我们可以用树形结构清楚地标记出这两句诗的句子成分。如下:

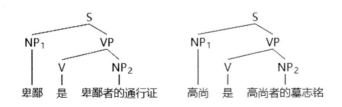

这两句诗的诗意都是在同一种语法结构中生成的,即[S[NP][VP[V][NP]]]①。在 NP1 中主语"卑鄙""高尚"是概念性的,在 NP2 中宾语"通行证""墓志铭"也是概念性的,没有一种直观的形象的展示。至于在宾语前加上"卑鄙者"和"高尚者"则是起到修饰、限定的作用,对于形象的呈现也没有太多帮助。

---

① 注:S 为句子,NP 为名性成分,VP 为动性成分,V 为动词。

从 NP1 到 NP2 的概念操作,靠 V 这个谓语动词"是"进行连接,NP1 和 NP2 处于是其所是的语义关联中。由此可见,每个成分都有语法的功能,写作的思维和表达的形式都受到语法的规定。

进一步说,这种思维方式和表达形式是在现代汉语浇铸的思维轨迹中形成的,即思维和表达要在既定的语法规则中运行才被认为是合理的,反之则是错误的。例如顾城的《一代人》,"黑夜给了我黑色的眼睛"。"给"是一个前面要有主语,后面要跟双宾语的三价动词,"黑夜"是施事,"我"是与事,"眼睛"是受事。如果缺少其中的成分,如"给了我黑色的眼睛""黑夜给了我""黑夜给了眼睛",这样的句子都会被看作是不完整的,甚至是错误的。类似这样的现代汉语的语法规则,一方面能让语言的表达更加精确、准确,尽可能的减少歧义,但另一方面又限制了诗人的想象和表达。从想象来看,可举一例。在古代汉语中,柳宗元《江雪》"独钓寒江雪"的"钓"是一个妙用,我们可以把"江"或"雪"都视为"钓"的受事,"钓江""钓雪"都是可以想象的;但在现代汉语中"钓"的受事通常只能是某种动物,如"钓鱼""钓虾""钓螃蟹"之类的,假如说出"钓江""钓雪"这样的词汇就会显得格格不入。

从表达来看,也可举一例。在古代汉语中,王湾《次北固山下》"海日生残夜,江春入旧年"中的"生"和"入"也是妙用,"海日""残夜"或"江春""旧年"不是主语与宾语的关系,更不构成施事与受事的关系,但仍然可以处在"生"和"入"的表达中;如果用现代汉语来表达,我们只能重新梳理事物之间的逻辑关系和语词之间的语法关系,把"残夜"和"旧年"颠倒回来,变为"残夜海日生"和"旧年江春入",即作为一种时间性的状语来翻译,"夜幕还没有退尽,旭日已在江上冉冉升起,还在旧年时分,江南已有了春天的气息"。如此看来,相较古代汉语,现代汉语在提升了语言的精准性的同时,也降低了语言的弹性,这就在不同程度上影响到了诗人的想象和表达。

尽管我们不能以传统诗歌的审美标准来衡量汉语新诗,但要承认的是汉语新诗在美学上还未获得一个令人满意的成就。事实上,李森对"诗意母语的陷落"的思考是对汉语新诗的文学立场、语言态度的反省,这种反省同时又是对现代汉语"诗意思维的陷落"或"诗意表达的陷落"的批判。正如他所说,"察,当今诗人的创作,崇洋媚外者众,降低写作门槛者狂;汉语新诗伟大作品的诞生,尚在'翘首默祷'中。"①总体而言,汉语新诗是否能在不失现代性的时代精神中接续传统诗歌的伟大文脉,打捞起陷落的诗意母语,这既是一种文学理想,也是一种艺术创新。

诗学革命的下半场

李日月

作者按:李森老师的锦绣文章《诗意母语的陷落? ——汉语新诗的诗意生成逻辑》分析、阐明了以现代汉语写作的新诗

---

① 李森:《诗意母语的陷落? ——汉语新诗诗意生成的逻辑》,《南方文坛》,2019 年第 5 期,第 12 页。

的诗意生成方式，及其与古典汉语诗词"形-象"诗意生成方式的不同，打碎旧理念、提出新观点，文章大开大合、有破有立、得风气之先、引论题之流。后续讨论中，方婷文章宏观，以一当百；邱健文章具体明朗，鞭辟入里；魏云文章则有侧敲旁击的乐趣；一行的文章则进行了全面的学术回应，其文宏大精微、攻防兼备、气定神闲，就是总结陈辞的气质。好文章和好酒一样，举杯晚了就被别人喝了。余地已狭矣。然，李森文隐含了一个诗学革命观念和策略的问题，是大家留给我谈的，我就谈谈这个问题。

　　对于一个汉语诗人来说，最近这二三十年可谓是有诗三千年以来最美好的时期：想怎么写就怎么写，怎么写都成立。"新诗"的"评价标准"仍未确立，"五四"小传统已略具规模，诗歌的工具理性最小化，幸运的当代诗人可以自由地穿梭于古典汉语诗歌、西方现代诗歌（和西方古典诗歌）、现代汉语诗歌的多重语言工具、多重诗意机制之间，自由组合，随心创造。只要拥有自我阐释能力，想怎么造就怎么造；即使不能自我阐释，也可以随便玩，因为几乎没有任何人包括普通读者和专业读者可以或者懒得驳倒你。

　　过度的自由击中的恰恰是人类无力享受自由的叶公好龙之心，在这么无比美好的局面之下，有的诗人试图扛起重建秩序的大旗，美其名曰标准，实则桎梏也——但作为一种诗学追求，一时之学术，当然是可以成立的——作品怎么写都成立，则批评怎么写也都成立。

现代诗歌已经呈现误读有效、过度阐释光荣，已经成为作者、批评家和读者的互相捉迷藏的智商游戏，尽管这未尝不可，但作为主流而涌动于拥有深厚历史传统即巨大历史包袱的汉语语境中，实在是不能不让语言卫士感到愤怒，不能不举起重建观念秩序的大旗。重建秩序的价值在于重建公共语言、重建共识、加强沟通的可能性和有效性。这个观念革命可以闹，怎么闹是个具体策略问题。

语言和诗歌是两个有较大差异的变量，考虑到语言和诗歌内部还分别有很多不同的小变量，其组合是无穷大的。策略取决于立场，立场是先决性的，有什么立场就会有什么策略（本文暂不讨论立场的选择逻辑）。"陷落"是一种立场，"进步"也是一种立场，"演变"也是一种立场。纯粹诗学立场作为中立价值，无所谓对错、高下。选择了"陷落"，就是隐含了一个先在的古优今劣的价值判断，就是为内在复杂变动的历史不定性的古典汉语赋值了一个常数，这是一种"断"，非大作手雄健笔力不可为也，但我们必须看到这一价值取向的后果，就是批评标准必然随之复古，必然造成对现代汉语价值的简单取舍。

谓述判断作为现代汉语的句法之一，自有其存在价值，因为现代汉语除了用于写诗写散文小说，还要用于表达吃饭睡觉，写科技论文，写政府工作报告。一行文中说得非常明白，判断句也是可以生成诗意的，这一点我很赞同，但须要指明的是，判断句、祈使句、陈述句的诗意生成并非单纯依靠逻辑与形象的摩擦,而存在着独立的自有逻辑、自有路径,个见是:真即美,善即美,故而这一逻辑、路径的生效范围尚在认知行动之中,仍在绝对道德范畴之内,犹在千圣共证宇宙大道的过程之间。在此之后,则转化为纯粹审美。即使不讨论古典汉语中的"者也""乃""为""非"等经典判断句式,判断句也当然不可能是新诗的专利,古典诗词里也充斥着大量与典型现代汉语判断句结构同构的句子,比如李森文引用的"暝色入高楼""望帝春心托杜鹃"都在形式上等于"(定)主+谓+(定)宾"的结构,这些句式可以叫"准判断句",也可以叫"准陈述句"或"准祈使句",称谓不重要,重要的是语境及其相应的诗意生发机制。李森文中并没有以诗歌文体垄断现代汉语的意思,也没有以判断句指称全部现代汉语的意思,其语言漂移说作为古今中外诗学总体的整合、损益、抽象和推演,归之于诗学革命的牌桌,必然具体地体现为一个出牌策略、策略系统问题,亦有其必要前提和具体用法,小文不能展开,但可以明确指出一点,语言漂移说既然可以用于阐释古典汉语(判断句)中的诗意生发,当然也可以用于阐释现代汉语(判断句)中的诗意生发,无非是阐释起点和路径略有区别而已,可以抽象为主词意象以定语之位点为起点沿谓词设定的路径与宾词意象摩擦、砥砺而生发诗意。比如,一行文引用的昌耀《紫金冠》:"当白昼透出花环,当不战而胜,与剑柄垂直/而婀娜相交的月桂投影正是不凋的紫金冠。"月桂投影(虚无缥缈情)与剑柄(金属质硬物)相交的婀娜姿态是诗意生发的起点,路径是两个"当……",漂移到

"紫金冠"意象之时与之发生摩擦、砥砺和暂住,一句诗生发了三个层面的诗意。

微妙的是,现代汉语兼容古典汉语这一事实在一篇讨论"陷落"的强价值判断的语言学论文中未能显明。我相对乐观一点,现代汉语在句法上的西化成分,丰富了古典汉语以语序为主要逻辑方式的表达力,激活、强化了汉语内在的逻辑表达功能,使汉语的语用扩大了,而这一新特征是可以兼容歧义性的——也就是说,现代汉语为诗歌创作提供了新式武器,使得新诗人拥有了写作高度创新型作品、超越古典诗词最高成就的可能性。这一可能性的实现,基本上要以前进为主要策略,尽管方向、方法等问题还有待于探索,而复古,尽管中国艺术史历次成功革命均以复古为旨归,但在以思维艺术为核心的诗歌艺术领域,从根本上是无法与古典诗歌之巅峰进行平级对话的,要对话,我们就要换套路,这一点,六朝诗人面对汉诗、宋代诗人面对唐诗都已经做出了各自的回答,回答有效,而明清诗人的答案堪称不漂亮。现在轮到新诗人提供答案了。

晚清"诗界革命"和民国"文学革命"是依附于历史革命、社会革命、政治革命和文化革命的,诗歌凸显的是工具理性。早期的新诗人们写作诗歌时,语言态度是非常粗暴的,最致命的是严重缺乏语言自信,对西方的了解也是肤浅的,盲目是中国知识分子整体的基本姿态,这种情势之下,新诗的开局自然是毛病多多,先天不足、后天也不足。对"五四"以来的百年小传统的深刻、直接、有效的反思,是我们面对诗歌写作的一个必要步骤,其中首要的就是消化语言接触。佛经翻译对汉语的贡献、对诗歌的直接贡献我们都知道了，以圣经翻译为代表西方典籍翻译对汉语、对诗歌的正面的直接的贡献我们还没有看到，这是一个基本事实，王国维没等到，我们这两三代人也未必等得到。我们手里的牌是很具体的：不仅仅停留在反对层面而要超越西方中心主义同时超越中国中心主义，完成这两个超越，才算是站在了21世纪新诗写作的门槛上。新的诗歌写作基于新的历史语境，这是诗学革命的下半场。超越西方中心主义是第一步，标志是新诗优秀作品完成了把新诗从外国文学转变为中国文学的动作，这不是学科意义上的，而是文学审美的表征和理路意义上的。这一步已经比较清晰了。第二步就比较麻烦，也是要害所在。

第二步是实现汉语一体化，即古典汉语和现代汉语在语言学的和文学的双重价值标准之下完成融合，成为"汉语"，即同时赋予语言和诗意两个变量以完美常量。分歧就此产生。一部分人以复古为革命策略，这首先是没有超越中国中心主义的表现，其次是复古策略的生效机制仍未启动。复古必须以充分革新为前提，彻底的纯粹的新，因为不具备公共属性，沟通无效，必须借助既有通用语言与庸众达成苟合，这一动作貌似复古，故而名之复古。很明显，新诗的新还不够新。复古无效，而呈现抄袭、偷懒、鸡贼、才力不济、急于求成、认知偏差等负面面貌，最好的情况即"召唤"也只能是出师未捷身先死（有一种纯粹的言必称三代开口四六句的个人趣味和个人才学，不在讨论之列）。比如，残清大师章炳麟就要搞文学复古,未免太个人化;刚闹了白话诗革命没几天的胡适在1920年代又闹"整理国故",让革命派摸不着头脑;1930年代的文言复兴运动,许梦因、汪懋祖也是按捺不住;到了1970年代台湾又搞儒学复兴,然后香港新加坡接着干,大陆到本世纪初又续上,结果当然也不乐观,不过是久了几十年就没那么惨而已。复古实际上从来都没有停止过,但那不重要,当代诗人的命运仍然是朝向未知的前方,义无反顾,勇往直前,深刻接受创新必然失败的历史命运。诗学革命的下半场是寂静的:语言学、文献学、人工智能,坏诗之贼、好诗之友也;文学史、政治学、经济学,坏诗人心中之贼而好诗人之友也;还有心理学、传播学、分析哲学、各种批评理论那一拨等着看新诗笑话的中间派。创作主体的人生问题已经击垮了大多数诗人,硕果仅存的几位尚且瘫痪在中场休息。诗歌从来没有面对过如此复杂的内外环境。破内外贼而友之,路漫漫其修远兮皆为一个人的战斗,没有战友,全靠自己一个字一个字、一行诗一行诗写出来,不会有鲜花和掌声。成了就是成了,废了就是废了。必然要写废一批作品,写废一批诗人。仍不服气的当代诗人可以自行揽镜沉思,自己是不是一块不硌脚的石头?新诗写作朝哪里走,固然只有后设答案,但确切的前提却有一个:现代汉语确实存在"杂交""浑浊"之病——这可能是现代汉语最后一款病了,但这恰恰是需要新诗人去治疗的,新诗人应该调整对现代汉语的态度,要爱,真诚地爱,狠狠地爱,就像从来没有受过伤一样去爱。语言态度不仅是个哲学问题,主要地还是个创作问题。我断言,抱有对现代汉语的消极态度、批判态度和对抗态度,是绝对写不出超一流的新诗来的。当代诗人必须从对现代汉语的怀疑中尽快走出来。解决办法很简单,就是要立即做扩胸运动,清洗掉与诗歌史对话的腐朽理想,把诗学思考的时间标尺从 70 年提高到 500 年。

李森文要谈的问题核心是"正统",这很明显是他树立的一个诗学革命主张。依我浅薄的理解,这杆大旗有两个层面的意思:一是以复古为手段的创新,只有对存量知识总体的具体把握,才可能做到真正的有效创新,这里面有个笨工夫;二是以创新为前提的复古,这条前文已有阐释。先一后二,这是革命的正确步骤,颠倒了就麻烦。树立新正统并无不可,反向格义并无不可,革命主张哪里有对错优劣,只有成败。新诗战场的下半场上只有三个人:革命者,旁观者,作为裁判员的时间。战士在战斗时想不了太多,别人爱说啥说啥,时间怎么裁判都无所谓。吃饭就是吃饭,睡觉就是睡觉,语言就是语言,诗歌就是诗歌。郜元宝《母语的陷落》一文认为中国知识分子对母语的痛恨导致了母语陷落和作品内在价值冲突,而李森对"陷落"打了个容易被忽略的问号,把意旨具体到诗学问题,隐约承认了古典汉语和现代汉语葆有内在一致性的可能,也饱含了一丝当代诗人共有的爱恨交加悲欣交集的诗学革命意志。

李日月于昆明日月堂

2021 年 3 月 20 日草,6 月 9 日改

母语陷落还是母语的崛起

朱振华

母语的陷落？这应该是一个历史命题。

回顾历史,近代中国的中西语第一次相遇时,在天朝之国的文化优越感中,汉语尚居于优势地位。这样的认知其实是中西方一致的观念,不仅伏尔泰、洪堡特等西方哲学家对东方文明和语言推崇赞誉,而且鸦片战争之前对于与东方中国的战争,也存在着巨大的争议。此时的母语还具有着盲目的文化优越。

但是伴随着鸦片战争之后近代中国的惨痛历史,原有的文化优越被踩在了地上。为了民族的复兴,文化的启蒙,新文化运动的先哲们尊起"德先生"和"赛先生",在汉语的发展上尝试探索了两条道路:一条是白话文,反对文言文;一条是汉语汉字拉丁拼音化,抛弃汉字。这两条道路我们可以看到中国现代知识分子对母语的基本否定态度。这是一场孤注一掷的文化革新,新派知识分子们以"天下兴亡,匹夫有责"的勇气,承担历史的责任,希望通过语言和文字的断裂,带来文明的启蒙和国家的复兴。

新文化运动百年之后,随着中国的经济发展和国际地位提升,中华民族伟大复兴成为国人的历史使命和责任。汉语文字价值的重新审视与发现成为民族和文化复兴的深层逻辑。中国诗词大会、孔子学院的遍地开花以及文化软实力的诉求,母语在民族和国家发展的新境遇中又一次面临着崛起的可能。

母语在社会发展和历史沉浮的境遇中，地位沉浮。在历史的进程中，语言与社会辩证互动。语言始终是植根于一个民族文化的底层，是文化的根，民族的源，无法抛离，只有不断地超越，不断地漂移。在语言与社会的互动关系中，语言一直在寻找最为有力的呈现方式和生命力。

如果母语的陷落是在文化拯救的路上中国学界与西方语言理论的一次合谋，那我们时代的今天母语崛起的呐喊，则是在"工具和本体"的论争中，母语文化自我拯救的艰难道路。母语文化的自我拯救就是诗意的语言自我生成。

《诗经》的风、汉乐府诗、唐诗宋词、明清小说、白话文和汉语新诗，无一不是母语在不同的历史境遇中的最具诗意的选择，这种选择就是在语言的母体中，循着诗意的道路，寻求勃勃生命气象，来彰显母语，来丰富语言。语言在漂移的运动中，自我生成，自我呈现，从而实现语言的无限可能，实现母语的民族自信和文化张力。

诗意生成是母语漂移的动力，也是母语变革的潜力，是母语寻求发展的活力。语言在自我生成的路径上，不断寻求探索自己漂移的方向。就如同随着中华民族的复兴，汉语面临着又一次漂移的崛起复兴之路。

朝向真实:当代诗中的语言可信度问题

一行　撰

一、作为"诗歌标准之标准"的语言可信度

中国新诗的历史演进中,一直有一条隐秘的问题线索以含而不露的方式贯穿于其间,只是在较晚近的时期才被诗人和批评家们明确提出——那就是"诗歌-语言可信度"问题。在某种意义上,正是"对语言可信度的渴望"构成了中国新诗之创生、成长、变异和分化的深层动力和内在根基。我们看到,在不同历史时期,"语言可信度"问题总是以不同的表述形态显现出来,或者与其他诗学问题缠绕、交织在一起。新诗发轫初期,它隐含在"白话诗"或"自由诗"试图取代"雅言旧诗"或"格律诗"的"文学革命"诉求中,"白话-自由诗"兴起的合法性根据,最终来说是它较之于"旧诗"更加可信、更能切中现代中国人的处境和生命经

验。20世纪三四十年代新诗"三条道路"(浪漫主义、现实主义与现代主义)的角逐、交响中,它在不少诗人那里成为了写作方式之选择和变更时的基本动机:例如穆旦,他于1947年写下的"我歌颂肉体,因为它是大树的根"(《我歌颂肉体》),不仅是对一种新的"肉体思想"的赞颂,而且是对一种更可信的"生命与语言之关系"的构想,他将其称为"沉默而丰富的刹那"和"美的真实"。20世纪七八十年代"朦胧诗"和"后朦胧诗"的兴替嬗变中,对"诗歌可信度"的追求隐含于各种摆脱集体语言方式、探寻个体写作道路的"形式冲动"和"自由冲动"中,成为诗人们对种种虚假、陈腐和空洞的诗体语言进行拒斥的根据,并构成他们分道而行时为自己诗歌道路辩护的理由。在"九十年代诗歌"中,"叙事"和"及物性"的凸显,以及"中年写作"的提出,其背后的考虑也不乏一种"可信度"的对比:这些诗人认为,及物、叙事性的"经验主义写作"较之于直接的"抒情诗"和不及物的"纯诗","开阔、成熟、抑制的中年写作"较之于"乌托邦冲动支配下的青春期写作",要更加可信。而近二十年来主导着诗歌界的一系列诗学讨论,如1999年后"口语写作"与"知识分子写作"之间的交锋,以及对"技艺"、"修辞"、"隐喻"、"诗歌标准"、"诗歌伦理"等问题的探讨,都与"语言可信度"的考量有着千丝万缕的联系。

如此看来,新诗历史中几乎所有重要的诗学问题的提出,乃至它们所引发的不同诗歌道路、诗学理念之间的争执,除了利益和文学政治的原因外,很大程度上是对"语言可信度"的追求和反思所致。这些不同方向和立场的诗歌主张,源于各自对"诗歌-语言的可信度"与生命-世界、传统-现代、个体-群体、智性-情感等具有内在对峙结构的维度之间关联的不同偏重。我们可以将"语言可信度"问题作为连接、涵摄各种诗学问题的一个"纽结"或"线团"来对待,并将"可信"当成一切"诗歌标准"的二阶标准("标准之标准"):对于任何一种"诗歌标准",我们在据其将某首诗判定为一首"好诗"(或"高级的诗")时,都可以再问一句,这首诗的"好"或"高级"是真实可信的吗?一首体现了"综合意识"和"技艺难度"的诗,可能是"高级的"和"精致的",却常常未必是"可信的",因为它在另一些不易说清、却能被专业读者直觉到的方面有所缺失;而一首貌似"直接"、"单纯"、"感人"的抒情诗,或者一首看起来"生动"、"好玩"的口语诗,也可能在其写作意识中包含着深层的套路、自欺和伪饰,因而同样不可信。如此一来,我们基本能判定,"可信"这一标准,在对待现有的各种诗学立场时是中立的,许多不同类型、彼此理念上相互冲突的写法都能产生出"可信之作",但也都有可能产生大量符合某一既定诗歌标准的赝品。依据"可信"这一尺度,我们或许就可以从旷日持久的各种诗学争斗和诗歌圈子的撕裂("复古-先锋"、"民间写作-学院写作"、"青春期写作-中年写作"、"口语流-技术流"等等)中摆脱出来,而获得一个更恰当、也更稳健的立足点,去平心静气地观察所有这些纷争,并在写作和阅读诗歌时将自己的目光调校到更重要的问题上来——无论一首诗写什么,无论它采用了何种写法、预设了何种诗学观念,我们都应该问一句:"但,这首诗是可信的吗?"

那么,我们根据哪些要素或特征,来衡量或判断一首诗是否"可信"呢? 这些要素或特征,有没有超出主观任意的普遍性,能被绝大多数心智健全且具有一定诗歌素养的人所接受? 本文认为:这种普遍性的要素或特征是存在的——认为一首诗"可信"的判断("这首诗是可信的"),正如康德所说的"鉴赏判断"("这朵花是美的")一样,绝不是一种完全主观的评判,而是基于某种具有普遍意义的"共通感"的判断。[①] 需要追问的是,如果人们实际上对于"语言可信度"来源的理解有着各种偏重和差异的话,这种对于"可信"的共通感是怎样一种共通感?

本文将判断一首诗是否"可信"时依据的共通感,主要理解为对"诗之真实性"的共通感。在日常语言中,"真实"与"可信"基本是可以互换的同义词,或者说,"真实"总是被当成"可信"的根源。在"真实可信"这一常用表达式中,可以看出它们之间无比牢固的联结。在诗学中也一样:诗的"真实"是其"可信"的首要根源或条件,虽然或许不是唯一的条件。对"诗之真实性"的感受、直觉和判断,并非一种概念性的逻辑判断,而是基于人类生存的基本境况而来的"反思性的判断",因为这种"真实"并不涉及科学意义上的客观真理,而主要涉及"真诚"("主体性的真实")和"生存真实"(无论这是"超验"之物还是"经验"之物)。对于当代诗来说,尽管不同的诗歌圈子所信奉的诗学主张彼此之

① 康德:《判断力批判》,第 19—22 节,邓晓芒译,杨祖陶校,人民出版社,第 74—77 页。

间没有多大交集,但他们都承认"真实"之于诗歌的必要性甚至
首要性——即使他们在"何谓诗之真实"和"哪些诗更真实"的理
解上仍然存在分歧,但只要他们愿意并有能力反思、深化自己的
经验,最终会在这些问题上达成大体的一致。不过,一种普遍有
效的"共通感"的形成需要历史的中介,当代诗人们对"真实"或
"可信"的恰当理解,也经历了一个在时间中不断自我反思和自
我调整的过程。我将以当代新诗为例,来说明这种使得诗歌变
得"可信"的"真实"究竟包含哪些基本要素,以及这些要素各自
在历史中经历了怎样的形态演变。

二、"诗之真实"的双重性:真理与真诚

"诗因真实而可信"——这句话听起来是"真话可信"的一个
变体或特例。将"真实"作为诗歌的首要价值,是当代诗的重要
特质之一,它本身就是当代诗重视"语言可信度"的证据。与此
相关的是"真"和"美"的价值排序问题,今天几乎所有重要的当
代诗人都认为,对诗来说,"真"比"美"更高一些。正是基于此种
认识,从海子以来在新诗内部就一直存在着对"文人趣味"的激
烈批判:"美"常常不过是文人阶层沉溺其中的精致、腐朽的趣味
和情调,而"真"才是诗人应该直面的生命存在本身。陈律在《市
场经济时代的汉语诗人》一文中重提了这一观点:

> 确实,很多时候发现真比发现美要难,而且要难很多。

在真与美的关系上,我认为真的品级要更高些。通过领悟美才逐渐开始认识真,至少我个人走的是这样一条认识之路。故我认为真是美的本体。不真之物不可能是美的。某个诗的幻象之所以让我们觉得美,恰恰是因为这个所谓的诗的幻象要比很多所谓的生活的真来得更真。所以,诗首先是求真,然后才是求美。这应该是判断一切时代诗之主题和形式之价值的基本依据。并且,通过认识时代的真以及时代诗歌的真,诗人最终将认识某种凌驾于诸时代和诸诗歌之上的真和不变,而美只可能是这真和不变的散发。所有不真、不够真的诗都将消逝,留下来的一定是真的。①

值得重视、保存的"美"必须以"真"为前提,只有这样的"美"才具有可信度。可是,究竟什么是"真实的诗"或"诗之真实"呢?

如果我们仔细检审"真实"这个词语,会发现它包含着极其复杂的内在歧义和分裂。克尔凯郭尔在《非科学的最后附言》中对"客观真理"与"主观(生存)真理"的区分,几乎引发了后来整个现代思想中围绕"真理"问题的剧烈争执。伯纳德·威廉姆斯将这一现代文化中存在的两股相互冲突的思潮概括为:"一方面,有一种对真诚(truthfulness)的热切承诺……也同样有一种对真理(the truth)本身的普遍猜疑。……一方面是对真诚的追求,另一方面是对(确实)存在着有待于发现的真理这件事情的

---

① 陈律此文原刊于《新诗-3》,聂广友编,上海文艺出版社,2014年。

怀疑。"①在诗学语境中也有类似的情况。不同的诗学主张所强调的"真",常常基于完全不同的理论框架和预设,并且彼此怀疑对方所说的"真"是否具有确实性。就西方诗学而言,亚里士多德的著名断言"诗比历史更真",其预设是"诗是(对人类之可能行动的)摹仿";而当浪漫派声称"诗"与"真"同一时,他们所说的"真"却主要是"想象之真理"。黑格尔和海德格尔都作出过"诗是真理的显现方式"的表述,但前者心系的"真理"是"精神之理念",后者念念在兹却是"存在之真理"。这里,我们当然没有必要过度纠缠于哲学家们的观念纷争,而只需要弄清楚一件事:一首诗获得真实性或真实感的条件是什么?

威廉姆斯对"真理"与"真诚"的区分给出了一个可供参考的框架。我们可以从两个方面来切入"诗之真实"问题。一方面,诗歌语言必须显露出主体(诗人)所具有的能担保真实性的资质(真诚度);另一方面,诗歌所书写的也必须是某种意义上的真实之物(真理内容)。诗的可信度首先在于其主体方面的真诚度——这不只是一个修辞问题,亦即不只意味着以特定的语调、气息来让诗"显得"诚恳,甚至不只是以语言技艺和控制力来展现写作态度的严肃性(这就是庞德名言"技艺是对诗人真诚性的考验"的意思)。诗之真诚,还要求其语言状态具有与作者的生命和精神状态相吻合、连通的特征。"真诚"不止于诚恳和严肃,

<hr>

①　伯纳德·威廉姆斯:《真理与真诚》,徐向东译,上海译文出版社,2013年,第1—3页。

而且一直延伸到对其背后的"人格真实"的指涉。尽管"诗如其人"这一古老要求不再合乎时宜,因为此要求中对"人"的预设过于道德化了,也过于相信人的内在同一性,而今天许多诗人拒绝用"道德"的单一视角来理解人之存在,或者像博尔赫斯那样声称自己的诗是"另一个自我"的产物;但是,如果仔细分辨,我们仍然会承认这一要求确有其道理,只是这里的"人"是一个更为复杂的、在内部具有多重潜能和倾向的存在。我们需要在"生命状态"而非"道德"的层面上来理解"诗如其人":如果一首诗的语言并没有与作者所处的生命状态相吻合,例如一位年轻诗人熟练操持着一套大师"晚期风格"的语言方式,一位过着糜烂、混乱生活的诗人写的全是无比洁净的纯粹之诗,我们始终会怀疑这样的诗是否真实。这不只是说,什么样的人就应写什么样的诗,你如何生活就写你实际具有的生活经验,更重要的是,"诗如其人"要求诗人将写作当成一种精神修行,并努力地通过它来促成自我反思和自我成长。诗的真诚度取决于语言状态与生命状态的契合,但最终来说还要求语言具有从人格修为而来的精神性的光辉。

杰出诗作都包含着对"真诚"的承诺,可是,光有常识意义上的"真诚"是不够的。王尔德有言:"一切坏诗都是真诚的。"此言虽过于夸张,但我们确实看到有很多写得糟烂的诗人在以"真诚"来自我标榜。我们可以将王尔德的话修改为"一切坏诗都摆出了真诚的姿态",可真诚不只是姿态,它更需要能力和勇气。除了天赋之外,能力和勇气只能从持久、专注的精神生活中获得。诗歌,在这一意义上与福柯晚年所讨论的"说真话的勇气"有关——写作是一项"自我技术",是一种"说真话"(Parrêsia)的方式,它通过"关心自我"、直面自我的真实状况来构成一个"完整的自我",并向他人展示出来。福柯对"自我技术"的界定是:"它使个体能够通过自己的力量,或者他人的帮助,进行一系列对自身的身体及灵魂、思想、行为、存在方式的操控,以此达成自我的转变,以求获得某种幸福、纯洁、智慧、完美或不朽的状态。"① 雷武铃在多人诗选集《相遇》的"编后记"中,谈到了与此明显相关的"诗歌作为一种精神修炼"的观点:

> 这部诗集是一部普通人的诗集。这么说是基于这些诗人的生活,基于他们对诗歌的认识与态度。他们过着与世偕同的普通生活,只是内心热爱诗歌,确信普通生活之内(也是之外和之上)自有一种伟大的精神存在。……他们有精深的诗歌教养,他们写诗,赋予自己的生活和生命存在以语言和诗歌形式,这是他们整个生活的精神部分。他们写诗,主要是立足于自己的精神,解决自己的心灵问题,是一种精神实践的修炼。……做一个诗人,是做一个人的一部分。写诗,是认识自己、认识世界的途径;是自我完善的实践;是如何生活、如何看待生命、如何更圆满、更

① 福柯:《自我技术》,汪民安编,北京大学出版社,2016 年,第 54 页。

丰富、更充沛、更有意义、有德性地幸福地度过自己一生的努力。①

  只有基于精神生活的修炼,诗人主体才能保证自己有能力说出"真话"。许多诗歌作出一副要"说真话"的样子,可是它们说出的全是套话和空话,因为作者的内在精神无比贫乏,只能将那个孱弱的"自我"藏在一套租借来的、貌似真实的言语程式背后。而诗歌所要说出的"真话",包含着超出任何套路的、对新鲜和独特性的要求。真正独特的语言不是"为独特而独特",而是从一个独立、丰盈、自我肯定的生命中自由生长出来的言辞。不难看到,当代诗人所进行的人格或精神修行,与古典诗人并不完全相同:古典诗人的人格修炼通向的是"教化者"的角色,并以此参与到一个目的论的"自然"或"天道"秩序中(在柏拉图那里,这种朝向自然或存在秩序的修行,被称为"灵魂转向";而在《中庸》,这种朝向天道秩序的修行工夫,被称为"诚之"或"自明诚");而当代诗人的精神实践却主要朝向的是"本真性"(Authenticity),亦即一个独一无二的、完全听从内心声音来作出决断的自我。在"真-诚"这个词汇本身之中包含着古今之变:古典的"诚"作为天道与人道相互关联的枢机,其要义在于将个体生存嵌入到更深广的、超越性的实在秩序之中予以自我理解和自我定位;现代的"真"(本真性)则将个体从共同体、从共同体植根

————————

① 雷武铃编:《相遇》,文化发展出版社,2018 年,第 261 页。

于其中的整全实在那里抽离,使之成为了自我主张、自我肯定的偶在个体或"唯一者"。陈律对此的表述是:"当代汉诗写作的底线究竟是什么? 我的回答是,呈现一个孤独个体的真实存在。这是在我们这个时代乃至一切时代写作的基本意义之一。"(《市场经济时代的汉语诗人》)在当代诗中,确实有一些诗人(特别是具有保守倾向的诗人)试图返回古典的"诚"并以之作为自身写作的根基,但大部分诗人仍然将"本真性"作为衡量诗歌可信度的基本尺度,换句话说,他们对一首诗之可信与否的判断主要在于"它是否写出了一种绝对个体的真实"。

三、"超验真理"与"经验真实"

诗歌语言的真实性,除了源于诗人主体的真诚之外,还要求其内容具有真实性。"真话"显然不只是"真诚说出的话",在一个同等重要的意义上,它还是"揭示了某种真相的话"。这便是"诗之真实"的第二个方面,它有时被表述为"诗是真理的载体",另一些时候被表述为"诗是对真实的见证"。那么,这种意义上的"真实"又具有哪些可能的形态呢?

诗人们对"真理内容"的感受和认识,在不同历史时期并不相同,甚至多少带着一种命运性的色彩。诗人并不能任意地将某种"真理内容"置入诗歌中,他只能领受历史天命的馈赠,把这个降临于他身上的"真理内容"作为一件沉重的礼物接下来。1980 年代以来的中国当代新诗中,大体出现过三种不同的对诗歌所应呈现的"真理内容"的理解方式,它们都植根于诗人生存于其中的世界图景的整体状况。第一种被试图置入诗歌之中的"真理",是一种形而上的超验真理。海子是中国新诗中最热切地想要以诗歌来承载这种"真理内容"的诗人之一。在去世前一个月的一段谈话(由陈东东转述)中,海子说:

> 我的诗歌理想是在中国成就一种伟大的集体的诗。我不想成为一个抒情诗人,或一位戏剧诗人,甚至不想成为一名史诗诗人,我只想融合中国的行动成就一种民族和人类结合、诗和真理合一的大诗。

这段被人广为引用的话,道出了海子对"诗与真"关系的理解。在《诗学:一份提纲》中,海子将这种"诗和真理合一的大诗"表述为:"伟大的诗歌,不是感性的诗歌,也不是抒情的诗歌,不是原始材料的片断流动,而是主体人类在某一瞬间突入自身的宏伟——是主体人类在原始力量中的一次性诗歌行动。这里涉及到原始力量的材料(母力、天才)与诗歌本身的关系,涉及到创造力化为诗歌的问题。"[①]海子所说的"真理"乃是"秩序意志"(主体、父力)从"原始力量"(实体、母力)中挣脱、凸显出来,但又保持着与原始力量的恰当关联——大诗人通过掌握这一平衡,来实现从"原始材料"向"伟大诗歌"的转化。因此对于诗人来

---

① 海子:《海子诗全编》,西川编,上海三联书店,1997 年,第 897—898 页。

说,"真理"就是"从实体走向主体的一次性行动"。这一"诗之真理"的表述方式是黑格尔思辨哲学式的,但其实质更接近于荣格所说的"Anima"(阳性力量)与"Animus"(阴性力量)之间的对峙(尽管他们对这两种力量的性质和功能的看法不同),它诉诸的是人对于原始混沌与精神秩序、无意识与意识之关系的深刻经验。不过,尽管海子渴望着"诗与真理合一",但他仍然清楚这是一个难以企及的理念——无数的杰出诗人都失败了,他们要么成为了浪漫派的"民族诗人"或"诗歌王子",要么就只是现代派文学中的"碎片与盲目"。海子渴望在诗歌中融合的"真理",作为一种观念性的至高之物,既塑造了他的诗歌形态,又给他带来了深深的挫败和悲剧命运感。

与海子同属于一个大的诗人谱系、并具有相近诗歌理想的诗人,除了骆一禾与早期西川之外,还有昌耀。我们可以将昌耀的《紫金冠》视为对诗歌所要抵达的"超验真理"的一次象征性的书写:

> 我不能描摹出的一种完美是紫金冠。
>
> 我喜悦。如果有神启而我不假思索道出的
>
> 正是紫金冠。我行走在狼荒之地的第七天
>
> 仆卧津渡而首先看到的希望之星是紫金冠。
>
> 当热夜以漫长的痉挛触杀我九岁的生命力
>
> 我在昏热中向壁承饮到的那股沁凉是紫金冠。
>
> 当白昼透出花环,当不战而胜,与剑柄垂直

而婀娜相交的月桂投影正是不凋的紫金冠。

我不学而能的人性觉醒是紫金冠。

我无虑被人劫掠的秘藏只有紫金冠。

不可穷尽的高峻或冷寂惟有紫金冠。

　　在这首诗中，"真理"或"至高者"首先被形容为一种超验的无限之物，它是"不能描摹出的完美"，是从天而降的"神启"。但在诗的行进中，它与人不断发生着相遇，并逐渐"内在化"：先是在各种生死相接的"边缘处境"中，成为将人从濒死中拯救回来的"希望之星"和"沁凉"，成为人可以感受、信赖、依靠的存在；然后，它从一种硬朗、刚峻的形象（"紫金冠"或"剑柄"）转换为柔和、温润的形象（"月桂投影"）；最后，它几乎要完全内在化，变成人心中的"良知良能"（"不学而能的人性觉醒"）。可是，诗的结尾又一转，将这一从"超验"变为"内在"的过程再次扭转回来："紫金冠"作为"不可穷尽的高峻或冷寂"，其实是无法被完全内在化的，它仍然保持自身为无限超验之物。诗由此完成了一个"超验→内在→超验"的循环。尽管"紫金冠"是"真理"的象征，但昌耀所要道说的恰好是"真理"无法被任何象征所抵达。"真理"不可企及、不可穷尽，始终超越于个体生命或心灵之上（尽管它能被部分地内在化）。昌耀和海子都强调真理的超验性，但与海子诗歌以"痛苦"为主的音调不同，昌耀这首诗的基调是"我喜悦"，他并不因为超验者的不可穷尽、不可抵达而感到"挫败"。

20 世纪 90 年代诗歌中，那些重要的诗人们几乎不约而同地在自己的写作中对"超验真理"进行了偏离，从而修正了中国新诗的方向。"真"对诗人们来说仍然必要，但不再是作为形而上的整体或至高之物，而是作为可以进入日常经验和具体生存处境之中的"可感知的真实"呈现出来。"真"从此首先意味着诗的处境感或切身感，亦即它能有效回应诗人生存于其中的世界境况。这便是从"超验真理"向"经验真实"的转向。西川在九十年代初写下的一系列混合性的实验文本（如《致敬》《厄运》），体现的便是这一转向过程中不稳定的过渡状态。这第二种"真理内容"的到来，与中国进入到市场经济时代前后世界图景的转变密切相关，用欧阳江河的话来说，就是诗人们突然看到了周围世界中混杂的"物质性"。工业文明和市场经济的力量，使得那种纯净的"超验真理"像天空和大海一样被污染了。从此，诗歌语言的真实性就不能只是基于对"超验真理"的追求，而必须来自它对"经验真实"的见证或揭示力量。

不过，诗歌对"经验真实"的书写也有着层级和路径上的区分。从层级上说，最表层的"经验真实"，是直接性的、未经反思的"真情实感"。那些声称要写出"真情实感"的诗人最容易陷入到各种不自觉的语言套路之中，因为他们从未反省自己的"心灵"是否只是一种被操纵、规训后的"受禁锢的心灵"。第二层"经验真实"，是从观察日常生活、地方风物和世相局部而来的真实，这种"观察性的真实"有一种见闻众多的阅历感，甚至能上升至某种"世故的心灵"，但它仍然停留于世界的表象。第三层"经

157

验真实",是"反思性的真实",它有两种不同的路径朝向,其一是对世界或现实场景中包含的力量关系的反思(外向的),其二是对自身内在生命和精神状况的反思(内向的)。那些杰出的经验主义诗歌,往往是将两种方向的"反思性的真实"综合在一起而形成的诗歌,它要书写的是自身在世界之中的位置、处境、关系以及由此带来的情绪与思想的混合状态。张曙光在《公共汽车上的风景》中写道:

> ……多大程度上,我们能够把握
> 现实,或我们自己——
> 对真实的渴望,像马达
> 驱动着我们,向着一个深层挺进
> 在那里,每个人被许诺
> 得到一小块风景的领地
> 我记起(早春的一天)在江畔的
> 林荫道上,一些工人架起梯子
> 修剪黑色的树枝,为了让它们
> 绿色的姿态在五月里更加美丽
> 远处驶过的公共汽车,在一个
> 少年人的眼中,不过是一个
> 移动的风景,或风景的碎片
> 但眼下是我们存在的全部世界
> 或一个载体,把我们推向

遥远而陌生的意义，一切

都在迅速地失去，或到来

　　如诗中所言，经验主义诗歌是"把握现实"的努力，其方法论的驱动力是"对真实的渴望"。而要呈现这种意义上的"真实"，就必须引入一种朝向经验本身的反思力，它一方面包含现象学式的描述，另一方面是对语言与世界之关系的分析或"元诗意识"。于是，诗人们再也不能只是以纯粹抒情或象征性的方式写作了，必须"及物"和"及事"，掌握叙事与抒情、描写与分析相结合的技艺，并空前地扩大诗的容量和词汇量。这便是"九十年代诗歌"对"诗之真实"的基本修正方式。

　　由于诗人在对经验的呈现中包含着高度反思性的环节，使得当代诗所诉诸的"经验真实"不同于某一类古典诗学中的"真"（王夫之所说的"显现真实"之"现量"，以及王国维所说的"不隔"）。强调"现量"和"不隔"的诗学立场，将"诗之真实"理解为对"直接经验"的不假反思、当下即是的呈现，这一立场背后是一个仍然未被复杂的社会中介环节所污染的"人间"。而当代人却活在一个被权力、技术、媒介景观和意识形态完全支配的世界，人们的生存经验早已经被各种间接的、异质性的信息、语汇、知识和观念所渗透。由此，当代诗中的"经验真实"，就不只是"直接经验"的当下显现，而是将所有的中介环节尽量包括进来的"反思性的真实"。这些中介性的信息、语汇、知识和观念，是作为"材料"出现在诗歌之中的，当代诗的"经验主义"总是与"材料主义"相伴生。从那些走得较远的诗人(张曙光、萧开愚、孙文波、臧棣、钟鸣、欧阳江河、西川等)的写作来看,他们对"经验"的处理或多或少都带有材料主义的性质。不过,"材料主义诗歌"也会带来新的问题:如果这种材料主义是为反思和揭示经验世界之真实状况服务的,同时与真切的知觉、情感、直觉等直接经验(以及围绕着直接经验形成的回忆和想象)恰当地配合,那么它就是对诗歌有益的;但如果这种材料主义变成一种无节制的对各类知识、信息、词汇和观念的堆砌和增殖运动,变成一种炫耀性的"语言景观主义",它就背叛了自己对"真实"的承诺。欧阳江河和西川等人近些年的写作之所以受到许多专业读者的诟病,在很大程度上就是由于这种"材料主义"的过度滥用。

四、"中间地带的真实"

"经验真实"作为一种更贴近地面的"真实",比"超验真理"更适合成为诗歌写作的出发点——这几乎已经成为中国当代优秀诗人们的共识。但是,对"超验真理"的渴望是人类心灵的天然趋向,它无法被任何一种怀疑、反讽或否认所磨灭;在当代诗中,即使"经验真实"占据了压倒性的上风,但"超验真理"也并未完全退场,而是仍然以各种形式保留在诗的角落或背景之中。不仅像多多那样的前辈诗人矢志不渝地认为"诗歌必须书写超验",某些青年一代的诗人,如徐钺、江汀、李浩、黎衡、张慧君,也一直致力于在诗歌中保留"超验之物"的位置。这些青年诗人大多曾受到宗教影响,因而语言经过灵性经验的塑造;但他们也深刻地意识到"经验主义"诗歌方法在我们时代的有效性和必要性,因此他们并不像多多那样拒斥"经验真实"。于是,近些年来,我们在当代新诗中看到了"超验真理"与"经验真实"的某种交汇所形成的第三种"真理内容":一种介于"超验"与"经验"之间的、兼具二者特征的"中间地带的真实"。这种"真实"的主要表现形态有:在诗歌中将"经验真实"作为出发点,然后逐渐引向一个超验性的精神背景;或者,在对"经验真实"的深度透视中,发现"超验真理"的某些耐人寻味的踪迹;又或者,从"反思性的真实"上升为"思辨性的真实",亦即将对经验现实的"认识"综合、转换为一种对更高的整体之物的"认同"(如孙文波《长途汽车上的笔记》);而最困难的,是用"事件性的真"来突破自身已成习惯的经验范式,从"事件"中生成崭新的、无法预期的语言。

　　"中间地带的真实"在诗歌中的出场,是以"超验"与"经验"在我们生活中的持久相遇、并存为前提的。在这一境遇中,诗人必须既直面现实世界各种力量、关系对人的影响,又意识到理念和神圣之物的不可或缺,并从二者的紧张或冲突关系逐渐走向一种真正的和解、沟通。由此,超验之物虽然继续保持着其神圣性,但它已然融入到我们具体的日常生活之中,不再只是一种远离尘世的冷寂之物,而是变得亲切、亲密。昌耀《紫金冠》中的"不可穷尽的高峻",或者海子所感受到的"人生的真理和真实性何在无人言说无人敢问。一切归于无言和缄默"(《诗学:一份提纲》),在此已不再是最后的结论。这是一种"亲密的超验性",并因其亲密而进入到我们经验的构成之中,促成了经验本身的转变。

今天有许多青年诗人都投入到对这种新的"真实"的书写之中,他们几乎是一开始就敏锐地觉察到此种"真实"之于写作的巨大意义。江汀从早期对里尔克式的"超验真理"声调的模仿,走向了对日常生活中"来自邻人的光"的观察,就是一个很好的"超验化入经验"的例证;而砂丁的某些叙事性作品中频繁出现的"天使"意象,也是这种"经验中的超验"的化身。某些稍稍年长的中年诗人也试图将语言锚定在这一"中间地带的真实"。这里可以举出两个例证。一位是聂广友,他在长诗《大河》中对一条河及其两岸的景象进行了极有耐心的精细刻画,并用河水般的悠长气息和平缓节奏叙述着这片地域风光带给人的观感和联想。但在这些波光粼粼的经验细节之间,不时鱼跃起思辨哲学、宋明理学或佛学式的思考。试读《大河》中的一段:

> 在一个坡埠,从树被砍倒的圆坡边
> 出现一个口子,有一条小路通向果园深处
> (村子终于要显露)。路堆高浮了起来,
> 这是一条土路,土路警醒、通灵、饱满,
> 充满意识,它微红简朴,独自处于午后
> (它自己的时辰),而光亮通透,又浑朴,
> 无人,又像是有人,有一个人,在打瞌睡,
> 路于是也在瞌睡。因是在午后,靠着村庄,

路边的树因靠着高路,树基也微微泛红,
像是那人就坐在树基下,随时会站起来
在路上行,或走入村庄。那人是程元光,
他们在这里修了同一条路,或这条路就是
那条路,这里就是那里,你可以走近它
或走入,但它又是独立的,因此,我们并
没有走入。曾是那么接近,那是那条路的
原型,荷树山村的。一眨眼,树基下的人
不见了,已向里面回去,路亦返身而往,
但又如如不动,它的意识,它的路程
延着它自身,远亦近,近亦远,向着
它的边界。那光的影模糊,浮动,又
清晰,通向村庄,就在果园深处。但又
就在那,他看到它,但只能在路口目送。
他看到它,它的光、影、声、色,
它的行动,它兀自在那里,仍在有力量地
赶行,却又如如不动。

　　雷武铃是另一个重要例证。从诗集《地方》开始,雷武铃的诗歌出发点就是经验主义的描写和叙事。他在《地方》"序言"中说:"我致力于写出一个地方,写出人在世界上。地方:个人之具体所在,个人在无限空间中的立足之点。是个人看见、感触、行走、记忆的世界。它亲切、真实、具体。与那个完全抽象的概念

163

性的世界相对。……它有限定之边界，又无限广阔。因为它具体的丰富奥秘，把我们的注意力引向心灵无限的感触和理解。它是个人、传统、地理、气候、方言、日常和人民。最重要的，它是真实、具体。"[①]在这段极具代表性的对"真实"的谈论中，我们首先看到了雷武铃对"经验真实"的信靠，它道出了"经验主义诗歌"的精髓："可信"的关键是"真实"，"真实"的关键是"具体"。从雷武铃的多数诗作来看，他忠实地履行着一位经验主义诗人所应完成的对生命及其世界的观察、描摹和叙事工作，他用一种超级写实主义的语言技法呈现着风景和人事的细部(比如《远山》《白云(二)》)。很少有诗人像他那样，将"知觉的具体性"和"叙事的具体性"融合得那样精确和令人信服。但是，从另一个角度看，他的诗又始终包含着一种对"超验者"的精神指向。在《献诗》中，雷武铃写道：

> 你挺立着，在我的意愿和世上某处。
> 既无法趋近，也不能驱除。
> 在肯定和否定之间的混沌里
> 你啊，是苦恼与闪烁的亲爱。
>
> 鞭策我醒来。空气向后流动。
> 大地上的山脉、房屋、湖水和耕地

---

① 雷武铃：《赞颂》，广西人民出版社，2015年，第5—6页。

向后流动。在由此向彼的渴望中
你啊，是动荡与纯净的飞行。

置我于安然。白昼的喧响沉落了
夜晚升起星光和万籁。挺立在浩瀚时光
合唱中的你啊，在内心和外界的绝对之上
你是引领物质飞升的光芒。

这首诗从声调上说是一首有宗教感的赞美诗，其中的"你"作为"超越者"可能是"神"，当然也可能是"生命本身"。与海子和昌耀将诗的背景设置为某种观念性的"绝对场景"不同，这首诗向超验者的倾诉，并未脱离日常经验具体空间的限定，诗的第二节尤其明显。同时，这首诗虽然也带着某种轻微的"苦恼"意识，但它最终归于"安然"，超验者并不对自我形成一种碾压式的紧张关系，而是宛如密友间的交谈。"你啊"这个呼语在诗中的三次重复，犹如对朋友的三次满含爱意的呼唤。如果我们借此返观前引《地方》"序言"中的那段话，会读出在"经验主义"之外的另一层含义：雷武铃所说的"真实"和"具体"，除了限定边界的"经验真实"的具体性之外，还包含着对"无限广阔"和有"丰富奥秘"的超验域的指引——"地方"既是经验中的时空，又是被超验者渗透、纯化了的场所。这表明，对"超验者"的书写也可以是"具体"的：我们可以对他说话、倾谈，甚至抱怨。这里有一种"氛围的具体性"。这样，诗人描写和叙述的"大地上的山脉、房屋、湖水和耕地"等一切事物,都在这一"合唱的氛围"中,被超验者引领着进行一次"动荡与纯净的飞行"。

五、亲密与可信

雷武铃的《献诗》有一个基本设定:他用第二人称"你"来称呼"超验者",并以之作为诗歌的倾诉对象。海伦·文德勒在赫伯特的诗中也发现了类似的现象,她称之为"看不见的倾听者",借此诗人得以在作品中创造出"与不可见者的亲密"。我们会惊奇地发现,文德勒下面这段话很像是对雷武铃《献诗》的评论:

> 赫伯特在传统的祷告中没有找到可以充分表达自己与神的关系的言词,便创造了一群新的语气和结构来与一位神交谈,祂有时似处于诗人之上的人类思想无法抵及的地方,但更经常是(平向地)栖居在诗人的房间里,在诗人的内心里,乃至超凡地在诗歌本身中。[①]

在文德勒看来,赫伯特、惠特曼、阿什伯利这三位诗人最有意思的地方,是他们做到了"用语言和形式将看不见的对话者和他与对话者的关系变得真实",或者说"使亲密效果跃然纸上"。

① 海伦·文德勒:《看不见的倾听者》"引言",周星月、王敖译,2019年,第9页。

这里的"真实"是和"亲密"一起出现的。而在前引雷武铃的话中,我们也看到"真实"、"具体"与"亲切"连在一起。从这里可以引出"诗之真实性"的又一重密义:诗的真实感,在很大程度上缘于其创造出来的亲切感或亲密性。最可信的话,乃是与你建立起了亲密关联的人说出的话,无论他/她说什么,你都会相信。这种"可信",已不再是基于话语内容的真实性而来的"信任",而是由伦理关联生出的"信赖"。使诗歌具有"真实感"的最佳或最稳定的方式,莫过于在诗歌的语言中建立起一种真正的"亲密效果"。不过,这种"亲密性"却并非是在作者与读者之间直接建立连接(尽管诗是"作者与读者之间的对话",但作者最好不要在诗中直接对读者说话),因为直接连接常常带有"取悦和讨好读者"的献媚性质,它最终会使有素养的读者对作者失去信任。诗歌中的"亲密性"需要一种中介,亦即作者朝向一位"看不见的倾听者"说话,而读者在阅读中理解和想象这一对话关系,其注意力被同样引向这位不可见者——于是,在作者和读者共同对"第三位"的朝向中,就建立起了一种亲密、立体、有弹性的空间。

在中国新诗中,最熟谙"诗歌中的亲密感"的诗人,首推张枣。他不仅在诗中经常召唤出各类"不可见者"作为倾诉对象(《与茨维塔耶娃的对话》《卡夫卡致菲丽斯》),而且发明了一整套独特的语气、语感、句法、修辞和结构方式,来为这种"亲密感"效力。其中最为人称道的技艺之一,是他对人称代词的使用方式。人们在阅读张枣的《维昂纳尔:追忆逝水年华》时,想必会对"汝"这个字在唇舌之间发出的甜柔又带着叹惋的声响印象深刻;而在《木兰树》一诗中,张枣为我们演示了如何将"她"这个代词运用出"双人舞伴"般的惊艳效果。在根本的意义上,张枣诗歌的魅力来自于一种更深刻的亲密性,宋琳称之为"语言亲密性":"在当代中国诗人中,没有谁的语言亲密性达到张枣语言的程度,甚至在整个现代诗歌史上也找不到谁比他更善于运用古老的韵府,并从中配制出一行行新奇的文字。"①这种"语言亲密性"是指诗人与母语之间的共生关系,诗人信赖并把自己完全交托给母语,母语也由此回馈诗人以最迷人的语气、语调、句式和节奏。"语言亲密性"除了受诗人生长于其间的地方水土、气候、饮食、方言等因素对个体发声方式的影响之外,最重要的,是建立起自己与母语传统之间的牢固关系。不过,正是由于张枣过度沉浸于自己与母语之间的亲密关联,他将语言或母语本身当成诗之本体,这种"语言内在主义"的元诗立场使他的诗歌缺少一种对语言之外的现实世界以及超验者的指向。因此,张枣诗歌的亲密性所构成的,既不是"经验真实",也不是"超验真理",更不是"超验与经验相遇的中间地带的真实",而仅仅只是"语言之迷离"。这种"语言之迷离"的微妙效果会让许多读者觉得可信,但严格来说它趋近于"美"而不是"真"。同时,这种"语言之迷离"带来的亲密感,可能绕开了对"真"的关切而自动产生出一种读者的信赖,因此难免会让一些更敏锐的读者生疑。

---

① 宋琳:《精灵的名字——论张枣》,载于宋琳、柏桦编:《亲爱的张枣》,江苏文艺出版社,2010 年。

这样看来,与母语的过度亲密性也未必全是好事,它可能妨碍了诗人与现实世界、与超验领域建立起更深刻的交流关系。正如一切亲密关系都需要保持"适度"或适当距离那样,作者与读者之间不宜过于亲昵,而诗人与语言之间也不宜产生一种恋母情结式的关系,否则亲密关系的双方都会被扭曲。张枣当然是杰出的,他写出新诗中最温柔、精美、微妙的部分,可他的诗并非毫无缺憾。今天的许多优秀诗人对"亲密性"的构建方式,虽然都不同程度地受到张枣的影响,但多数并未直接采取张枣式的"沉浸于语言本体"的立场,而几乎都走向了去呈现"中间地带的真实"的道路。也就是说,今天的诗人们更关心"经验"与"超验"之间的界线被模糊化的那个极为特殊的领域,并从这一领域中汲取诗的动机。这是比单纯的"经验真实"、"超验真理"和"语言之迷离"都更加可信的"真"。作为张枣的学生之一,王东东早年也有过对其进行仿写的阶段,但近年来王东东的诗作从语言上基本摆脱了张枣式的痕迹,而获得了某种"浑朴的率直"(赵飞语)。在一首题为《给菩萨的献诗》中,王东东通过对一次观看菩萨造像经历的书写,将"超验者"如何一步步化入具体经验之中的历程完整、精确地呈现了出来,并在诗的最后两段召唤出了一种亲密性:

当菩萨低头,对我开口说话

我如何对答而不显得痴傻?

仿若天穹訇然裂开一个阙口

伸出霹雳的爪子,将我紧抓。

盲目于观看,否则世人
又该如何承受沉默的菩萨?
用眼光敬拜吧,犹如后世
情种大胆地盯着画中人。

她看似娇小,却隐藏着宏大
每次被看都仿佛再一次出生。
她的脸也由小变大,由短变长
在那永恒的三小时中完成汉化。

你低头时,飘逸的秀骨清像
映出魏晋南北朝的菩萨造像。
你抬头眼望远方,广额丰颐
又浮现出了丰满圆润的盛唐。

当你回到我们的时代,哪怕
你急匆匆的一瞥也宁静安详。
我愿饮尽你黑夜的泪水,如甘露
并珍藏你偶尔转身的悲伤。

虽然造像并非菩萨真身,但其中仍有神圣的力量存留,在某些特定的时刻会击中一些被选中的人。这首诗始于被神圣之力"击中"的时刻:"菩萨"作为一个无比崇高威严的超验者降临,"我"突然感到"菩萨"开口说话,"仿若天穹霍然裂开一个阙口/伸出霹雳的爪子,将我紧抓",这是一种在神圣面前恐惧战栗的体验。不过,在后面的段落中,"菩萨"和"我"之间的无限距离被逐渐拉近,取而代之的是一种"用眼光敬拜"的、敢于直视神圣的姿态,甚至这种观看本身还包含着某种放肆——像"情种大胆地盯着画中人"一样打量菩萨。在更近距离的观看中,"菩萨"的形象不断生动、活跃起来,似乎成了一位活人,而且是"被汉化"的、符合我们文明习惯的活人。第三段中使用了人称代词"她"来指代"菩萨",到了结尾两段却变为"你",这一人称转换意味着诗人从"观看者"转变为"倾诉者",而"菩萨"彻底进入到"我"的经验世界中。"菩萨"被汉化而进入中国人的经验之中,是通过一个历史过程来完成的,诗以一种简洁的方式将这段历史的轮廓勾勒出来,并使其凝固于造像的轮廓之中。最后,"菩萨"进入我们时代的经验之中,不仅是作为被看者,而且是作为具有情感的观看者("你急匆匆的一瞥")。对诗人来说,召唤出"你"并不只是为了倾诉,而且是由于他在菩萨目光的宁静安详中看到了隐藏的"泪水"和"悲伤"。这是基于超验观念而来的对现实的怜悯吗?抑或是对超验性本身在现代处境中的不妙状况的悲伤?尽管"菩萨"从垂直的高度逐渐降到与我们几乎"平齐"的位置,但诗人对"神圣悲伤"的珍藏意味着他仍然希望我们时代保有一部分超验性。

无独有偶，唐不遇也有一首著名短诗是献给"菩萨"的，这便是《第一祈祷词》：

> 世界上有无数的祷词，
>
> 都不如我四岁女儿的祷词，
>
> 那么无私，善良，
>
> 她跪下，对那在烟雾缭绕中
>
> 微闭着双眼的观世音说：
>
> 菩萨，祝你身体健康。

这就是亲密性的力量。如文德勒所言，这样的诗"在心理上可信，情感上动人，美学上有力"。[1] 而王东东和唐不遇都以"菩萨"作为进入经验的超验者，并围绕着"他"来建立诗的亲密空间，这或许是因为，相较于"上帝"或"缪斯女神"，"菩萨"和"佛"要更贴近我们中国人的日常生命经验。佛教信仰在千年的汉化过程中，已经不只是高高在上的超验真理，而真正成为了渗透进人伦日用每一角落的平凡之事。这使得我们在呼唤佛教中的超验者时，这呼声似乎更容易被他们听到，也更能构成一种真实的氛围。无论如何，真实带来可信，而真实在很大程度上依赖于真诚、具体，亲密性是氛围具体性的一种特殊形态，而亲密感又促

---

[1] 海伦·文德勒：《看不见的倾听者》"引言"，周星月、王敖译，2019年，第14页。

成了对话语真实性的信赖。在诗歌中,最可信靠的真实之物并非纯粹的"超验真理",也不是简单的"经验真实",而是二者相互转换、生成的"中间地带的真实"。当代诗人如果渴望写出真实可信的诗,最需要的,可能是返回到对自身与世界之复杂关系的具体经验中,在其中寻找那与你最亲近的超验者的踪迹。

诗的真实和诗人的自恋

楼　河　撰

　　当我们要谈论什么是诗的真实时,我们可能首先需要取得一个共识:什么是诗。但更加显然的事实却是,我们无法从所谓的本质角度对诗歌进行一种绝对性的定义。什么是诗这个问题在根本上可能是相对的,相对于其他艺术门类,也相对于我们的生活,或者附着在它的作者——诗人身上,相对于非诗人,如此方能获得结论。在诗相对于其他文学体裁的比照中,诗的独特性体现在它的技术强度上,诗所具有的隐喻能力、修辞系统、节奏韵律、情感属性在小说、散文、戏剧等其他文体里同样具备,差别也许只存在于诗的历史和它的篇幅形成的限制中。如果文学是一种"突出理论",那么最早的文学一定是以韵文凸显于日常的口语,以象征差异于生活的实指,所以最早的文学被命名为诗而强化了诗的节奏与修辞。这是一种猜想。也就是说,韵文和象征作为诗的历史,强化了诗相对于其他文学体裁的语言能力,使其隐喻系统与节奏形式自成体系;而诗的篇幅则进一步以浓缩的方式增强了这一特征。换言之,诗与其他文体的区别主要是一种强度的区别,并无本质上的差异,这使得诗的范畴始终在变动之中,尤其当诗的形式失去了格律这一清晰保证之后,诗的边界被日益扩充,让诗的定义也变得更加危险。但这种危险实际上也拓展了诗的写作可能,对于今天很多成熟的诗人来说,诗歌的写作越来越展现出了对诗歌定义的挑战姿态,我们不仅在诗与非诗之间走钢丝,并且越来越用一些相关艺术形式为诗歌的评价进行参照,比如,散文化的诗、小说味道的诗、剧场感的诗、装置艺术特征的诗。而对于我们的生活而言,诗的篇幅、韵律和修辞形成了创作上的激励,使之成为相对其他文体最易上手的写作方式——因此也成为人们呈现另一个自我的重要工具。每个人都能在特定的时刻(胡)诌出一首诗,但却很难诌出哪怕一篇短小的散文,这不仅与诗歌的篇幅短小更易完成有关,也与诗歌更强的音韵有助于启发语言的生成有关,同时,它还与诗歌的强烈修辞特性有关。诗歌并不是现实的直接表达而是一种隐喻,这种惯例上的共识有助于作者在现实中逃逸。所以在另一个角度上,我认为,诗的写作应该像围棋一样,规则简单、门槛很低,在介入上不设歧视,但同样上限很高,阐释的空间巨大,歧义纷纷。在诗相对于我们的生活这个话题中,预设了人的生活是一种戴着面具的生活,由此形成面具上与面具下的两种人格,而诗歌(更准确地说是写作,或者创作)将之作出了区分。也就是说,诗在生活中的突出实际上是创作在生活上的突出,而诗作为一种最简易的创作,因此表现为突出于生活的主要形式。

换句话说,面具有些时候对生活来说是种痛苦,而有些时候则是生活中便利的工具,而写作是一种戴上面具或者摘下面具的动作,而使人的生活显得没有那么艰难。面具构成了生活本身,而写作则是一个容留自由呼吸的破绽。生活中的面具至少有两副,一副面具帮助人们作伪,一副面具让人们真实;而写作的面具之目的只有一种,那就是成真,但这种真实却只是精神意义上的真实,是主观的真实而非客观的真实。也就是说,对于戴着面具的生活而言,心灵的自由就是一种重要的真实。所以,如果我们认为生活中存在了面具,那就是面具下的真实突出于这样的生活。语言表达是一种能力,拥有这种表达能力的人相对于没有它的人是幸运的,如果潜意识会对人的生活构成精神上的压力,那么写作(或者交谈)作为表达,无疑是最和平的,而不会造成更加严重的自我伤害。在这个意义上,诗附着在诗人身上所形成的特殊性就在于这种幸运——如果没有诗歌的写作,一个可能意义上的诗人会更加痛苦,诗的技术强度只是增强了表达的效率。换言之,相对于非诗人来说,诗人具有的直截了当的表达能力形成了一种精神优势。许多人会以诗人的自杀现象而认定诗歌的写作并不能带来幸福,这的确是个需要解释的重要问题。诗人的自杀现象实际上也是一种媒体现象,自杀很多,而诗人的自杀更加引人瞩目放大了这个伤害。但这个伤害也可能是真实,即,诗歌写作形成的精神优势是种幻觉,它反而形成了对自我的过分关注而丧失了对更大的真实的理解。也就是说,当诗歌形成了诗人的自恋时,那么这种精神优势实际上变成了一种精神劣势。自恋是自我成就的迷思,当诗——作为诗人的存在方式——的意义被放大时,自恋也随之被放大。

在对诗作为一种特殊文体进行相对差异的分析时,我们实际上已经对诗歌的本质作出了一定程度的定义(没办法,这就是循环论证,是无解的),由此或许可以总结出这样一些共识:由于文体历史与篇幅惯例的影响,诗的修辞系统、节奏音韵和情感表达是所有文体中强度最高的,但这种强度不是指门槛,而是指可能性,相反,诗的介入门槛可以很低,从而形成写作的普遍性,并在诗的上述强度中使其成为生活中表达主观真实的最重要手段,但这种表达未必产生幸福,因为主观中如果缺乏客观的介入,容易导致精神上的封闭,而诗歌的写作恰恰是普遍内向的。

由此,在诗的真实这一题目中隐藏了另一个题目——诗人的自恋,或者说诗人的精神封闭。

诗歌的写作惯例里,篇幅较其他文体通常更加短小只是其中一个,另一个同样重要的惯例是,诗歌写作通常采取了第一人称的角度。有时或许会有第二人称,但极少第三人称。事实上,即使诗人选择了第二人称的方式展开他的写作,他其实只是引入一个对话者以间接、稍显公正的方式进行自我赞同。而诗歌写作中的第三人称即使出现了,实际上也是一个被观察的对象,是诗歌里隐藏的第一人称的写作材料,并且,这个第三人称通常像第一人称一样,是个单一的形象。与诗歌相比,小说明显更加复杂,因此无论是在情感上还是在道德上,后者的宽容度都会显得更高。这并不是说诗歌没有小说那么叛逆,而是说小说没有诗歌那么单纯。由于诗歌篇幅的限制,以及它的情感属性(观念属性),诗歌会比小说展现出更强的洞见性,但由此也形成了更多的盲点。也就是说,为了突出某一情感或者观念,诗歌会动用各种修辞和语言能力增强它,使之具有格言品质,但在突出的过程中也必然排除与之纠缠的矛盾观念与感情。洞见显露出一个真实,而盲点遮盖了更多的真实,并在遮盖的过程中更加信赖了诗人的能力,进而可能产生将这种能力误会为权力的危险,形成对能力的洋洋自得。这是诗人的自恋的第二种来源。但这种自恋同样并不真实,在诗人对诗的得意中存在了一种不公,它内在贬斥了其他不能或者没有以诗歌进行表达的表达形式,虚构了诗歌的道德地位。如果钓鱼对一个人来说是比写诗更好的精神逃逸方式,我们还能否坚持诗歌在真实这个意义上具有更高的道德价值? 或许我可以大胆地提出一个看法,接受以公正自由为核心的现代思想的诗人们,在自己所属的领域中实际实行了另一种傲慢并腐败的规则。诗人对诗歌优越性的论述内在了对自我优越性的争夺,思想的保守主义在诗歌中普遍存在,却具有一种先锋的语气,同时在这种语气中自我感动得骄傲不已,因此喜欢奢谈技巧,就像他的技巧是可以从思想中剥离出来,在所有的技巧中独一无二一样。

第一人称角度的写作形式升华了诗歌的主观性,实际上是与现代思想相悖的,因为只有在对客观的认识和接受中,我们才能让人的普遍性大于特殊性,形成平等的观念。所以,在我看来,新诗与旧诗的重大差别中,就有客观性增强这一项。但我认为,在这一差异里,客观性的增加并没有体现在人称角度的变化上,而是体现在语法和标点的革新与引入所产生的逻辑性增强上。客观性是一种假设,逻辑是它的保证之一。换句话说,逻辑并没有直接引进真实,而是通过对主观性进了约束让客观性相对强化,使得作品显得更加真实。逻辑是中国文学里的缺失,如果我们去观察古代文人写作的那些著名的政论文章,会发现它的文学性始终强于思辨,这些文章普遍有种战国策士之风,以文学制造宏伟的景观,其中设立的问答并不具有辩论的性质,而是一种语言修辞,从而拨动感情,强化观念的站队。由此,我们似乎也可以说,客观性和开放性不是中国文学历史里的重要价值,而自恋也许是它的传统之一。

第一人称究竟是一种诗歌写作的惯性,还是诗歌写作的策略是值得甄别的。当它作为惯性,那么它可能是促使诗歌生成的一种内驱力量——因为这可能意味着它是写作方式在不同文体之间分配的结果,是种自然天成;而当它是一种策略时,实际上它就是诗人的一种特定的表达工具,由此,诗歌本身也具有了更强的工具色彩。在大多数情况下,第一人称的角度被认为是种十分自然的写法,换句话说,在许多人看来,作为惯性的第一人称在诗歌写作中的普遍存在可能定义了诗的性质——诗歌是用来表达的,而不是用来反思的。如此,我们就没有必要批评诗人的自恋。但这的确是诗歌的属性之一吗?似乎是,又似乎不是。如何判定取决于我们的一个信念,这个信念就是,诗歌应该是纯然的目的性的,而不是工具性的。何为目的性,何为工具性,我认为最简单的判断是,更加朝向终极真理性的就是更加合乎目的性。简单而言,就是真实的诗歌才具有目的性。那么,在表达和反思之间,何种形式更加朝向真实?是表达产生的情感空间,还是反思制造的复杂链条?或许两者都可能是真实的,也可能都是不真实的,如果逻辑的基础是个虚构,那么所有的反思其实都是一厢情愿的堆叠。当我们站定在自恋的立场上,我们甚至可以说出一个断言:主观的就是客观的,因为"我"就在世界之中,足以窥一斑而知全貌。

事物应该合乎真理的目的,这并不是只对诗歌适用的一项要求,所以,即使我们同意它是一项普遍性的原则,仍然可以质疑诗歌朝向真实的标准是什么。意识形态能通过解析的方式分离出真实的构成吗?或者说,主观能够通过客观的方式来呈现吗?诗歌在某种意义上能够换算成科学吗?甚至于,主观性就无法抵达真实吗?在特殊的角度下,真实是一个公共空间,意味着每种参与方式都具有天然的权力,进而也意味着参与(或说写作)本身就是一种真实。由此,诗的真实所扩大的内涵将主观上的情感也容纳其间,意味着表达——即使只是为了权力——也是真实的。对于小说来说,诗的真实具有足够的宽容度,但同时又显得狭窄。它的宽容体现为能够充分接受单向度的,甚至歇斯底里的极端情绪,而它的狭窄则表现为在这种情绪中的停留,由此,自我的歇斯底里将因为与他者的歇斯底里相互冲突而排除了他者。换言之,作为第一人称的诗歌,与更加表现为第三人称的小说相比,前者对自我的强调容易突出了特定的真实,但却会因为消耗公正而失去普遍的真实。在我看来,诗歌写作较其他文体的写作在技术上更加开放,其实质是一种竞争意识,而这种竞争是以技艺为表现手段的自我突显。或许可以说,这种竞争态势下的诗歌写作是直面死亡的,它在捍卫终极性虚无下的意义,而这种意义只能在生命的过程中显现,在与他人(主要是"附近的人")的竞争中成形。也许,不是诗相对于小说是这样的,更是第一人称相对于第三人称,主观性相对于客观性而言是这样的。主观性浮现了主体,为虚无创造意义,为意义赋予价值,填充实质,内在了个人面对死亡的抗争。但正如客观会产生虚无和冷漠一样,主观性在自我突出的同时无疑会造成对其他主观的侵蚀,我们对诗歌价值的特殊性认识里不无内在了这种侵蚀,其间产生了一条漫长而巨大的鄙视链,甚于职业与身份的歧视。

由此,我们或许可以说,诗歌朝向了真实,但实际上是不真的。更准确的表述也许应该更正为,诗歌内在了真实的要求,但实际上仍然制造了对真实的巨大迷障。诗人、批评家一行在《朝向真实:当代诗中的语言可信度问题》一文中,把真实作为诗歌的目的分析了当代诗歌写作中的几种形式,颇有见地和收获。他认为当代诗存在"超验真理"与"经验真实"这两种朝向真实的诗歌方式,但其中都有"一种对更高的整体之物的'认同'"。也就是说,一个绝对性的"整体之物"始终都存在于普遍的诗歌写作过程里。我认为,这的确可能是个事实,但同时认为,这种思想预设是值得辨识的。"更高的""整体之物"如果是种真实之物,在对它的表述中,我们已经赋予了它无可置疑的最高价值,那么它在诗歌中的存在起到了什么作用呢?让诗人更加谦逊还是让诗人更加骄傲?也许两者同时存在,在对"整体之物"的谦卑之同时,这样一种观念也释放了对并不在"整体"范畴中的事物的傲慢,即使这种傲慢完全主观,也会在对"整体"的体认中获得某种根据。这种傲慢是自信的扩张,无疑也是自恋的一种。作为诗人,我们对诗人性格上的傲慢习以为常,但对诗歌里的傲慢却需要警惕。诗人的傲慢甚于诗歌的傲慢,但诗歌的傲慢却比诗人的傲慢更是一种诗歌的毒药。在我看来,真实的提出就是为了抵制这种诗歌的傲慢,同时约束诗人的傲慢。所以,真实是诗歌的一种保证,能够为诗歌文本赋予判断的权力,同时也为诗的判断创造准则。任何对真实的言说都内涵着对权力的争夺,被真实授权的诗歌便因此具有了判断世界的能力,这种能力同时衡量了诗歌本身。换言之,真实这颗印章在为诗歌授权的同时,要求作品溢出被作者独断的主观性,而具有一种世界的眼光,能够更加客观地看待自身,将自身置于世界的体系里,而不是停留在以自我为中心的迷茫中。真实是一种共认,因而也具有流通能力,由此成立了"整体之物"的统一性。然而,即使真实具有这样的重要地位,但它对于诗歌写作而言仍然是必要而非必然的。也就是说,诗歌需要保证其真实的属性,但未必要朝向真实,由此,诗歌可以在地面上停留,而不必以精神的升华来要求自己。换言之,真实只为诗歌担保了一张入场券,但并不保证它的"突出",由此也不构成对一首好诗的激励。

真实对主观的溢出，对诗歌要求了世界性的眼光，限制了作者对作品的主权。当代理论已经否定了作者阐释作品的优先性，这其实是着眼于作品完成后的程序，但我们实际上在写作的过程中就要理解这种限制。也就是说，写作这一行为本身就不是自由的，这种不自由不仅意味着写作需要遵循语言的惯例，同时意味着我们可能也要遵循世界的规则。换言之，作品在世界的"突出"其实是非常有限的，而正是这种有限性制造的挑战才赋予了作品在虚无中的意义。也就是说，挑战的行为本身也是受限的。如此，写作便类似于决策，内涵了深刻的权衡，具有一种政治气息。我们不能仅从功利的保守主义观点来看待这一权衡，认为写作的权衡只是为了完成作品的规定形式是个误解，写作的权衡实际上意味着写作具有的被动性。这种被动性其实是激进的，因为它向世界敞开，打破了诗人的自恋。写作永远不会停留在语言中，因为语言就是世界的同位素，所以写作实际上是在世界里停留。由此，诗歌中的真实便不能是对整体之物的想象，而应该具体化为世界的真实和当代的真实。对绝对真理的信赖和期望会导致一种总体观念，个人的存在被抽象化，现实的生活被历史化，正是诗意本身应该进行抵制的。正如保罗·德曼认为理论抵制了理论，作为诗人的我们实际上也经常感受到诗意抵制了诗意。诗意从诗歌中抽取出来，但任何一种被总结的事物都会否定这个事物本身，取消其原有的意义。写作因此也没有了明晰的准则，"权衡"这一行动深刻地说明了这点。权衡意味着，写作的条件和目的都受到了限制，但这种限制构成了压力,使得写作最核心的动机变成了突破。但突破同样是有限的。写作的权衡思想或许能够为我们的诗歌评价提供一些办法:一首中规中矩的诗不是好诗,因为缺少突破;同样,一首完全挑衅规则的作品也不是好的作品,因为突破失去了约束,同时也就失去挑战的意味。然而,权衡本身的尺度又在哪里呢? 如果一个中国古代诗人写出了卡夫卡那样的小说,他算不算完全突破了权衡中的"突破"? 所以,权衡同样被作者所处的社会现实限定,由此,写作中的真实总有一部分回到了反映论,以现实主义抵制了总体主义。

总体意识导致个人存在的抽象化,因而诗歌的真实作为对总体的抵制就应该是一种具体性的真实,正是在这个意义上,第三代诗人们的写作否定了朦胧诗时代的宏大叙事。但这种否定却是暂时的,并没有消除掉写作者对诗人身份的迷恋,当经验被频繁提及时,对诗歌应该具有特殊的重要价值的迷信继续为经验进行总结,河流溯源般地期望着抵达真理。诗歌中的真实在当代诗普遍的写作方式里继续被抽象了,诗人们依然以一种代入的方式幻想自己是个重要人物,感应甚至影响了历史的枢机。对意义的迷恋创造了生活与作品之间的距离,由此产生的诗意是建构性的,起于虚无,终于伟大。这种构建的性质提升了写作的主动价值,由此也在这个过程突显了作者的形象,产生姿态感。具有很强的文人气息的作品当属这一类型。这样一种肯定性的写作方式自然会遭遇它的逆反,形成另一条否定性的写作倾向,当代诗中的口语诗尽管有技术简化的弊端,却可以被认为是这种否定性写法的代表。这两种写作倾向也许都会强调自己作品中的真实属性，前者或会认为自己追求一种高级的抽象真实，而后者则可能声称自己展示了具体的真实。但如果写作的确是一种权衡的话，那么这两种具有预设倾向的写作就不是足够真实的，因为真实只有处于变动之中才能使写作变成一种类似于决策的行为，它应该站在中间的立场中，抗拒身份上的预设对写作制造的干涉。由此，具体的真实也变得像抽象的真实一样，无法天然获取，真实的框架之下——那个基础或许才是诗歌打探的地方。换句话说，真实对诗歌品质的承诺同样是有限的，因为真实本身需得到诗歌的证明。也就说，一首诗歌中所呈现的所谓真实需要得到信服才构成真实，而不在作者的申明之中。如此，真实不仅与内容有关，更与它的表现形式有关，形式帮助内容参与了对真实这一身份的争夺，因而，主观性的能力又一次在客观的世界内容中重新获得地位，展现出了另一种连接方式。换言之，写作的权衡同时是一种协调，它致力于突破限制，也致力于形成脆弱的平衡。但在这里，同样需要指出的是，作品的平衡只有在脆弱的支点上才有意义，因为唯有在脆弱中，平衡才具有惊人的表现能力，而稳固的平衡却会因为其稳固而失去突破的力量。

真实不是诗歌的目的，只是诗歌的必要条件，同时又需要得到诗歌本身的证明，这不仅意味着真实并不是显的客观之物，还可能意味着真实是存在于写作与世界之间的道德性存在。也就是说，真实具有锚定中心以抵制相对主义的作用，使得写作产生了抵抗虚无主义与功利主义对人心进行侵蚀的价值。当我们以第一人称申明某种表述并不真实的，我们在很大程度上是在抗议它所表达的世界是个不公的世界。在这个意义上，诗歌的真实便与公正有关。真实获得了公正这一定义，克服了诗人的自恋，而这种自恋在署名的时代中不仅体现在诗歌作品中，也体现在作者其他类型的作品甚至他的行为中。换言之，如果真实就是一种公正，那么我们就有权以作者来评价作品。在信息开放的体系里，当作品的边界打开，作者的非诗歌行为很可能也成为了诗歌写作的一部分。至少，当我们考察一首诗歌时，是将它作为一个文本以综合进作者本人的意见来进行解读的。事实上，当我们以人物传记或心理分析的方式阅读作品，实际上就是一种以作者解释作品的方式。

公正内含了自我与他者或世界的关系，它会让诗歌中的傲慢变成一种浮夸，因此一首洋洋自得的诗不仅是可笑的，也是低劣的，它实际上是用一种贪婪的方式让自我侵蚀了他者的地盘。在这样的诗歌中，我们会看到诗人（作为作者）的叛逆姿态，它基本上是挑衅的，但深究其中却充满了自卑，这种姿态以挑战既成秩序的方式形成一种所谓的先锋品格，同时以此掩饰自己从不反思的事实，以及另一个自己深深担心的不够格的心理。诗歌领域当然存在既得利益，但如果一种批判里缺乏反思，那它其实就是单纯的攻击。在我看来，所有缺乏反思内容的观念之诗都是面目可憎的诗，其中的骄傲只是人格卑怯的反应。就是说，诗歌里的傲慢很大程度是作者的自我掩饰，掩饰他还要得到更多的欲望,以及他觉得自己并不够格的自卑心理——在这点上,他其实是清醒的。

如果语言就是世界的另一个版本,那么运用语言的诗人就应该感受到一个启示,那就是,运用语言的能力作为一种天赋实际上就是自我与世界建立联系的过程。因此,诗人对诗歌负有某种责任,这种责任和哲学家对哲学的责任是类似的。这是一种压力,但我们完全可以从积极的角度理解它。在我看来,能力与责任的对应关系实际上同时意味着,在承担责任的过程中写作的机遇也会伴随着出现。作品从来不会是单纯的写作能力的产物,如果这样的话,写作就是一个自我增殖和自我循环的陷阱。写作是生命力的闪现,但是在人与世界的关系中生成的,如此,我们就要清醒地认出,不仅我们的能力是有限的,同时我们的权力也是有限的,但正是这种有限性驱动了写作。所以,写作是在不自由的环境才有意义,这种不自由既表现在能力上,也表现在自我在世界的位置中。也就是说,写作是在挑战中发生的,任何一种"突出"本质上都有抗争的意味,但这种抗争内含了对自我实现的抵制。换句话说,我们在面向死亡制造的虚无而寻求意义的过程中,对自我价值的确认并不能无限扩张,因而,意义作为一种面对死亡的生命信念同样需要在怀疑甚至否定中才能真正前行。

如果说写作并非单纯的能力,而是在人与世界的关系中生成的,那么也意味着写作并不是全然主动的,而是具有很强被动性的生命形式。这种被动性在承认个人能力的有限性之同时,实际上也承认了世界中存在着重大的偶然,承认了语言规则产生的强力,承认了他者先于自我的存在。换句话说,如果写作主要是能力的产物,那么写作就没有偶然,也会因为失去对强力的抗争而丧失力量感,失去对他者的关注而变得自恋。

自恋的诗是不真实的,但它很容易通过包装一种本真性而诓骗自己或者读者以为真实。本真性在许多时候是自恋的一种策略。诗歌的文体特征一定程度上宽容了诗人的浮夸,但这种写作特权实际上要求诗人通过另一种方式付出代价,这种代价就是要以更加坦诚或说热切的方式融入世界。也就说,诗歌赋予诗人写作上更强的主观性,事实上要求了写作应该对世界具有一种充满感情的态度。所以,诗人的激情的对象是这个世界,而不是自己,因为诗歌在世界之中,而不是诗人的财产。然而,当一个人对世界并不自信的时候,他便需要标记这些财产让自己获得安全感,如此,我们便会发现诗歌中的自恋很大程度上来自于诗人具有的边缘心态。对本真性的强调在许多诗人那里实际上是一种自我强化,强化自我的立场和性格以抗争自己的弱势处境。我对其中的抗争表示赞同,但认为其中的自我欺骗是种荒谬,这种欺骗常常矫枉过正,变成一种扩张主义以解决内部的精神危机。事实上,所谓的本真性说到底其实就是对个人主义的张扬,是观念上已经完成的事件,因此对当代社会而言无法构建新的内涵。更具有真相性的认识可能是,在个人性格上坚实一种真实的姿态,比坚持虚假的姿态,对心灵来说才是容易的。以本人对某些具体诗人的了解,我认为他们对本真性的强调,其用意符合中国人的一句老话:越缺乏什么便越炫耀什么。也就是说,诗人们会有用一种强烈感性的姿态去表述他所谓的真实,以此来掩饰他在现实中的虚伪。这其实可以理解为不安全感反应的某种类型。

承认世界在诗歌中的位置,其实也是承认作者对他的作品不具有充分的主权。作品不是作者能够完全掌控的,不仅体现在写作完成后的评价阶段,实际上更应该体现在写作的过程中。在我看来,写作是对某种预设的追求及其偏移。我们追求对作品的自主能力,但同时在写作的过程中强烈地感受到一种不能自主。这种不能自主既有被动的成分,实际上也有主动的成分。如前所述,这种被动性体现在世界的偶然(世界因此也无法真正地被简化)、语言的规则以及他人先于自我的存在等方面。事实上,语言也是偶然的,至少,词语的链条便经常超出了作者的捕获能力,正如发射型的想象力总是难以被辐合一样。而这种不能自主中的主动性也许可以称之为一种责任感。当我们因为死亡而追求生命意义的时候,这种意义需要通过对比才能产生,因此就意味着存在了一个共同体为这个对比提供参照,在对比的同时进行界定。如此,个人在世界中争夺意义的过程里便同时掺杂维系这个共同体的动机。所以,我们不能只从竞争的角度分析人的行为,合作与利他同样是种理性的结果,由此,写作作为诗人的存在方式,便具有这种主动承担的动机。换句话说,诗人对写作主权的让渡,换来的是写作过程与作品自身的开放性。控制力是一种至为重要的写作能力,但写作落笔之时,作品的生命便展开了自主的起点，不断与之抗争，但这种抗争对写作本身而言其实是中立的，它可能瓦解作品的完成度，但同样可能增加作品的丰沛程度。也就是说，开放的作品才具有一种所谓的生命质地，因为它在向世界敞开的过程中，逃脱了作者的控制而不再成为他的工具。所以，一个在技巧上熟练得毫无破绽的作品经常是可疑的，因为它很可能产生于作者的自我重复——在一个安全地带，技艺其实是一种排除了偶然性的自动程序。于此，一个洋洋自得的作品不仅可疑，而且可憎，因为他炫耀了作品是他的能力的工具，就像奴隶主炫耀他的奴隶。因而，所谓的技艺高超作为一种赞誉同样应该置疑。我们需要反思，这种高超的技艺来自于能力的训练、读者的无知，还是来自于与世界的对应或匹配——具有某种必然性。如果一种技艺相对单纯地发生于作者的训练，那么对它的惊叹很大程度上就是读者的无知——他见的世面还太少，才会如此大惊小怪。这并不是认为能力的训练不够重要，而是说，当我们面对一个作品时，技巧不能成为一个独立单元予以评价，而仍要考察它在作品中的位置是否增强了后者与世界的开放程度。换言之，如果好作品是一种生命质地的呈现，那么好技巧是好作品的最佳形式，甚至是唯一的形式，因而这种形式并非完全出自作者的能力，而是能力在作品向世界敞开的过程中捕捉到了表现的时机。从另一个角度来说，所谓好的技巧并非某种单一的形式，而是一种相得益彰的呈现，所以，创作的能力很大程度上就是一种匹配的能力。

在我看来，写作的被动性其实就是写作的动力因素。这在诗歌的写作上尤为突显。作为情感和技巧明显强于其他文体的门类,诗歌的发生如果只是主动的写作能力的展开,情感将与技巧分离,从而失去内容。在这里,有必要对动力与动机做出区分,动力来源对世界的感受,而动机预设了对世界的目的,前者弱化了个体在世界中的价值或者能力,而后者则强化了自我对世界的权力。所以,动力性(被动性)与目的性(主动性)的写作构成了一种相对关系。在我的观点中,对诗歌来说,前者相较于后者具有更高的价值,但却不是我们今天的诗歌现实。现实的情况与之相反,目的性的写作在批评中更受欢迎,它在能力的张扬中把知识注入写作过程,抬升写作的门槛,同时获得了一种堪称高级的品味,并在阅读接受的环节建立歧视。我认为,这种现状的形成与诗歌本身发展的关系并不紧密,更主要是来自于外部因素。一种特殊的诗歌体制形成了特殊的诗歌群体,提高了批评在写作中的影响,把阅读的难度(它被包装为写作的难度)当成了重要的评价指标,由此也提升了个人能力在写作中的价值。也就是说,在特殊的诗歌体制中,显性的技术性指标会像市场经济体系下的企业研发与品牌行为一样,在竞争中获胜,而压制了它的对手的重要性。中国当代诗的写作存在两种极端:一种极尽复杂,不断在作品中增添要素,无限抬升了写作的门槛;一种极为简单,但全部的目的朝向了消解。在我看来,前者显然是更受批评重视的写作方式,而后者的消解姿态则更像是一种应对。换言之,能力在中国当代诗的写作中的重要意义来自于特殊体制建立的批评优势,实际上偏离了诗歌自身。当然,也有一种可能是，中国当代诗并没有达到成熟阶段，因此需要通过强调技术的重要性来催熟，如此，以目的来牵引技术的提升似乎是种可行的路线。因为在一个不成熟的段落里，以及在这种诗歌体制中，虚情假意导致的不真实更加面目可憎，并且更容易受到欢迎。

所以，诗的真实不仅是哲学性的，其实也与社会学密切相关。这种相关性体现在诗人的价值平庸上。相对于非诗人，诗人们具有明显更高的诗歌写作能力，但这种能力并不改变他作为一般的个人在价值上的平庸。诗人并不比非诗人更加高尚，功利性作为人的平庸也同时出现在诗人身上，但这种平庸与诗歌的高尚追求相互冲突，将导致了真实性上的破绽。如此，真实作为诗歌的追求不仅有客观性上求实的要求，还有主观上求真的义务。客观之实只是诗歌真实的底线，而主观之真才是它的上限。我并不是说诗歌写作要符合现实主义文艺理论，而是认为真实的写作不能因为目的而虚构真相或者无视真相，同时，作者在面对写作的目的和责任时需要足够真诚。简单地说，一首好诗在我看来既应该是智慧的，同时应该充满诚意。一首愚蠢的诗不可能是好诗，虚假和伪善的诗更不可能，在这个意义上，诗的傲慢也是诗的伪善之一，因为傲慢的诗是作者的一个招牌，在营销中真真假假地混合着欺骗。诗的真实作为一种特殊问题，与诗歌体制放大了诗人的平庸有关，这可以在诗歌的发表平台上进行观察，在此不做展开，但它同时还与中国诗和西方诗歌的互动过程有关。也就是说，一个西方概念的逼近，浮现出了中国新诗相对于西方诗歌的弱势而自卑的处境。我们的诗歌评价体系中引入了并不符合自身历史的原则,抬高了诗歌写作中的观念意识,而贬抑了感受的地位。当然,这个认识是可以质疑的,因为我们不能将现代性与西方这个概念等同,如此,这种新的批评原则的引入就不能认为它是自卑的产物,而是我们所处世界变化以后的结果。

因此,诗歌动力的衰弱可能更是一个普遍性的问题,而非特殊的中国诗歌问题。其原因在于意义的共同体在当代社会中发生了重大的转换。一行在《诗歌的引擎:论当代新诗的动力装置》中分析了旧体诗与新诗在动力来源上的区别,他认为古典诗歌中的人与世界的关系其实是暂存性与永恒性的关系,人的意义被嵌入到自然与永恒时间里,而现代人的意义是社会化。这是一个很重要的见解,我认为它可以说明人对意义的焦虑与人的平庸密切相关的事实:当人的意义由永恒的世界给出时,世界与人的距离既亲密又遥远,亲密在于人与世界的联系无需中介,而遥远则表现为人对这个永恒世界无能为力,但正是这种无能为力使他不得不无条件地信赖这个世界在终极意义上的公正,由此他对存在价值的期待既是有限的,但同时怀抱了希望,因为每个人都受到了和他同样的无力的限制,由此,作品在这样一个共同体中得到的意义具有稳定性和超越性;但今天的世界之不同在于,现代人的生活被物质填充,人们的生存资源不再是通过自己的双手从自然中直接获取,那个具有永恒性质的自然被隔离在人的生活之外,中间是一个由机器、金钱和观念组成的系统,这个系统就是社会,社会构成了现代人生存的共同体,由它赋予人的存在以意义感,但这种意义感显然并不具有统一性。与稳固的自然相比,社会不仅是个差异性的系统,还是一个充满变动的、在世的,个人能够有所影响或者至少有所作为的共同体。也就是说,个人的行动可以干涉这个共同体在个体死亡之后对他的评价,以此抗拒死亡制造的虚无,延续他的永生。这种可及性一定程度上消除了死亡对意义的价值,同时推升了意义的焦虑。共同体能够给予的意义是恒定的,因而干涉它就意味着与同行者的竞争,在这种情形下,写作的重心会由表达向论述过渡,放大真理的权力内涵,把诗的真实当作诗的目的而非底线在辩论中争夺一种诗歌地位上的更好位置。在中国当代诗的写作中,动力机制实际上早已将表达个人情感让位给了突显个人形象。在有些时候,诗已经不再是诗人的需要,而是诗人的一个进攻武器,力求从同行者的位置那里撬到更多的垫脚石。由此,诗人的自恋在现代处境中被强化了。

那么,作为一种问题,诗人的自恋也许更是种现代性的存在。我们的作品越来越追求的不是一种面向个人或世界的治疗,而是越来越朝向了对自身重要性的强调。诗歌变成了一种文本陷阱,通过建立迷宫、吸引阐释来扩张影响。抒情的诗转变为辩论的诗,其中的人与世界(共同体)的对话和归依逐渐被人与人之间的竞争取代,写作的目的不再表现为一种终极性,而停留在竞争的过程里。由此我们会看到当代诗的写作主流的转变:诗歌更加追求的是思想的抽象程度而不是情感的抚慰效果,是认识的深邃和复杂而不是体验的丰厚和直接，是内容的增添而不是观念的提炼，是形式的缠绕而不是表达的单纯，是理解上晦涩难懂而不是感受上的深奥幽微，是更多的"我"而不是更多的"他"。换言之，诗人在意义共同体转变之后变得更加自恋了，而这种自恋催生了写作的目的性因素而不是动力性因素，使得作品更加的工具化，而这种工具化让诗人的平庸变得合理，由此，诗歌的写作也更加追求显性因素，强化技术或者能力的价值、可量化的批评标准，以在未来的影响力争夺之战中投下更富安全感的赌注。但诗的高尚很可能会反对这种策略，仍然会在不同的时机向诗人（或者人）显示诗歌作为一种需要的存在，使得写作的动力因素牢牢扎根下来。如此，在当代诗的这种竞争环境里，对作品的评价便陷入深刻的迷茫，每个作者或者专业的读者都会说出自己对诗歌本质的独特理解，但每个人似乎也都能够预料到自己的理论很难得到普遍的赞同。

尽管如此，普遍的赞同仍是一张需要，当世界在一种秩序感中释放出对多元甚至混乱的压力时，混乱的现实便内生出追求一致性的动力，使得我们对作品判断的共识也许只剩下真实这个唯一的选项。这依然是个猜测。我们权且相信这个猜测，因为无数诗人或者评论者都曾经申明写作朝向了真实，尽管对真实的定义仍然充满歧义。纵观当代诗的写作取向，我们或许可以总结出三种真实观念产生的三种写作方式：第一种真实是朝向作者与世界之关系的真诚度，它强化了情绪在诗歌中的地位；第二种真实是朝向经验的生存世界的现实感，它力求以客观的姿态展示存在的经验;第三种真实是朝向假设中存在的真理观,它导致了一种本体主义的诗歌观念,使得写作变成了经验的抽象。三种真实可以解释当代诗写作中的主要面相,它们有时兼容,但也经常爆发矛盾。第一种对真诚度的强调会产生对抒情的信赖,但当主观感受缺乏约束时,所谓情感的真实往往会成为个性强化的借口,造成写作中的情感泛滥,让虚情假意诓骗自己的真心。第二种对现实感的经营呈现出对作品进行解析的姿态,抵制了第一种真实制造的滥情,但同样容易耽溺于语言表现的细节中,使世界在客体化的过程中变得戏谑甚至冷漠。第三种对真理的寻求制造的本体主义、中心主义的写作方式,其宏伟的腔调则会导致对作者自我形象的特殊化,进而把个人身份虚构为权力,使得诗歌成为一种歧视工具。

每一种真实都会在进行中产生对另一种真实的反对,真实在这个意义上似乎是无限的。但也正是在这种无限的基础上,写作面对真实具有了选择空间。无限的真实赋予了写作自由,但在写作所采纳的那个真实之外的地方,限制同时在构成。我不会从神秘主义的观念出发,认为诗是诗人的一种发现,在这种观念里,诗是现成的,因为诗意一直稳定地存在于世界之中。但在诗人的自主选择成就了诗歌的观点下,我却愿意赞同一个诗的偶然就像气泡一样从他的写作里逸出但依然构成了对写作的影响。诗人在真实上的选择能力(或称权力)克服了他身上存在的普遍性平庸,且唯有它是一种克服而非顺从时,写作才有意义。在这个意义上,我认为诗的真实和诗人的自恋构成了一组相互制约和相互转换的矛盾。诗人的自恋扩张了写作的能力，并且试图将这种能力变成资产而让自身的价值在世界的秩序中通过继承永远具有一种优越地位，但诗歌的真实却在克制这种冲动，同时在克制中为写作提供一个意义系统，在压力中催生另一种写作的动力。诗人的自恋是人的普遍平庸的体现，所以每个诗人在根本上都是自恋的诗人，但既然写作是一种对世界的发言，那么诗歌便同时具有了攻击世界的可能，由此，当诗人的自恋向诗歌文本进行传递时，就是将这种攻击落地为现实而排除了诗歌的其他可能，正在这些其他的可能性上，我们设想了诗歌善的本质。换言之，当人的普遍平庸以某种真实为借口注入到写作的行动时，那么这首具体的作品将因为其中的自恋与傲慢的习气而偏离诗的本意，但这种偏离很可能因为其中具有的上述真实而得到赞同，这将造成混乱。

尽管我的批评意见看起来十分严厉，但我依然深知它只是一个猜想。也就是说，我们的平庸是否已经打败了诗歌的高尚实际上无法定论，甚至诗歌本身是否应该是高尚的，同样未必是个共识。"恶之花"是诗歌的讽喻还是诗歌目的上的真实意图，邪恶的艺术能否称之为艺术，这在一个变动中的世界里需要通过辩论才能确定。社会作为意义的共同体还在建构的过程里，这个事实或许还意味着，道德在当代人的思想中已经不具有天然的信心。但从另一个角度上来说，社会是否已经完全取代了永恒自然而成为我们与世界的主要关系，同样未必是个已定的事实。也就是说，如果那个具有超越性和稳定性的世界仍然存在,那我们就夸大了写作的可能性及其义务。而相反的情形则是,如果我们认为一个现代性的意义共同体仍在建构之中,那么我们既可以瓦解它,也可以塑造它,如此,更加困难的选择其实就是当代人的基本处境,而诗歌作为一种突出的发言形式强化了这种困境。可以确定的是,一首当代诗较之于一篇当代小说,前者所面临的选择显然更加密集。

一个悲观的起点导致的悲观结论是不足为凭的,反之同样如此。但任何原初性的起点都是一个假定性质的猜想,无法被确实地证明,由此,我们最终需要的是信念。如果我们认为当代诗仍处于发展阶段,那么不管何种能力或技术的呈现都是值得赞赏的行为,因为这种呈现事实上就是探索。所以,我们对诗歌是种高尚之存在的信心内在了一种必要性,当我们相信诗人在诗歌面前具有不言自明的谦逊姿态时,那么当代诗中技术性增强的趋势便可以解读出另一种非功利的原因,这就是:处于变动环境中的我们较之于那些处于更加稳固环境的古代前辈们有了更多的迷茫,由此,诗歌作为我们的存在方式,就需要帮助我们获得更多的关于存在的认识,使得社会这个变动的共同体变得更加稳定,也更加清晰。换言之,写作内在了将我们融入共同体的目的,但同时要求我们维系它的善的存在。

惭愧、坦诚与惊奇之诗

——新诗生命力的三种形态及语言可信度的构成

方　婷　撰

关于现代诗的诸多描述里,有一种声调,称诗为"最后的意志","废墟中的残余","最终的神显",或者称诗为"整个物种的最高目标"等,这些描述带着诗人的忧患与骄傲,可能包含着几重意味:某种终极性和永恒性的指向,以每一首诗都是最后一首诗的方式,朝向真理、信仰和底色;以语言的最高形态,对应生命的极限状态;写作的过程类似于上山和攀登,特别关注登顶所具有的超越和启示意义。

而另一种声调,诗人宣称:读诗和写诗在于"打开人生经验的矿脉","为了对时间的流逝感到安宁","扩展意识的训练","关于生活的解释","自我教育"等。这些描述倾向于以铺展和发现的方式,从更底层更辽阔的角度去理解诗;肯定内在世界的丰富性,把写作过程推向生命经验的细致与深入;如果以动作来比喻,就是以挖掘、筑城或淘金的方式去结构语言,这个城会有结实的底座和地下水系,也可能会有混合着朴素装饰的廊柱,但不会是摩天高楼;淘洗者需要耐心地俯身在水流中,不允许自己丝毫偷懒和懈怠;写作作为理解自身的一种方式,要求绝对的坦诚与自省。

还有一种描述,诗人称写作是"交流","合作","创造惊喜",或"交织与演化"。它无意于确认诗与现实的对应关系,而是朝向隐秘与未知,倾向于去发明一种更综合更复杂更别开生面的语言形态,类似于星体、流云或化石的构成,目标在于璀璨、聚合或沉积,并在这种生成中重新确立新的感受力,重建时空、自然、历史的新认识。

以上归类与分析,可以将其理解为现代诗三种力量的构成方式,也是成长中的汉语新诗建构自身生命力的三种形态。第一种是新诗中比较传统、古典的方式;第二种更契合诗歌作为手艺和心灵的振翅练习,是当代诗歌的中坚力量,后一种声部较弱,但最具探索性。之所以这样去分类,是为了区别于用观念、经验、想象等对诗歌进行分别的视角,而且我们会发现,每一种力量在新诗史上都在经历反省、转化与生成,都是未完成的;每一种形态的诗中都会有不同又相近的语言策略,并包含着很多其他形态和细微区别;同一个诗人在其写作成长中也会因为对诗歌认识的改变而改变自己原有的动力方式。不同动力系统的诗歌,对语言可信度的诉求并不相同,对真实的理解也不同,但有没有促成写作的原动力,持续内在力量的生成,而非将力量单纯地看作一首诗的技巧方法,是判断一首诗和一个诗人的写作是否可信的方式之一。下面将通过具体作品细读分别讨论。

可能是因为民族特性或文化心理的影响,对高音和尊圣的迷恋也存在于诗歌之中。假想站在群峰之上的制高点给人的心理暗示可能是什么呢？也许不止于豁然开朗。新诗中攀升式的写作在历史上最初是以口号化的格言和高亢的抒情声调开始的,即便是一种修正过的抵抗和反对之声,也带有前一种诗歌形式的遗留。这种攀升在后来得到的反省主要来自对诗歌功能、诗歌真诚度和真实处境的重新审视,并以雄辩或沉郁的方式期待转化,但它仍然指向一种纪念碑或反纪念碑式的作品构成。

高亢转而为惭愧和羞耻的声调。我们在杨键、雷平阳、陈先发等很多诗人的作品中都会发现这种低语的声调,但他们的写法、特质及文化诉求却各有不同。对自我文化来源的审视带来的不只是身份辨认,可能还有一种历代文人的崇古传统在作祟,这种文化仰望的姿势在内心投射为自卑感和遗弃感,而没有经过反省的自卑感则会把崇高变为压迫在人心上的巨石:

> 在蓝天下,生锈的汽笛冒着几缕烟,
>
> 三条铁船已经烂在岸边。
>
> 打黄沙的水泥船在江面上驶过,
>
> 船上有他们的老婆和一条黑狗。
>
> 我们坐在江堤的裂缝上,

看得有点累了，

江水上落日壮观的衰败

静悄悄的，令人感动。

如果这时有人说出了憧憬，

就把他归于江水上的暮色吧，

因为大地本是梦幻，

何必追忆，何必悲痛呢……?!

无名无姓地浪荡吧，

远山含混的轮廓，

在这里，在那里，

又疏忽不见。

——杨键《在江边》

在杨键看来，"哭泣，是为了挽回光辉"，惭愧变为另一种形式的骄傲与歌唱，攀升则存在于将自我从这个时代的坏运气中孤立出来，歌唱壮观的衰败、废墟、墓地也许未尝不可？是的，即便如此，他还是想写"硬朗的诗"。杨键的诗歌有自己独特的意象群，但这些意象系列主要是以对立的方式出现的。清风、明月、亭台、寺院、文庙构成的乡野世界，与空坟，枯草、围墙、尸身构成的残缺世界形成鲜明不同，在时间上也包含者前世(或祖先)与今生的意味，江水的意象则作为一个路径令其穿梭在古今之间。支撑着这两个意象系列的审美意念是他的诗对暮色非常着迷，并乐于歌颂一种"傍晚的光芒"，及这种光芒的隐喻照在人心上的沉痛感。其诗中反复写到"暮色的凄凉","落日悲悯的鞭挞","落日壮观的衰败",以及由这种暮色笼罩着的"消歇的大地"。

在语言策略上,杨键非常追求行气,即诗行转承之间饱满的气息,他的诗可贵之处也在于这种气、硬朗和现场,有时的确能将沉重感和悲悯落到动容之处,但有时又过于观念、空洞、截断,缺乏深入思考,他所谓的古今只是一组借古讽今的对立观念。尤其值得注意的问题是,他诗歌中所谓的祖先世界实际上是一个古画中的世界或古代诗歌文本中的世界,过于审美化的虚化的古代中国,而非真实的古代,其圆融不可避免地带有凭吊与美化色彩。这种文化上的偏执态度,也形成了一种文化末路和文化英雄主义姿态,想要以一己之力去对抗整个古代文明的崩溃,和现代文化的虚无感。

硬朗之诗不同于征服之诗,惭愧之诗不同于崇高之诗,就在于它追求的是更结实也更真实的生命体认。和杨键一样,雷平阳的诗也体现出一种"羞耻"的声调和"硬朗之诗"的特质。有所不同的是,除了饱满的气息,他更注重用叙事、抒情等不同的办法和细节来构建一种介于真实与象征之间的情境,一种身处当世的断裂感和内心焦虑,且他选择的方向是通过回到自己的血统、地方和文化秘境来寻找诗学源头,并期待以这三者的结合重构 种新的神性。在他看来,诗是作为耻辱者手记、记录之眼和证词而存在的:

闪电知道,我对自己是失敬的

有罪的。它跟踪我令我在审判与惩罚中

度过了半生。深夜,我总听见

身体里的断裂声,那是闪电

在骨头里演习

每当雨季来临,把衣服挂到屋顶的

铁丝上,闪电把衣服当成了我

一再的让衣服备受劈击

继而,燃烧,化成银箔似的灰烬

我逼着我自己在诗人的身份之外

承担了记者、警察、法官等等一堆人的

使命,挑战天空、寺庙和雪山

一次次以失败者的下场

填充自己的虚无。闪电把我推进瞭望塔

把我留在火车站,还把诗集

抛到了一座遥远的孤岛

我想,一百年后,我的墓碑立在山谷中

它一定会点燃四周的野草

到泥土中去找我

——雷平阳《闪电》

　　显然,不只是羞耻,雷平阳的诗更多了一重审判的意味。在他最近的诗集《击壤歌》中,随手可见。《闪电》一诗很可以作为他结构诗歌方式的一个说明。其诗歌的主体意象是“白骨”“难民""流放""偷渡""衣冠冢"和"孤魂野鬼"等,它们通常是人间或现实处境的自况,而对应的"天空""寺庙""雪山"则意味着某种超越尘世的神的意志与居所。人在其间处于孤立的、虚无的、偷生的、被抛弃的位置。因此,他所谓的断裂感可能还包括在生命空间上,天、地、人三者的分离。这种分离意味着,人既失去了他存在的根基,又失去了祈祷的方向。"百年之后"的这个尾声,初看起来,太古人了,但墓碑寻找它的主人,而非人依托墓碑留名于后世的方式,可能也暗含着某种扎根的努力。问题在于,诗人能否更深入更细微地写出这种断裂的处境感,并进一步推求把人置于断裂之中的真实与复杂,还没有得到很好的处理。

在这里,纪念碑式的作品并不同于西方艺术中所指称的集体的、庄重的、训诫的、带有史诗意味的作品,而是中国古代文人个人墓志式的,这些个体可以经过聚拢形成碑林式的存在,其本身也带有另一种文化形态下的纪念碑性。硬朗、惭愧之诗作为崇高、征服之诗的延伸与反面,也需要破除一些迷局。同时,新诗写作可能需要更开放地来理解攀升的意义,不是声调上的上升或下降,也非文明视角上的俯或仰,而是寻找意识深入的途径,其启示与超越并非简单地求助于神性或古典文明的回光返照,而要从根本上重构一种活力,重建启示和超越的可信度。

二

在诗歌中如何做到诚实,既是很多当代诗人的诗学命题,也陷入了关于诗歌伦理的疑问。不虚美不隐恶是诚实吗？巨细靡遗是诚实吗？如在目前是诚实吗？我以为，在诗歌写作中，诚实面临两个难度：一是如何写出一种纷至沓来的整体感受，其次是如何让读者共情到这种心灵的真实性。前者要求诗人把体验视为综合、深广的整体去把握，后者则要求这种诚实的指向能触及到最深层次的部分。雷武铃、孙文波、臧棣等人的作品都体现出对这种综合性和层次感的追求。

雷武铃的经验是用类似绘画的笔触，细细展开某个场景，更多的时候他是从自然风景的描写开始的，和印象派一样，注重自然光线下画面的真实效果，他所写的远山、白云，都在静观和徐徐展开之中，像呼吸吐纳，并通过延伸的方式进一步触及到内心的流动。他的诗很能调动记忆力，自我回看和反思的能力，也保持着足够的耐心和细心。这是其诗的重要品质和力量：

> 一度，我认为它是话语。
>
> 某个夏天，彻夜的通话
>
> 夹着闪电，裹挟我，击破长空。
>
> 燃烧的语言，连续三天，把黑夜照得
>
> 亮如白昼，把白天摇晃成烈日下
>
> 树影和人影清晰的梦境。
>
> 某个夏天，我坐在火车、汽车上
>
> 看山谷张合、天空下的远山慢慢转身，
>
> 我坐在高大梓树下，被风吹送，

看水面反光,山静止,白云慢慢消散。
我和我所见的一切,在看见时即化成言语
飞向天边外的你。

后来,电话挂断,话语说完
它却在心里更加强烈、更汹涌。
我知道了它不仅仅是语言。
它在语言之前、之后和之上,
它在更广阔的无言中。
它是一种不熄的生命热情
和能量放射之指向,
一种无时不在的陪伴感(并非专门陪伴
就像家里有个亲人在,可以安心
做自己的事,在夜里不受孤单和害怕的侵扰)
是持续地感知另一存在,感知
你和我在同一世界上互相映照的共在。

如今,我重新体会到它是一种渴,
相伴于涌流的泉水不舍昼夜。
像少年时夏天在山上捡柴,不断跑去
泉水边,喝得肚子晃荡,却依然感觉渴,渴,
依然渴想泉水流进喉咙的清凉。
像大学时坐在教室,听各门专业知识

头脑已经塞满，但心里仍在渴望，

渴望一种心灵的会饮。

它无关肚腹和头脑，它属苏格拉底说的

灵魂的知识，是灵魂的记忆与重返。

如今，我想你，无声地叫着你的名字，

就是掘开自己的心灵之泉，解自己的渴。

——雷武铃《论思念》

看得出，雷武铃的诗歌写作经过了长期的观察训练和练习过程，并最终成熟为一种对记忆、语言、心智三者综合锤炼的能力和精神训练。在他谈论诗歌的文字里也经常能看到，他对真实、真诚、真挚的强调。《论思念》具有代表性地展开了他写作的三段论，从某个场景的观察和描写开始，然后进入到语言经验和诗学本体的追问，再进入意识和心灵的觉悟。他把这三个部分都写得非常细微、考究、温情，也包括起首、结束和过渡的方式。尤其应该注意到：为了尽可能写清楚这到底是一种什么样的"话语"，什么样的"共在"，和什么样的"渴"，他需要不断地小心地通过经验来辨析，但又不失却感染力，并最终让读者感受到它所指的"思念"在其心灵中的真实性与准确。

经验的可靠性，让他感受到诚实的回馈，同时也带来了一个问题：容易陷入一种绝对的经验主义，并带来写作上的保守倾向，即为了不陷入空谈而"谨守在经验的界限之内"。似乎离开经验，诗就失去了可以依凭的对象。这种对"绝对"坦诚的追求，在某种程度上也限制了诗歌的可能性。事实上，我们生命的展开方式并不只经验一种，但经验可以成为一个出发点和支点。

相比雷武铃诗歌的绝对坦诚和沉稳，孙文波的作品更闪烁和跳荡。其中对真实的追求，不仅是写实意义上，他的近作尤其表现出对意识活跃真实状态的捕捉和思绪的野生状态。诗人似乎并不必回避什么，包括各种分裂，他是他自己，他也是他自己的反对者，他一边写，一边自己打断自己。在呈现一个诗人写作意识同时，又展开极力摆脱这种写作意识对自己的控制。可以说，是一种关于真实处境的相对论。同时，在这个相对论语言推进的过程中，意识的边缘轮廓得到了拓展和廓清。但最终应该停留在哪里，是一个巧妙的点：

> 蓝色无垠深藏虚无。这样谈其实
>
> 普通，是平庸的想象左右神经。
>
> 虚无，不过是绝对。我想谈的却是相对。
>
> 在洞背，在今天，窗外的塔吊和白楼
>
> 衬托天空的蓝。它好像比蓝更蓝。必须抒情。
>
> 我的意思是，如果我能飞，
>
> 我想要进入蓝的中心——只是，蓝有中心吗？
>
> 作为问题有些玄学。让我只好认为，
>
> 包围，成为渴求。是意义在渲染。我无法进入。
>
> 蓝，不过是一种距离。远望才是实质。
>
> 好吧，一个上午，我端坐在窗前，望着天空，

我希望从蓝中望出哲学、美学和命运。
不是天空的命运是人的命运。当然，
它太深邃。我搞不懂。我能搞懂蓝的后面隐匿着
什么呢？科学说是无垠宇宙。但我不科学。
对于我来说，今天，蓝是心情，是态度。
是左右了我一小段时间的思想。今天，我思想蓝。
它很清彻，特别通透。它是无限的空。
真的很空！以至于我想在它的空里加点什么。
能加什么？加上一座桥还是一座山？
或许我应该在上面加一张脸。它从蓝中
浮现。它不说话已经在发声。有大威严。

　　　　　　　　　　　——孙文波《论蓝诗》

　　孙文波的这种语言策略和杂糅的品质可能恰恰回应着我们面对这个世界时纷至沓来、心事重重的整体感受。《论蓝诗》中由蓝——平庸——相对——中心——包围——距离——望——命运——思想——空——脸——威严，意识在不断的转换之中，这首诗所体现出来的意识的位移说明其结构可能并不是设计出来的，而有点像写作过程中的顺势而为和同时的控制力，一种新的自然法。如果把它简单理解为意识流也不尽然，因为他写的实际不是意识的流动，而是意识的生长。但他的诗和雷武铃的一样，都展现出我们正在生活着的这个世界和内心经验世界的丰富性，在这个意义上，写作的确就是理解自我的重要方式。但

孙文波的诗在丰富性之外，更多的还是对悖谬性的兴趣。他心里似乎总在暗暗旁白，"其实"，"好像"，"是吗"，"好吧"，"或许"等等，并通过犹疑、妥协、重申、设想等态度转换去推进这种悖谬性。其写作过程中产生的问题是，如何让这种感受和思想方式避免像剥洋葱一样陷入空无。但可能他也会用自己的话骄傲地告诉你，写坏也没有什么不好的。

三

惊奇的力量和价值，在于它会像一些暗礁，激发更多的流动。但关于惊奇的偏见，又很容易把它等同为效果上的陌生感或哗众取宠。对于读者而言，惊奇，意味着某种停留，它会让我们在一首诗里停驻更长时间，并可能因为这种停驻带来转念和新的震荡。对于写作者而言，惊奇意味着摧枯拉朽，颠覆既往的写作陈规，用全新的感受和思考去实践写作。

关于"新"的实践和可信度，有几种不同的途径需要分别。一者可能是因为诗人与我们正在生活着的这个时代刻意保持距离感造成，有时甚至会产生以古为新的错觉；其次，可能是因为其仰赖的阅读资源和师法对象并不那么主流造成的；但真正意义上的"新"要抛弃前面这两种因素的影响，一个诗人完全依靠自身的独立性去感受和思考问题，他所创造的前所未有，并非求新而得新，而是因为他的人和心灵状态本身是新鲜而生动的，他的自主性使得他在自己诚实的实践中逐渐建立起自己独特的方法论和认识世界的方式。更准确地说,是一种参与感,真正参与到这个世界构成之中的欢乐。写作是一种参与的方式,但不是发表对世界的意见,或者讲述存在,是真正促成一些什么:

> 这个下午,我的轻松和快乐
> 是发自内心的,相信我。我从来没有
> 这么近地观察一辆黄色起重机
> 车身的四只黑色千斤顶稳稳地
> 压在地上,那只预备悬空的手臂
> 就开始慢慢伸长。我们有十个人,
> 做着各自的事情;我们有十块板,
> 抬去它们应该呆着的地方。
> 我们的工作都不多了,现在是太阳也要
> 收工的时候,这只大手仿佛给出了一天中
> 最后的奖励。一根在空气中晃动的
> 钢索,颤巍巍地把我们的
> 重量,提起来。那个曾经,可能会
> 加重肉体的重量。哦,黄色起重机,
> 他也有一个手臂那么长的
> 工作半径,我的工作台
> 两个手臂长。这块工地上还躺着那些
> 远一点的混凝土板,他得把
> 手臂伸得更长。现在,当他再次地

抬升他自己，我们就在下面

晃动得更厉害。这纤细而敏感的

末梢神经，而灰色的，笨重的

板，压低了背后同样颜色的天空。

我们的工作都是愉快的，他们

穿蓝色的工装，和我的不一样，

笨拙的平衡，发生在所有的见证者之中

"我回到我的工作。我的工作回到我。"

哦，黄色起重机。我应该变得

更沉重，以便更缓慢地抬起

在那之前无所事事的肉体。十个人

我们的生活都将变得相似，相信我，

我在学习更好地"爱一切提伸我的事物"

——方李靖《黄色起重机》

　　方李靖这首诗的惊奇之处，并不在于她以歌唱的方式写了一个现代文明中的工具，这个内容是新诗历史上没有过的，更不用说以赞美诗的方式去面对它。而在于，她所展开的物的世界是一个新鲜的有情世界，物即人的世界，它和诗人所产生的内在共鸣是倾向于发现的，甚至为诗人的祈祷和如何理解爱展开了一条道路，现代性并不是关于沮丧的情感教育。她像观察伙伴一样观察一辆黄色起重机，从一个欢乐的见证者变为领悟者。从方法上看，其中描写和抒情的写法并不算特别，还有待发展，但洋溢着一种活力。她也以同样的方式写过屋顶、工作中的砂轮机等，那些作品都倾向于从现代工业器物中提升一些新的诗意，但并不及这首诗动人，可能是因为这个见证者不只是看，更是亲历。

对于"亲历"和"参与"的渴望，在谭毅近年来的诗歌中也能发现。她的诗变化很快，严格按照写作计划执行，从《家族》到《形态学》到《天空史》，每个阶段都有她试图要关注的新问题。这些问题并不是对世界的直接反馈，但把它们理解为观念之诗也不尽然，早期的敏感依然在，但被发展为更坚定的行动。可能是因为她发现世界的存在本身就是诸多问题的缠绕，而非某种关于本质的独断，而既往诗歌的方式已经无法回应这种缠绕了：

> 我们活着，并在世间晃动星辰的影像
> 祂们的痛苦在我们衰老里得到延伸、
> 褶皱与缓和。林间，野火和烟
> 捕捉鸟类浓重的羽毛。飞行为燃烧
> 给出的边界轻盈而虔诚，喜悦不因稀薄
> 而稍减。下方，翻卷的暗部意味着
> 死亡的纽带加深了我们与土地的颜色。
>
> 我们建起房屋，是受到了昆虫的激励。
> 一切时间都在享受它们翅膀的到来，光
> 由此被分配给视力与活动，沿着树

与树的枝节伸开手脚。即使颤抖的病人，

也得到触摸和看护。阴天下，

祈祷已通过墨水写在了羊群身上。

埋葬之法教育着生命，及时向天空

行礼：神曾用云朵充实生物的心脏。

现在让它如前额接受的一滴雨，

用冰凉的微光包裹逝者的全身。

——谭毅《缓和》

　　这首诗是谭毅的诗集《天空史》第三卷第一部"抛物线"中"降临"下的第六首，主要探讨的是关于自然的问题，但其探讨方式又区别于既往诗歌史上风景和冥想的视角。有趣的是，读这首诗，既需要在其诗歌城中找到它的坐标，同时这首诗也可以单独成立。这首诗独特的发声方式在于，很难用对位法去分析这首诗的具体情境，它开启地是想象力的多种展开方式，如第一节中，由活——影像——痛苦——延伸、褶皱、缓和，由火、烟（燃烧）——羽毛（飞行）——轻盈、虔诚、稀薄，由暗部——死亡——土地的颜色，从形象到情态到生命质感再到情境，并没有一个中心，其过程遵循是如何演化，诗人在寻找质感的相近与错位时，抽空了具体的形状，但保留了灵性上的联系，诉诸的是感受和理解力的深入过程。自然事物以穿透而非观看的方式靠近我们，人间的活动对于自然则是一种回馈，而非顺应。最后一节通过葬礼展开的是天、地、人在宇宙时空中具体关系的转化,埋葬(生命、生物心脏)——天空(神、云朵)——逝者(前额之雨),联系着彼此之间的是一种光的氛围。这样细读对于她的诗来说可能也并不够,因为她最紧要的品质,还是这种演化如何推进我们的理解力。读者也只有真正参与进来,像她的参与一样,才能体验到"惊奇"。

行文至此。惭愧之诗,坦诚之诗和惊奇之诗,可以说是当代诗歌生命力构成的三种重要形态,当然,也还可以用硬朗之诗,经验之诗,创新之诗等不同语汇去概括它,但我要强调的这三种诗并不只是风格,策略,或品质,而是促使一个诗人毕其心力去写诗的内在生命动力究竟是什么,以及构成其诗的独特性如何在于其力量的生成方式,但为了说清楚这种内在动力,又不能不从语言策略、方法和品质等层面上去讨论。其可信度不只关乎真实与否,还包括启示的可信度,诚的可信度,新的可信度等。同时,这些诗也体现出一些交叉性,其中不同诗歌类型中也还可以添加吕布布、陈先发、臧棣、余怒、徐钺、甜河等更多其他优秀诗人的作品细读,碍于篇幅,只能留待以后再细细讨论。

叙事的转调与句法的变异
——张曙光近作阅读札记

谭毅　撰

在当代诗的演进脉络中,张曙光的"诗歌肖像"是在"九十年代诗歌"这一说法中被基本定格下来的。作为"九十年代诗歌"的代表诗人之一,张曙光为人们所熟知的风格面貌,主要包含着三个特征:从精神气质上说,他是一位"北方诗人",其核心意象是"冬天"和"雪",由此伸展为对"记忆与死亡"的双重母题的变奏;从诗学立场和问题意识上说,张曙光的写作是关于"日常生活"这一平凡而宽阔的领域的,其诗歌的"现代性"首先是基于对"日常性"的书写,因此有人将他视为"中国的菲利浦·拉金";从诗歌构成或写作方法论上说,张曙光通过吸收和改造外国诗歌中的经验主义方法,发展出了一种独特的处理"日常主题"的叙事方法(包含着一整套关于诗歌结构、语气、句法、节奏和修辞的技艺),这种叙事依托于冷静、成熟的心智,包含着高度的反思或沉思性,并通过此种叙事来支撑、拓展诗歌中的抒情。这三个层面共同构成了张曙光的"诗歌肖像"——人们谈论张曙光时,几乎都预设了这样的"标准像"。

然而,这样一种概括性的"诗歌肖像",充其量只是对张曙光上个世纪和本世纪头几年的写作的一种非常简化、固定化的扫描结果,它既不能完全涵盖他在各种诗歌方向、诗学道路上的探索努力,更不能直接用于对他的近作的描述。如果我们阅读张曙光近五年来的诗作,就会发现,在这些近作中包含着一些新鲜而深刻的、内在的变化,尽管这些变化常常与那些不变的要素伴生、缠绕在一起,但仍然能够被辨认并剥离出来。的确,这些近作延续着他以往写作中某些一贯性的语言特征——无论是对日常生活主题的处理,极具反思性的诗歌行进方式和元诗意识,甚至其中反复出现的"冬天"、"雪"、"时间"和"死亡"等基本意象,都与从前的诗作形成了连续和呼应。诗的语调一如既往地结实、稳定、氛围感十足。但即使我们承认这种延续性,那也是经过转换的、重新调整了焦距和显影方式的延续。那些不变的要素,恰恰构成了使变化得以突显出来的背景框架。

这些变化、转换和调整,当然与诗人从中年步入老年的生命节律变迁有关。生命在进入到新的阶段时,心态和语言也会有微妙的变动,由此带来了诗歌叙事的转调。在写于 2003 年的一首诗中,张曙光如此陈述他在中年时期的心态:

> 到了中年,我更要写得平静
>
> 把一切思想和欲望隐藏在

词语的后面。

——《冬日的海》

这样一种"平静"和"隐藏"，构成了张曙光中年时期诗歌的主导语调和精神状态，并直接塑造了其诗歌形式的平稳和均衡。由于这种笼罩性的"平静"，他在这一时期写下的许多诗作都显示出一种灰暗的"黑白照片"或"岁月的遗照"的气质，这是一种与"冬天"完全融合无间的精神气质。写作被冷静的心智支配，除了反讽、怀疑和从记忆而来的些许悲伤之外，很少会流露出其他的情感和情绪。而在张曙光的近作中，尽管怀疑主义的心智仍然占据上风，但却频繁出现了一些此前诗作很少会显露的情绪状态，一些新的、不那么平静的声调从理智之音的包裹中暗暗生发出来。首先，是一些诗中由纷繁物象（名词）的堆叠所显现出来的作为"内在噪音"的欲望。像《创世或灭世》这样的诗作直接将众多名词并置，不让它们连成句子，这更接近于巴列霍式的直觉写法，而不再完全被反思性的理智所控制。在近作中，张曙光有意加强了诗中诸事物、词语之间的跳跃性和不相关性，使得词语的分布和连接方式显得凌乱和陌生，借以使内心的噪音显形。在以前的写作中，这种内在噪音被隐藏和压抑下来；如今它们却纷纷露面，并搅乱了叙事的秩序：

看上去圈子的确小了些，只容得下少数几个人

因此他渴望走出去。然而告诉我，是什么在诱惑着他？

女人，食物，风景，或世界的广阔？我心狂野

但仍无法和宇宙相比。这些都是美的女妖幻化而成？

我们置身其中，迷恋着诱人的曲线和纷乱的色彩

在同一个空间里做着不同的梦。

     ——《人称混乱的叙事》

  "诱人的曲线和纷乱的色彩"导致的"我心狂野"，意味着内心被欲望所扰动。尽管这个场景其实是虚构的场景，欲望也只是被写作发明出来的"性的乌托邦"，但不能否认的是，张曙光之前在写作中呈现的那个冷静、理智的叙述者形象，在此受到了一定程度的削弱。借用他早年一首短诗《致——》（1983 年）中的说法，这类似于"在冬天想到春天"：有一只代表生命、肉体及其渴望的"柑橘"，其"鲜亮而充满芬芳"的气息，冲破了"冬天"和"死亡"的统治。这种"走出去"的渴望，作为此前受到隐藏和压抑、现在被重新唤醒的"欲望"，成为了诗的动力之一，尽管诗人也意识到它的危险：

  诗是危险的事物。譬如

  炸弹。或隐匿于未知间的真理。

  当围墙一角的杏花绽出莫兰迪春天

  震惊因单调而变得慵倦的眼睛

  ——在经过了长久的沉寂之后——

  我们醒来，然后活动着

麻木的四肢,让意识重新

像刀锋一样清冷。

————《"诗是危险的事物"》

"清冷"并不是冬天式的"寒冷",而是"春天"所特有的那种冷:其中有着欲望和激情的苏醒。这首近作,和三十多年前的《致——》一样,带着非常明显的静物或风景画气质——张曙光称之为"莫兰迪春天"。我们在《晨歌》中读到,张曙光对莫兰迪有一种特别的偏爱。可以认为,他有一部分诗作是在有意接近莫兰迪画中的色彩与气氛。我们在相距三十多年的这两首诗作中,看到"被压抑物的回归",仿佛"长久的沉寂"指的就是"中年的平静"。只有"刀锋"一样锐利的冷意才能破开这沉寂和平静。《关于杏花》中对此作了进一步的描述:

就像那一树树杏花,出于某种力量的驱使

让渴望的汁液从树干上升到枝条

然后迸发,爆出一团团白色和淡粉。

尽管《关于杏花》并非是关于爱情或欲望的书写,而是对梦见老朋友的追述,但我们仍然可以将它视为某种失去、遗忘之物的回归的隐喻。

而能够打破"平静"的更重要的情绪,是"愤怒":

……我喜爱风景和静物。我总是感到愤怒

有时是伤感。有谁会抚慰我，像夜晚一样温柔？

但这个早晨刺痛我。如果一切能够改变，我会改变

什么？

我能改变一切么？譬如，重置系统，让世界变得不同？

那时人们爱谎言会胜过真理。快乐是一个词。在某些

方面

它和诸如痛苦或屈辱没有什么不同。

——《晨歌》

"我总是感到愤怒"在《晨歌》中重复了两次。这里的"愤怒"所针对的东西并不那么确定——或许是谎言，或许是不公——但"愤怒"本身是确实的。从愤怒而来的"改变世界"的冲动，是对旁观性的沉思视角的突破。在纪念奈保尔的《抵达之谜》中，张曙光写道："写作，不是告诉别人我们知道些什么，而是/表达自己的困惑，愤怒和忧伤。"《纳博科夫的蝴蝶》中，诗人用"愤怒"来形容"大海"的某种状态："大海在远处。发蓝/并沉默。我知道它仍然活着。/它沉默着。但我知道它愤怒时的样子。"这种老年阶段的愤怒，似乎是对中年时期那种"平静的理智"进行质疑的结果。在人类所有的情感中，愤怒是最能体现人的独立个性的情感，也是最具行动力的情感。之所以不断提及"愤怒"，也许是由于诗人发现：那种旁观式的理智表面上与世界保持了一定距离，但也正是这种距离使得人默许了世界中的恶，并因此成

为了恶的同谋。中年时期的诗人以旁观的方式,全然融于世界之中;而当衰老降临,他开始从世界中退场,却重新被激发起了试图改变世界的渴望。

　　另一种对"平静"构成突破的情绪,是与"拯救"相关的、对"抚慰"或"安慰"的关切。这一关切与个体在世的"死亡"和"虚无"主题直接相连。在中年时期的诗作中,张曙光也不断地写到"死亡",但在那里"死亡"基本上是作为一个与自身有着较远距离的形而上学问题而被思考的,那些死亡要么是书籍中所写的死亡,要么是遥远记忆中的他人之死。但当一个人老了,死亡问题对他来说就获得了一种更加迫切的性质,这时对死亡、救赎和神的思考就不再只是一种纯粹理智的玄思,而变成了关乎性命的切身追问。在《有鱼缸的诗或悼念阿什贝利》中,张曙光问道:"灵魂溢出/哪里是它的归宿?"在献给基弗的《失明的夜晚》中,他又问:"又该用什么抚慰我们的心灵?"《秘密》和《晨歌》中也有类似的问句:"谁来安慰我的玻璃心?""有谁会抚慰我,像夜晚一样温柔?"所有这些疑问,都是由于生活那令人厌倦的"重复"和令人绝望的"消逝性"所导致的。这样的情绪在步入晚景的老人身上出现时,会自然地导向对"拯救"这类问题的思索,正如《在最后的日子我们是否能够得到拯救?》这首诗所显示的,它试图用一种准宗教性的声调统摄所有纷乱的日常细节描述。相似的声调也支配着《关于上帝》和《帕多克从三十二层楼上向露天音乐会开枪》这两首诗的写作,特别是后一首诗中,"死亡"作为一场突发的恐怖袭击事件降临时,"人性的黑暗"像深渊一样张开,

诗人在愤怒和悲伤中,又想到了灵魂的最终去向的问题:

······Where have all the flowers

gone? 它们像鸟儿一样飞走了?

天堂过于拥挤。地狱也是。死者们的灵魂

栖息在树上,摹仿着鸟儿们的歌唱。

烛光中,雨点密集地落下。像子弹。

与这种叙事的转调同步发生的,是张曙光诗歌主题和方法上的变化。就主题来说,尽管他仍然是在处理"日常生活",但有两个可见的调整:一是削弱了"记忆"母题在叙事中的比例,转而更多地书写"现在"或"正在发生的事情";二是几乎不再进行对某个完整事件和场景的叙述,而是致力于将日常生活的若干琐屑碎片拼接为一种具有抽象感的"风景"。在张曙光近几年的诗作中,"风景"一词频繁出现,以至于我们可以将它们理解为一种特定意义上的"风景诗":这里的"风景"主要不是指外部世界中的自然和城市景观,而是由日常生活中各类事物、情绪、信息的碎片剪辑而成的"电影"或"抽象艺术"般的"风景",它首先指向的是内在思想的运动(《对风景的赞美和阐释》:"风景是看。但只是看到自己。")。这些诗几乎都是对"此时此刻的思想运动"的叙述,一种特殊的意识流,但又不是超现实主义那种从词语出发的、非理性的自动写作,而是从句子出发的、受到分寸感控制的思想的意识流。与从前的写作相比,张曙光用这种裹胁着众多"此刻的碎片"的意识流,突破了经典的经验主义诗歌中对完整叙事的要求——经验主义的完整叙事,在我们这个时代很可能是虚假的;事实是,任何事件在发生的瞬间,都经过了媒介与技术的中介,被碾碎成一些雪状的粉末或尘埃,塞进了我们的接收频道。

对完整叙事框架的破除,意味着诗歌中的句子之间的连接关系的变化。如果一首诗中的各个句子之间丧失了那种从事件的情节逻辑而来的连续性,那么它们就只能孤立地存在并突显出来,仿佛它们之间仅仅只是一种并置关系,而不存在任何因果或推论关系。这样,所有的句子都各自独立成为一个单位,作为"此刻"的一个碎片或一个单子。这就是张曙光近作中为什么如此高频率地采用停顿和短句、且每个叙述后面几乎都要用句号的缘由所在。从标点的角度来说,这些密集出现的句号意味着对叙述线性、连续性的拒绝。句子像瓦砾或建筑废料一样搭起来,形成了一首临时的、装置性的诗歌,刚好对应着这个"一切坚固的东西都烟消云散"的世界。

句子的简短、孤立和单子化,标识出张曙光近作中的"句法的变异"。不过,这样一种纯然由孤立的、事实断言般的句子的并置构成的诗篇,容易陷入到无意义的琐碎叙述和平面滑动状态之中。但张曙光并不是后现代主义的信奉者。他除了用前文所述的"愤怒"、"悲伤"等情绪来统摄所有琐碎的细节,使这些细节服务于对时间和命运的探究之外,还采用了两种特殊的句法策略,来让诗歌不止于停留于"现在"的平面上,而是在诗歌内部形成了一个立体、有深度的空间。在以往的写作中,他偏爱通过"记忆的深度"来抵达"现在的深度";如今,"记忆"母题虽然被削弱了,但他启动了新的方式来对"现在"进行理解。这两种句法策略就是模态句式和疑问句式的大量运用。

模态句式一般是指包含着"可能"或"必然"这样的词项的句子,但也可以扩展到所有涉及到虚拟语气和祈使语气的句子。在作出每一个事实陈述的同时,都可以围绕着这个事实陈述进行反事实的设想,由此就出现了一个由种种未发生的可能性构成的模态空间。如果历史和现实仅仅由"事实"构成,那么它就是过于坚硬的、没有给我们的想象和情感留下任何空间的东西。但任何理解都依赖于对反事实的可能性("如果没有发生……,会……")的设想,这是人类生命对模态空间的本能需要。诗,就植根于这种需要之中,它要从事实中夺取一个留给想象和感叹的空间。张曙光对模态句式的运用,多年前就已经开始,例如在一首实验性的诗歌《雪》(2003 年)中,他通过对"下雪"的各种模态的设想营造了一种语言的"空无之境":

> 外面在下雪。是的,雪下在
> 外面。在下雪,外面。下雪
> 在外面。雪下在外面。也许
> 没有雪。当然,这是另外的
> 说法。但天色很暗,是的,
> 很暗,也许将会有一场雪

在下,或是刚刚下过。但
天色很暗。也许。在下雪
或许没有雪,在下,不在下
将在下,将不会下。也许
天色并不很暗,也许只是
因为那道拉起的窗帘,或
太阳下山,或被一片云彩
遮住,但天色看上去确实
有点暗。这是另外的说法
当然,雪,也许真的在下
尽管天色很暗,尽管天色
并不真的很暗。当然这是
另外的说法。尽管雪真的
在下,也许,雪在下,就像
某个人,坐在窗前的阴影中
起身,走动,但仍坐在那里

这首诗中模态句式的用法是完全风格化的,有一种过度冷漠的理智倾向。但其中我们可以看到虚词("也许""将会""将不会""当然""或""并不真的""尽管""但是""仍"……)对于诗篇整体构成的决定性作用:这些虚词不仅仅塑造了诗的语气和氛围,而且它们在事实世界之上,架构起了一个纯然由想象构成的空间,让我们看到了每一个"此刻"都是被各种可能性所环绕的深

227

度迷津。张曙光的近作,几乎每一首都包含着对虚拟语气和虚词的运用,但已经不再是出于风格化的考虑,而是配合着断言般的事实陈述,在事实的坚硬墙壁之上打一些通气孔,让情感的气息得以涌流。在某些时候,即使是事实陈述,在加上模态词项之后,也可能呈现出某种虚拟式的效果,例如《这个夏天我没有读陶渊明》就通过反复使用"没有"和"仍然"这两个带有模态性的词语,呈现了饱满的抒情意味:

> 这个夏天我没有读陶渊明。
> 但这个夏天仍然下雨。
> 小路两旁的玫瑰和鼠尾草仍然开放。
> 街道仍然拥挤。情人们仍然拥抱。
> 在公园的长椅,地铁站和报亭旁。
> 这个夏天我没有读陶渊明。
> 但我仍然每天推着轮椅上的妻子
> 在小区散步,或是去超市购物。
> 我仍然写诗。仍然不被人们看好。
> 我仍然咳嗽。青草仍然生长。
> 割草机的声音仍然响个不停。
> 生活仍然美好,像歌中唱的那样。
> 但我没有读陶渊明,尽管我仍然爱他。

在某一意义上,疑问句可以看成是模态句式的一种变体。

张曙光显然是有意地在近作中高密度、高频率地运用疑问句式来推动诗歌叙述。以前的诗作中当然也有疑问句，但频率较低，而且那时疑问句的出现主要是基于怀疑主义的诗学立场。这种怀疑主义在近作中虽然仍旧存在，但受到了其他情绪和情感的平衡和制约。可以认为，张曙光近作中的疑问句的首要功能是抒情性的，而非怀疑主义的。疑问句的抒情性建立在对不同于事实的可能性的设想之上，当我们问出"有没有可能""会不会""是否"等的时刻，我们是在为不可挽回的过去而感叹、或者为不可预见的未来而希冀。以断言形式出现的陈述句，往往意味着某种确凿、不可更改的事实性；而疑问句，与模态词项一样，给诗歌带来了一个不那么确定的可能性的空间，一种对事实的轻微偏离，一种笼罩着事实世界的乌云般犹疑的氛围。疑问句拓展了诗的语义场的宽幅，用钩子般的标点探入了平静如水的现实生活表面之下，并从那里钓起了一些不可见的东西。在《有鱼缸的诗或悼念阿什贝利》《关于上帝》《人称混乱的叙事》《晨歌》等诗中，疑问句压倒了陈述句而成为诗的主导句式。这些诗大都包含着浓郁的抒情特征，它们对死亡、永生等问题的思索中蕴含的复杂情绪，在一个个的问号里累积起来。句法的变异，由此服务于叙事转调的内在要求。张曙光承认，当代世界中，人或许已经不再是康德意义上的"主体"，而变成了拉康意义上的"实体/尸体"（《当梯子被过早撤掉》《冰川》），但他仍然要在诗中为人类作为主体的意志、情感和情绪背书。他似乎仍然站在康德这一边。《秘密》一诗的结尾，看上去是对康德提出的三大问题（"我能知道什么？我应该做什么？我可以希望什么?")的回应：

谁来安慰我的玻璃心？对这个世界我一无所知。
一无所知而且一无所有。那个纸折的小船
能否带我们横渡大西洋？今天天气看上去很好。
他说，能不能告诉我哪条路通向伊斯坦布尔？

2019 年 12 月，昆明

从抒情诗到"世界荒诞如诗"

——耿占春诗歌创作转向

纪　梅　撰

自上世纪 80 年代以来,耿占春出版了多部具有影响力的学术著作,并写有百余万字的片断体札记,因而一直以批评家和思想者的身份为学界所敬慕。至于同样延绵了三十余年的诗歌创作,则被他谦逊地视为"余兴"和"思想的休息",偶从其书房流出,散见于期刊或在朋友间传阅。作为时刻关注语言问题和社会现实的批评家和思想者,耿占春的诗歌写作及其思想和话语转向,可堪作为中国当代知识分子三十年曲折心路历程的缩影和生动注解。

"现在是处女的时间,童贞的时间"

在耿占春的早期诗作中,提供诗意的主要是自然,是蝴蝶一样摇曳的青草和豌豆花:

在夏日的高原上

看见青草和豌豆花像蝴蝶一样摇曳的

曾是我。我，不是别人

······

可就是这些令人惊异的格桑花

蝴蝶的彩翼，豌豆的清气

我曾看见它们在晚风中飘荡

这是一部广阔无比的历史

草、花、蝴蝶，它们

有着神秘高贵的世系

——《时间的土壤》

　　如少女一般清新、温暖的自然不完全是虚构——诗人童年
时期确实在青海高原生活过五年，但也不属于对真实经验的描
述——因为童年记忆只能留下几个瞬间（可参读诗歌《莫河》），
而成年后的回忆很容易风格化和情调化。回忆者专注于美妙和
诗意的部分：高原的夏日和晚风、青草与蝴蝶······在酷暑时节到
达青藏高原的人欣然明白这是何种美妙的体验：它的凉爽是对
日常经验的偏离。高原的夏日是由假日、风景和奇境构成的享
乐时间，而且"有着神秘高贵的世系"。与有机秩序相匹配的语
言洋溢着确然的信心和自足："看见青草和豌豆花像蝴蝶一样摇
曳的/曾是我。我，不是别人。"这首诗的书写符合一个青年诗人
理想的语言形态：没有僵硬、酷烈、臃肿、颓败，只有柔和、清爽、

欢乐、自信。

《时间的土壤》是一部长诗,在目前可以读到的文本中,这也是耿占春仅有的长诗作品。在 80 年代追求文化史诗和抒情的热烈氛围中,写作长诗可算顺应潮流和自然而然。就当时来说,年青诗人的创世激情依赖浓墨重彩的抒发,而语言的庆典首先来自对现实经验的摒弃。做出这种选择并不奇怪。在很长时间里,诗人体会并被迫接受的,是被塑造的生活方式和语言形态。对既有经验的厌恶、鄙夷和拒斥,使他真诚而迫切地渴求语言的纯净和神圣:"语言是作为最终的救赎之物给予了我们。而正是这一点被遗忘得差不多了。人们和语言一同沦为工具,人和语言一同被物化。"①语言曾经被糟践的程度越深重,诗人试图拯救它的意愿就越强烈。对语言工具性、实用性的反抗,让年青的诗人无可避免地将语言纯洁化、神秘化。原初性的语言拥有宗教般的救赎意义。

对语言的信仰产生了奇妙的致幻作用:诗人来到节日庆典的临界点,"一年中最后一天的下午",对即将到来的世界充满希望和欢喜,诗句中随处可见赞美和颂歌:"这里有你真正的欢乐:时间消失了/没有时间的时间,就只有此时和现在";"这一天,天地人神鬼没有界限/连仇人相见也相互祝福/这是时间的仁爱"。(《时间的土壤》第二章)语言代表着自我与超验世界的联系,写作就能自由穿行于"天地人神"的世界。在奥秘、清新的语言和

---

① 耿占春:《隐喻》,东方出版社,1993 年,第 3 页。

233

表述中,诗人获得了新生。他以惊喜和好奇观看万物,陈腐的经验世界被创造性的语言所清洗,变成了"处女的时间,童贞的时间"……就如这些诗句所示,耿占春创作于 80 年代的诗歌洋溢着罕见的幸福感。或者说,诗人因为对未来命运的无知而单纯沉浸在语言的快乐和自信中。

对古代典籍、宗教典籍和现代哲学著作的阅读弥补了现实经验的阙如,它们也投射在这一时期的诗歌中。《时间的土壤》第四章明显化用了《奥义书》的教诲、观念和语气:[①]

我用一种神秘的方式把火

贮存在自己身上,不燃烧

不熄灭。把水储存在自己身上

使水火如此相融,就像在血液中

水通过我的身体运动

火通过我的身体运动

气和土通过我的身体运动

轻盈的和沉浊的一切,元素通过我的身体

循环往复。携带着来而复去而复来的

时间。永远的灭绝永远的驻留

——《时间的土壤》

①　耿占春在《隐喻》中多次引用《奥义书》等典籍,如"火化为语言,乃入乎口。/风化为气息,乃入乎鼻。/太阳化为见,乃入乎眼。/诸方化为闻,乃入乎耳。/……"

诗人化身"大地和诸神的祭司",以身体践行被交付的职责,呈现神谕和神迹的启示。对于诗人来说,与自然、生命、宇宙等本源性的存在重获关联和统一,唯有借助语言,即"复活隐喻"。于是,身体和自然的相似性被诗人广泛发掘:"我越来越辽阔,阵雨之后/我身上茂密地长满蕨类和地衣"(《时间的土壤》第四章);"所有的果实、星辰和鸟儿,/仍生长在树上。像鸽窝一样温暖的/女人和春天,仍开放在树上"(《歌[一]》),这无疑属于浪漫主义的表达。通过语言的滤镜,世界被纯净和少女化;泛灵的自然被想象、提升为世俗时代的宗教;自然和自我的存在显得崇高、神秘、庄重、永恒且富有秩序:"是的,我所面临的并不是死。/现在我面对的是永不腐烂的群山,溪谷,/是又深又清如水潭的天空,和一潭的星星。"(《歌[一]》)……这种世界观有利于形成充满启示口吻的壮丽诗篇,却不利于诗人对现实作如实观。当"少女们"纷纷走过,她们"令人怅望的长睫毛""丰盈的腿""纤尘不染的肩膀和胸乳",以及她们拎的篮子,无不揭示诗人的现实感其实如情爱经验一样匮乏。依托阅读和想象的描述确实迷人,就如想象中的少女"神秘的胸脯",但是充满象牙塔气息和小资情调。以"成年"后的心境来读不免觉得甜腻。诗人即使言说伤口、哭泣与空寂,也因为过于唯美而流于感伤的情调和矫作:"你以你的伤口歌唱。/……/歌是你避难的地方? 你歌唱过去的/少女和季节,死神不能再走近。但你/却把自己留在歌唱后的空寂里。"(《歌[一]》)

不过,中肯地说,我们也应该对于此类表达给予充分的理解与尊重。回顾浪漫主义的历史我们可以发现，浪漫主义的兰花恰恰绽放在贫瘠的土地上。就像吕迪格尔·萨弗兰斯基在反思德国浪漫主义时慨叹的："完全令人惊讶的是，在一个领土分裂、社会落后的国家里，在一个缺少伟大的政治和仅有一个局限的公共空间的地方，会产生出这样一种石破天惊的、自信的个人主义。不过，也恰恰是这种所谓狭隘的境况，有利于这样一种创造性的内向性和坚韧的紧张性。既然缺少一个外部的大世界，人们就用仓储货物替自己制造出一个世界。人们只需要拥有抽象和幻想的才能。"[1]在贫瘠的土地上，诗人唯有借助语言，才得以品尝自我的完整、尊严和审美的享乐。

"音乐、爱恋、风景，已成为我们的禁果"

春天短暂。在一首题为《夏天》的诗中，诗人的声音转向低沉和哀泣："绿叶已在风中哗哗地流淌，水珠四溅，/呜呜的哭泣之声已经响遍。//听啊，夏天张起绿色的翼飞过，/羽毛就纷纷脱落，唱着哀歌，葬入天空。"

　　　　诗人的青年时代结束了。
　　　　骄傲的、轻快的声调消逝了。

---

　　① 吕迪格尔·萨弗兰斯基：《荣耀与丑闻：反思德国浪漫主义》，卫茂平译，上海人民出版社，2014年，第92页。

取而代之的是哀叹之音，并且从此不绝如缕。

　　耿占春得以正式出版的第一本著作是《隐喻》，在 1993 年。这部在本科毕业论文基础上修缮完成(1984—1988)的学术著作本应更早几年面世，却为种种外力所延迟。这个开端似乎构成了一种"不幸"的预言：外界的负面影响在诗人身心投下越来越浓重的阴影，让他饱尝折磨，最终发展为悲观的嘲讽和无力的叹息。作为一个熟读并热爱本雅明的批评家，不知他的心头是否闪过那个倒霉蛋的忧虑："驼背小人"已经盯上了他，"他惊愕地站在一堆碎片面前。"[①]

　　虽然看上去要比本雅明幸运很多——自《隐喻》出版，他就开始收获相应的声誉，但他的痛苦并不因学术界的认同而丝毫减弱。在 90 年代初的诗歌中，随处可以看到悲愤和痛苦："悲愤是卡在喉头的岩石。/泪水却发出了火焰的尖叫。"(《哭泣的火》)强烈的疼痛烧灼诗人的心，但他被命令沉默。隐喻失色，有限的表达需要借助寓言：

　　　　在黑色的童话王国历险，

　　　　只有魔王才天真无辜。在一片

　　　　饥馑土地的重重围猎中，在夜晚深处

---

　　① "驼背小人"是德国民谣中的童话人物，寓意笨先生和坏运气，阿伦特曾在《瓦尔特·本雅明：1892—1940》一文中以"驼背小人"指称本雅明的不幸命运。参见本雅明：《本雅明：作品与画像》，孙冰译，文汇出版社，1999 年，第 164 页。

一只十九世纪歌声的宁静里，

我的幸福就是犯了重婚罪，无地自容。

————《音乐与风景的毒素》

寓言可以容纳极致的残酷和痛苦，其戏剧化的形式强化了讽喻："只有魔王才天真无辜"；"我的幸福就是犯了重婚罪"……生活的悖谬以二元对立的形式展开，美学的救赎——音乐与风景——挤压其间，暧昧不明。美好之物在道德感的逼视下变成违禁品："你何曾踏上过复活的柴堆/就轻易地来到三峡的风景中？/仿佛血液已被树丛染绿。/这是多么荒诞的感觉：耻辱的火/不是还在你血液中焚烤？""一切美好之物都已染上时代的毒素：音乐、爱恋、风景，已成为我们的禁果。"（《音乐与风景的毒素》）自然的美好部分不再提供神秘的意义，那可称之为风景的反而令诗人陷入羞愧和自责。他拷问自己，也追问深夜："现在谁敢冒险有一个信仰？""伸出的手握不住风。/它们是否已生出了双翼，在那稀薄的/空气中？而这时候雨声淅沥，/谁敢向这个黑夜发出呼唤，而不致发疯？"（《今夜》）吹拂在青春世界的风消逝了，留下诗人将自我囚禁在病室中，成为"疯"。这不是一个隐喻，在长达三年的时间里，他饱受抑郁症的折损。

在80年代的诗歌中，与创世的热情相匹配的是命名的欢乐，是陈述句，是句号，是自信和肯定；在90年代初，大量的问号出现，代表着疑问、困惑、不解，也是诗人面对理念世界和现实世界的分裂表现出的无措和震惊。躺在病椅上的诗人需要重新认识世界,观察、感受取代了命名和歌颂。通过记录《观察者的幻象》,他逐渐恢复了感受力的书写的能力。

内在的理念秩序崩溃后,经验世界的表象开始被赋予意义并进入诗歌:"我看见/对面楼房一间封了起来的凉台上/有一个姑娘,一个深陷爱情的女人/在厨房里忙活。"对此我们可以理解为受创之后表现在诗学方面的应激反应和补偿机制。诗人对此也心知肚明,并不乏疑虑和反思:"是什么使我有理由去想/那儿可能有一种未知的/不同方式的生活?"(《日常的魔力》)

在主体感受和语言两方面,距离造成的未知都使日常表象产生诗意的想象和救赎意味。对外界的好奇和隐隐期待让他从痛苦中逐渐抬起头。那些凡俗的快乐源泉——超市里丰沛的商品,舒适的温度,自由选择的"新经验"——曾经是诗人不屑一顾的,但此时诗人愿意从另一个角度思考这个"美丽新世界":"她怀抱着的这些礼品/也许足以给等待她的孩子带去/一个真正的节日"。虽然迟疑,重获表达能力的诗人愿意暂时放过自己:"想到/这一点,给我带来了意外的安慰"(《新年超市》),他的生活和书写开始吐出"苦味的芳香"(《春天去黄泛区》)。

"我已经渐渐成为一个快乐的人"

大概自新世纪始,诗人时常出游西北边疆:青海、甘肃,还有新疆。离开国家的中心就像暂时离开痛苦的震源地,对自然的感受力和审美慢慢在内心复苏:"犹如梦的起源,在多年

后的午夜/渐渐明朗,一个宏伟的清晨/温暖,宽阔。"(《经嘉峪关去敦煌》)

《喀纳斯河断句》《轮胎胡杨》《南风与葡萄》等纯粹描述自然的诗歌闪烁着橙黄、金黄等绚丽的色彩,久违的欢乐被自然唤醒,重新出现在诗句中:

> 喀纳斯河,在我写下这几个字的时候
> 我知道,你仍在一个真实的地方流淌
>
> 你在阿勒泰的山中奔涌,在白桦林
> 和松林之间,闪耀着金子一样的光
>
> 在夏天与秋天之间,你不是想象的事物
> 但此刻,我差点儿就把你从心里想出来
> ——《喀纳斯河断句》

"不是想象的"自然鼓励了诗人,让他重又相信美即真理:"一个美的形象是一种瞬间的/真理,即使在冬天的寒夜//在北方的腹地,写下胡杨/这个词语也会披上秋天的奥义"。(《轮胎胡杨》)

自然,以及写下自然的语言,重新拥有神秘和奥义的魔力,它们以美的形象感染诗人的知觉。风景不再是"禁果":"傍晚抵达塔什库尔干沿着/盖孜河,我已经渐渐成为一个/快乐的人：……/我的帕米尔，这个傍晚/你用圣洁的欢笑/洗涤了我的心"（《塔什库尔干》）。诗人不吝言辞地表述在西域出离自我乃至"不在"的过程："不变的事物，为变化的世界/提供意义的起源//额尔齐斯河正穿越群山/而我，已接近于不在"（《在阿勒泰》）。在这里，感性、想象、激情和非现实化，暂时获得了一个放肆生长的机会。诗人暂时放下道德重担、智识和判断，将自我交付一缕微风，一寸水声。他在南风的微醺下写的每个字都透着醉意和满足："我愿意属于一条古老的河/我愿属于一个故事，让死亡微不足道//我愿相信一个神，我愿听从流动着的/先知的话，住在龟兹河的月光庭院"（《龟兹古渡》）……

虽然都洋溢着欢喜，但这些诗句与青春期写作有着很大不同。在青春期，诗人以阅读生产的过剩激情虚构自然，以浪漫化的想象涂抹自然；而今来到人生的秋天，欢乐不过是短暂的假期福利，是自然的礼遇和远方的馈赠。此时的语言不是启示性的，而是描述性的："一个赤足的苏菲信徒身着旧棉袄/沿街乞讨，他的装束取消了/夏天和冬天，中古与现在/他伸出的手是赠予，而祈求/已是修行和仪轨的要素。"（《莎车：苏菲的城》）他清楚自己首先是位游客，在最美的季节被朋友邀请来此欣赏风景。这个"闯入者"时刻不忘保持合宜的礼貌、谨慎和谦逊："是你的仁慈，接纳了我的临时存在/且让我跻身于你明净的现实"（《重访塔什库尔干[一]》）。

在远方诸地中，诗人最喜欢的是新疆。但"新疆"太新，几乎不被使用。有关新疆的 23 首诗歌被命名为"西域诗篇"。"西域"这个古老的称谓显然别有意味,它不仅昭示距离的遥远,同时也是时间的久远。它让人想到古代丝绸之路、各种神秘的传说和宗教故事。再血腥的宗教争端和权力争夺,千年之后也蜕变为壁画上斑驳的色彩与传奇。从这里我们也可以判断,诗人仍然是一个外来者,他渴望走进这片土地但又不愿完全透支"远方"的想象额度。

在西域,那些描述当下经验的诗句也沾染了历经岁月的神奇和美妙:"层叠的黄泥屋,无花果和石榴/华贵如样品书插画,小而安静的院落//由于它度过的岁月而富有美感/成为值得瞩目的事物"(《密封的喀什噶尔》)。因为距离和时间,"西域"是一个相对密封的空间,是风景、宗教和民俗文化的博物馆。"不变的事物,为变化的世界/提供意义的起源"(《在阿勒泰》)。各段时间的并置取消了时间,让西域仿佛属于不变的世界。丰盈的宗教符号则帮助游客暂时抛却世俗记忆和现实感:11世纪的生土墙、唐朝都护府遗址、塞种人的岩画、叶尔羌汗国王室的麻扎、阿曼尼莎汗陵寝、"中国花园",还有宣礼塔、大清真寺等等蒙受各路神灵照拂的宗教建筑……它们饱尝风沙侵蚀,甚至已经沦为废墟和遗迹。但恰恰因为表象的丧失,它们凸显出与时间的较量过程中凝聚的内在坚韧和尊贵。它们"书写着历史的智慧"(《帕米尔》),拥有奇妙的魔力。诗人也渴望褪掉自我的一部分,更深入地参与西域的历史和当下:他与奥依塔克的牧民交谈,关心他的儿女和草场(《奥依塔克的牧民》);在巴里坤看到一座洁净、明亮的庭院时"突然厌倦了旅行/渴望在异乡拥有一个家"

(《巴里坤的庭院》);在《高昌》以看待未来的眼光想象过去:高昌的圆形佛塔记载了千年前佛教文明与伊斯兰文明的斗争与落败。当弯月升起夜空,高昌国破城灭。这是无法重写的历史,是不得不接受的命运,但诗人想象那些失败的人们坚守着一个返回故国的约定,而自己也将跻身其中:"如果能够再来高昌/一定是在明月之夜,我将跻身/那群高贵的亡灵,从死亡中归来"(《高昌》)⋯⋯在死亡的暗夜,诗人想象一轮自我救赎的明月。它存在于对未来的期冀和信念中。这些奥秘气息的语言,混杂着准精英主义的自我期许。当然,诗人渴求的并非世俗意义的高贵身份,而是不甘沦落入泥的自尊和骄傲。

神秘、高贵的远方抚慰了诗人。返回到长居之地,身边的自然也间歇出现在语言中,如同礼物。比如悄然落下的雪是时节馈赠的厚礼:"我深睡时大雪在下。冬天已准备停当/备下仁慈的礼物。"(《窗外的雪》);"雪如此仁慈,轻轻地遮掩起艰辛劳作的痕迹遮掩起贫穷与肮脏龌龊"(《雪已匆匆》)⋯⋯时代关上了一扇大门,诗人为自己保留了一条门缝。自然像月光一样穿进来,安慰了尘世清晰的痛苦。

在这一时期,自然在其他形式的写作中也多有显露。比如诗学著作《失去象征的世界》在绪论开头写道:"这是开封郊区,在开宝寺塔(铁塔)旁边,一所紧邻乡村的入学。我的窗外是片荷塘,来到这里我才见到这么多鸟,从春季到秋天,每个清晨都被它们的叫声唤醒。"这本专著出版于 2008 年,一个尚未纳入现代城市进程的自然世界幸存在诗人的窗外。不几年后,这片池塘被灌满混凝土,转而耸立起一排排丑陋的安置房。在广义的语境中,自然消退了,聆听鸟鸣不再能成为诗人不经意间的享受,上帝的礼物真正成为稀有之物,需要耐心的寻找和发现。

真正不变的,或许只有语言。他不再简单地把语言置于一个先验性的、"源头"性的位置,而是将其纳入到一个循环的系统,需要接受实在经验的中介和验证:"需要有痛苦喂养我的语言,需要有/愤怒喂养我的语言"(《需要的,恰如所有》)。如其诗所示,语言需要痛苦、愤怒等世俗经验的喂养。这种思想和写作,既可以避免语言与经验的分离而空心,也能纠正经验的碎片化所发展的认知偏狭。

"世界荒诞如诗"

在近几年的诗歌中,诗人写下了大量关于诗和语言的思考、辨析:"诗不是发现真理的方法/它发现一颗隐喻的种子/让语言呼吸"(《碎陶片》)。诗人对语言的态度与早年写作《隐喻》时很不一样了。在八十年代,诗人对于在可见世界和想象世界之间建立语言的通道充满好奇和沉迷。而今他不得不重新启用隐喻以表述抽象和无表象的概念,借助感性世界的形象传达思辨。后者属于阿伦特所说的"精神的非感性体验"[①]。因为现象世界

---

① 阿伦特说:"隐喻能使精神回到感性世界以便阐明任何语言中的词汇都无法表达的精神的非感性体验。"参见阿伦特:《精神生活·思维》,姜志辉译,江苏教育出版社,第116页。

再次强烈冲击了诗人的理念和期待:"在道路/像逻辑一样终结的时候"(《世界荒诞如诗》),隐喻和诗歌重新变得必需和必须。但隐喻已不是一种方法而是方法论,是思维风格而非写作目的。这么说吧,隐喻是诗人发明的一个隐喻——"蚯蚓",它让诗人思维的土壤保持思辨的活力,让日益固化的感受力松动复活,让语言得以呼吸。

因为大量地表达非感性体验,耿占春近年的诗作显示出强烈的哲理风格和议论色彩。很多作品干脆以"论"为题:《论恶》《论神秘》《论晚期风格》《论诗》⋯⋯叙事于其中消失,昭示着稳定的叙述成为困难;形式也是言说和暗示,两行、三行一节的诗句大量出现,看起来不免稀疏、孤零,就像杂货铺里的闲散之物:

在连绵的杂货铺里
堆积成一首物质的诗篇

一切有用之物,一切无用之物
如匿名的人民的临时集合

如众生平等,如闲散之物
抵达一种快意而虚假的自由
——《论消极自由》

在 90 年代初的诗歌中,商品尚能带给购物者和诗人以安慰;在遥远的高昌,月夜的聚集者是一群高贵的魂灵;而今的大理古城,是处集合着商品和人。他们在一种"平等"的状态中抵达了"消极自由"。诗人以反讽转化了以赛亚·伯林的著名概念,就像赫胥黎重新定义了"美丽新世界"。在生活意象的掩盖下,诗人表述着社会学的观察。

我们或可以把这种表达沉思论说的诗歌称之为"思想诗"。因为思辨气质浓烈,其中很多话语属于判断性、批评性的句式:"真理是不确定的/真相源于描述性话语,舍此均为谎言";"一首诗不能在没有隐喻的情状下/写出。"(《论历史》)"一个人的疯狂是另一些人的困难/一个人的伟大是另一些人的荒唐"。诗人并非隔岸指点江山,而是加入了对自我的警示:"避免成为历史的笑料或另类知识/一个人就必须是又不是另一个人"。(《精神分析引论》)这些诗歌不指称单一的显现或事件,但揭示正在进行的现象和事件,进而呈现不可见的事物和意义。

《论神秘》一诗更为明显,诗人在个人审美和政治话语两方面进行反讽:

一切没有意识的事物都神秘
海浪、森林、沙漠,甚至石头

尤其是浩瀚的星空,一种
先验的力量,叫启蒙思想战栗

......

并且一般会把这种神秘之物

称之为美。神秘是意识的蜕化

乡俗不会错,必须高看那些傻子

和疯子。这首诗也必须祈求谅解

——《论神秘》

诗人早年崇拜神秘和诗意,神秘因先验的力量而生发美或智慧,在此被他有所颠覆。多年以前他就喜欢并引述过歌德的话:"我们要在老年的岁月里变得神秘",这句话也出现在近期的诗中(《论晚期风格》)。但"神秘"如今可能意味着"意识的蜕化",比如在思维领域,戴面具的神掩盖的是虚弱无力。

即使"写诗寻找的既非真理/也不是思想,而是意外的比喻"(《论诗》),在诗学领域,"启蒙思想"也应有一席之地。因此,我们看到,喀拉峻草原的风景在诗人的"晚期写作"中成为"意外的比喻":"现世权力像雪峰冰川一样凝固/昔日王朝如草原的露珠转瞬蒸发"(《在喀拉峻草原》)。风景不再是毒素,但也不能简单地充当欢乐之源。"雪峰冰川"和"草原的露珠"成为观念的意象,融合了所见、所感,更隐喻着不可见的所知。

如果说早期诗歌创作在于激活语言的感受性,90年代之后,结合语言的感受性和主体的明晰便成为耿占春持之不变的

247

追求。二者可对应两句著名的哲学教诲：关心你自己、认识你自己，也可以用批评家一本著作的命名来表达：在美学与伦理之间。追求修辞的欢乐属于"思想的休息"，关心伦理问题、认识社会的运转方式、指出经验世界的谬误，属于现代知识分子的道德义务。

从奥义性的、欢乐的语言，到反讽性的"世界荒诞如诗"，诗人面对语言和现实之间难以弥补的巨大裂缝，掂量着"书房的安静距囚禁之地究竟有多远"（《在陈子昂墓前》）。进入人生的冬季，语言的救赎在世俗意义上越来越渺茫，但依然是晚期写作的主要力量和慰藉。在不断地失望中，诗人依然需要用语言和痛苦喂养自己的感知力，以在失败的宿命中尽力保持些许悲剧性的尊严。

诗的相对论

——论清平的诗歌

方　婷　撰

对于很多诗人来说,诗的活力常在一些停顿或走神的时刻,日常和时间之流被割开的时刻,仿佛生命的贝叶经就藏在血肉模糊之间。写作像钉进去的楔子或投进去的石子,它们会形成一些截断或暗礁,以此生命获得一个暂时的缓冲。诗人得以在缓冲中喘口气,并去确认自己追问和活着的真实性,但很快楔子又要由自己亲手拔出。他们通常是自己诗歌的建构者,也是自己诗歌的解构者。

读清平的诗,一开始会觉得平淡,像一些画家的起笔,看不出什么神奇之处,但随着阅读的推进,诗义的波澜慢慢开始出现,微妙感升起,像行船经过一些暗礁时形成的小小漩涡,表面并不复杂,但目光难以穿透。他似乎一开始就拒绝清晰地说出自己,而是要在日常的清晰中制造一点混乱,这些混乱通向不知名的语义分叉的小径,一种矛盾的心境。有时,甚至会让人觉得这些诗不像写出来的,一次成型的诗,而像改出来的诗,因为它总是能在阅读即将进入疲惫感时很恰当地给你一句惊喜，一个障眼法，一次变奏，一处点染，一种陌生感。他有自己独特的句法和构成方式，但是这种写法和他的精神世界到底构成了什么样的联系呢？在对他的诗进行了大量的阅读札记之后，我发现了他的诗对相对论的执着。

诗的开头多是寻常之物，一些生活中的小景。目光从一个事物跳到另一个事物上，渐次延伸，思绪也随之慢慢展开。这些不是人人都能看见的，现象学意义上的呈现吗？突然笔锋一转，用一种更含混、更抽象的描述化解了前面的现象，诗义的位移第一次发生。接着，用一种观念或命名去回应含混之处，它们通常是一些比较大的词，诸如理想、命运、秩序等。诗义的转折第二次发生。为了让观念获得一种弹性或神秘感，需要一种更奇特的修饰或比喻去推进，诗义的延伸第三次发生。这通常是其一节诗的构成方式。有时写作中缺乏耐心，也会在第二次诗义转折中草草结束。

比如《鱼》，暗礁埋藏在"相反的力量吐着泡"，"决定着理想"，"那么脏，不像我暮年的呕吐物"，"不似我的往昔"几处，它们与湿地、柳树、烂泥、毛巾，这些具体的景和物构成了一组对应和平衡关系。前者具体、明确，后者指向模糊、抽象、个体性、时间等。词语越出它稳定的范畴，抵达不可明言处，辽阔之处。接着，同样办法持续在第二节中，漩涡出现在"秩序中有了讨孩子欢心的混乱"，秩序和混乱也构成了一对相互阐释的天平。这种相对论的写法很符合诗人想要说出的日常本身具有复杂性和玄秘性这一认识。诗的气氛一开始指向广远的、压缩的空间,会给人较强的寂静中的压抑感,随之出现压抑中的反弹与延伸,然后,一些景物和情绪活跃、缤纷起来。"慢慢地"是全诗气氛的转折处,"秩序"与"混乱"的互文产生化学反应。最后,"退出了","藏不住了","告别了",指向一种结束、显露。

在清平的其他诗里,显露还与放弃、上升、照亮、停下、散开、还给、唤回、拆穿等形成了整体上的同构关系。很多诗进入尾声的方式似乎都遵循着这样一个过程和方式,好像攥紧秘密的拳头慢慢松开,或者含混中逐渐析出底色。他是自己诗歌迷雾的制造者,也是拨开这个迷雾的人。仔细体味这个过程,还会发现,他所谓的显露也带有去蔽、消逝和苏醒的意味,光亮感对神秘性的驱逐,给无法携带之物一个去处,对慢、松与停顿的渴望,并暗示出时间之流缓冲分叉后的合拢。有时疑心,他的诗都是失眠的诗,迟睡的诗。

清平非常擅于用这种相对论的写法去结构一首诗,只是这种相对论也不完全是一个固定的模式,而是一种写作的思维和意识构成,甚至是一种语感。《漫长的夏季》《秋夜》《西行记》《我写我不写》等都具有这样的特点。《漫长的夏季》一开始对夏天的描述就是这样:

> 我感到漫长的夏季
>
> 在暴戾的享乐中,
>
> 不停地推卸掉去年的责任。

一样的酷热在它的

粗俗的厌烦中长出了

不同以往的大片的浓荫。

　　用一些反向的、完全不同质感的词相互修饰,但又能达到内在性上的贴切与同步,且这种相互修饰加深着诗的整体氛围,使得夏季超越了它的日常与实指,构成了某种暗示。包括"夏日的晴空不是被恐惧/而是被热爱混淆着",不只是描述,连判断中都包含着不同质感的相互关联,像诗的两条经纬相互交织与缠绕。

　　在诗的节奏和语感上,清平用一种系列短句的办法构建一首诗气势上的效果。短句的切分精简、截断、肯定,联络在一起又能形成酣畅的语流。但他不是像其他现代诗用韵和排比等办法去做,而是通过杂糅不同语态,包括陈述、质疑、反问、感叹等,同时赋予这些语态以不耐烦、调侃、打趣、遗憾、沮丧等各种情绪,还能兼顾古典诗文、歇后、俗语和现代语汇。这一点上,《风诗》《天性诗》《十一月》等就比较明显。这也是其诗的相对性在句法上比较彻底和灵动的地方。且他还时常会在相对中掺入一种辨析的眼光,多数时候,是在语言的即兴生成产生的斟酌与辨析,并把这个辨析的过程带入到诗歌文本中,比如《风诗》中片刻与此刻,《回忆,生活》中历史的迷雾与工地的迷雾,《山寺即景》中的低语与低频等。

　　这种诗的相对论妙处在于使得诗歌的内部空间具有一种张力,一种无边广大与细致精微之间的冲突意识。而且在完全不同的质感中,诗人如果编织得巧妙,可以融汇很多层面的内容,获得一种较好的包容与平衡,并带来一种意想不到的效果,甚至是一种晦涩的清晰。这令我想起谢默斯·希尼在谈到 T. S. 艾略特的诗歌时曾说到,年轻时读他的诗总以为那些观念与感觉相互修饰的晦涩之处是出于一种知识、文化,一种傲慢的拒绝,后来才慢慢理解其实是诗人早慧的直觉。我不清楚清平最早的写作是什么样的,但他现在的诗也具有这种在观念与感受的相对性中寻求包容与平衡的特点,而且在多年的写作修养中,他能把不同面向的质感杂糅在一处而不悖于新诗之理,把彼此之间的关联性处理得比较自然、恰当,甚至是轻巧。

比如《蝙蝠》中,一个迟睡者被不同声响和光亮叨扰起来的时刻,从半卷窗帘下的黑,轰鸣与不可信的鬼神,许多人吊在上面的粗大玫瑰,胡同与成吉思汗,庸碌上升到极乐,偶尔回头的行人脸上小人跳着快乐的舞,等等,展开诗路,这些不同面向的语汇、描述与修辞将日常生活、神迹、梦、历史,还有写作本身的体验混合在一起。

> 命运降得很低了,
>
> 想象力微张着翅膀,
>
> 轻轻地, 再逞能的飞,
>
> 希望无愧于一个人的停顿。

作为漩涡的中心,诗人对写作本身的反观,也作为一部分体验微妙地揉进了这个清晨和这首诗中。清平的诗歌中有很多类似的细节都显示出这样的天赋,而且他能写得气脉贯通,仿佛是出于一种直觉的力量。

也许,我们可以分别用东西方的"一花一世界"和"羽毛称重灵魂"来理解这种写法。花和世界,羽毛和灵魂构成了两极性,它们是相对的两种话语、两个边界、两种维度、两种质感与理解方式,但两者又可以合在一起相互构成一种世界观。在清平的诗歌中,这种两极性发生在黑洞与豆包之间,自由与头晕之间,夕阳与强盗之间,豆腐干与暮年之间,褶皱与天性之间,安静与幼年的麻雀之间,低语与晚死之间,喜鹊与江山之间,等等,原本不相干的事物和情态,经过他的穿针引线可以建立一种微妙联系,并形成强烈的陌生感与张力,在具体可感和可思之间寻求一种平衡。这种两极性也经常发生在一些偏正关系的语言中,暴戾的享乐,公正的错误,自由的臣服,节俭的轮回,战俘的游览,真实的虚无等,用观念上的两极词汇进行相互限定,类似我前文所说的晦涩的清晰,我们不能不承认这些相对论在我们的体验中确实存在,而且让我们看到了生活和真理本身悖谬性的一面,以及在空间观念上,诗人的感受也在努力扩大一种两极体验,如不能容忍的广大与绿叶初绽的庭院之间,太平洋与红星胡同十四号之间,流水、行云与芳邻之间,江南与化肥厂的传达室、厨房之间,郢都、汴梁与特洛伊之间,极尽辽阔之势与眼前之景的扩展,也构成了一种空间的张力,包括历史时空,甚至有点蝴蝶效应,或雨落在迦太基庭院的意思。

但问题不在于花与世界,羽毛与灵魂是否能形成互喻,而是企图用花来直接抵达世界,用羽毛直接权衡灵魂的做法在诗歌中是否成立,是否得当?它的危险是什么?花与世界,羽毛与灵魂之间遥远的距离是什么,在诗歌中能说清吗?退而求其次,是否可以通过诗说出两极之间的复杂性呢?两极之间不同面向的连接是什么?这样的诗缺乏耐心时是不是也可能成为他自己反对的"沧海一粟渺茫诗"?如果这样去看,那清平所致力于的诗,在根本上不也是顿悟的诗吗?

且这种相对论有一个软肋,就是容易简单地把新生活和旧静默,往昔与现在,旧螺丝与新机器,老祖宗、旧眼光与新生活,旧的火焰与新的活跃,新思想与旧感伤,庸碌与极乐,死亡与永生,回忆与现实等并置,构成一种价值彷徨,使诗人陷入一种无从选择的境地,甚至是一种遗憾的、被弃的心理处境中。诗人似乎特别在意这种新与旧之间的关系,有一部分诗的结尾都流露出这样的口吻和心境,不甘于臣服、妥协,又无法超越。如《秋夜》结尾所写:

> 朴素的,有趣的,自由的臣服,
>
> 就这样和他们的新生活相连,
>
> 并对有幸进入他们灵魂的
>
> 少数不寻常的时间做鬼脸,
>
> 吐舌头,达成'啊'地一声的妥协。

255

这便产生出一个更深的问题:在写作中,一个人如何走向自己的反面? 一种写作的局限性是不是也最终会限制一个人的意识与行动? 当我们用这种写作经验来审视自己的生活时,如何变得悬而未决? 对于一个写作者而言,写作经验和语言经验就是他最基本的经验,这个基本经验和生活本身又构成了一种什么样的联系? 积极思想导致的厌食如何疗愈?

还有一点使我不解,清平的诗在时间观上总是流露出一种今非昔比、物是人非的感伤。且这种今昔之间的对比关系,让他将自己的生活定位在一条短暂的流连的路上。其短暂性在于他的时间观和历史观中活跃着一种很强的轮回意识,两极之间流转与周期的时间观,以及霎那即永恒的时间疑问。比如他写过几次的《南小街》《重游南小街》,诗人游走在拆建后的南小街,从眼前之景产生的新旧意识,为心虚和幻想,惊呼与感伤困扰,《风诗》中对南北变迁的历数,也带有明显的六十年一甲子的轮回意识,《华东路一带》中短暂停驻中感受到逝去的又回来的回眸体验,《端午》中所述的五分钟与命运之间的速度感,《白云间》中的霎那觉悟等。这也与前文所说"显露"的尾声构成了时间观上的来去。

可见,清平诗歌对相对性的执着,已经部分渗透到他写作的语汇选择,诗法构成,以及价值判断上了。尽管他的相对论并不是非此即彼,但也在两极之间构成了某种犹疑。不能确定的是,这是他有意为之,还是文化引导的,或无意识间产生的形态。就像他想要给予的那个自我形象与流露出的自我形象之间的差距一样。他想要寻求的那个"神秘的惊骇",来自发现还是制作?

行文至此,我也对自己的批评产生了疑问。相对论的意识固然已深入到清平的诗歌写法和生命意识的关联之中,但这种发现的清晰性会不会恰恰忽略了清平诗歌中最迷人和显露才华的地方,那些含混的、直觉的、半透明的、只可意会的转折之处?

从"波浪"到"皱褶"：刘南山的神游诗

一行　撰

　　诗集《海上生皱褶》收录了刘南山在 2004—2020 年间写的 96 首诗。读者们会看到,这本诗集的诗歌分布是很不均匀的:第四辑"皱褶"和第五辑"新古"占到了总篇幅的三分之二,其中第五辑占了近一半的篇幅;前三辑以短诗和组诗为主,而在第四辑和第五辑中则以系列诗、中型诗和小长诗为主,每首诗的平均长度也有大幅增加。除了诗人们普遍悔其少作、更重视近作,认为较近时期的作品才真正体现了自身风格和水准之外,这种分布的不均匀其实还有一个原因——在 2015 年以后,刘南山比之前更有写作热情和欲望了,因为他在这一时期才真正找到或确立了自身不可替代的声音、诗歌体式和诗学方法。2014 年以前刘南山的写法,基本上是以传统的叙事、抒情和较为清晰简明的观念思辨为主;而从 2015 年开始,他的诗几乎是突然变得复杂、混合和晦涩了,叙事和抒情在诗中几乎完全不见踪影,诗的主要成分和构成方式都发生了重大改变。这种变化的成果,是我称为"神游诗"的体式在诗歌写作中的定型。

在我看来,刘南山诗歌的独特体式和方法的确立,是通过自觉的断裂和转变发生的。刘南山的诗歌轨迹,可以被视为由某种"反经验主义"的内在冲动所支配,因而不断偏离乃至最终从经验主义的诗学引力场中逃逸出来的过程。他本可以成为一名优秀的经验主义诗人,他的天赋中也不乏写出具体、精细的尘世诗篇的质素;然而,几乎从一开始他便对我们时代占据主导地位的"经验主义诗学"有一些不适和疑虑。他感到,如果他沿着这条有众多诗人行于其上的道路走下去,或许会赢得更多的注意或赞许,而其代价是写得和另一些人在面貌上难以区分。但经验主义又确实对他构成了一种吸引——不仅因为他的天赋中有这样的成分,而且他认为经验主义作为诗歌方法对我们时代的写作而言是必要的和有效的。无论一位诗人想走向哪里,只要他试图走得更远,他都得经历这一方法训练的学徒期。而诗人的成熟,则是通过某种"认识论的断裂"或诗歌动力机制的转换而发生的,他需要在一种全新的诗学视野和问题意识中重构自身诗歌的起点,并将学徒期掌握的技法要素都变成新技法的材料。

刘南山诗集中的早期作品(2015年以前),多数都打上了经验主义诗学的烙印。《旅程》(2004)这首组诗,显得像是上世纪"九十年代新诗"的某种延伸。"九十年代新诗"的基本方法,是通过叙事或场景叙述来重构现实经验,并在其间或其上展开沉思和抒情。无论是学院式的、修辞化的叙述,还是更为日常的、口语化的白描,"九十年代新诗"都将"经验主义"奉为根本原则,以此来矫正沉浸于超验性和象征性之中的所谓"八十年代新诗"的空疏浮泛。"经验主义诗歌"试图让人看到、看清"眼前的东西",无论这"眼前的东西"是事物还是事件。正是这一方法塑造了刘南山最初的诗歌视线:

> 金黄的麦子叠起夜莺般优雅的波浪,路边的
> 草木欣欣向荣,几个孩子正忙着将湿润的泥土
> 蘸满水捏成塔或者房子的形状,老黄狗在旁边
> 悠闲地摇着尾巴,这一切都显示出五月的经纬度
> 正在无限拉长。这是欢欣鼓舞的节日。
> 城里或者村庄里的人正忙着磨好镰刀
> 准备又一次的收成。这些充满宁静的秩序。

(《旅程》)

《旅程》包含着不少"九十年代新诗"的常见技法:第二人称"你"带来的对话性,引语形成的多声部效果,经验观察与观念思辨的交织……诗中大段展开的关于神秘、无限性、时间和永恒的思索,表明这首诗的精神视野仍然属于上一个时代:那个还没有被媒介、信息和技术弄得混杂和碎片化的时代。这首诗的基调其实是浪漫主义的,仍然试图言说一个"宁静的秩序",它可以类

比为作为单一、透明视域的海洋或天穹：

> 我们常常惊悚于那些永恒的存在，当我们
> 在忙碌中停下来，在制作与被制作中脱身出来
> 在一种神秘的暗示下突然抬头观察起久已忘却的
> 蓝色天空时，会由于其纯净而广阔的光芒
> 产生持续剧烈的抖动。这是奇妙而精细的感触。

这"奇妙而精细的感触"作为一个"启示时刻"，既可以理解为浪漫主义的余绪，又可以兼容经验主义的内容。尽管经验主义诗学反对(作为浪漫主义后裔的)纯诗或象征诗学的不及物或不具体，但严格来说，经验主义诗学并不一定要反对纯诗的精神视野。大多数经验主义诗人都像纯诗诗人一样着迷于"生命的神秘性"和"宁静的秩序"，只不过他们认为这种神秘性和秩序主要不是存在于观念性的词语中，而是存在于词对尘世生活、对具体物的饱满触碰之中。诗人完全可以将纯诗那种单一、透明的精神视野接过来，然后在其中填充、铺满精细的经验内容。在这样一种图景中，每一瞬间、每一事物和场景都具有双重意义：一方面，它们是它们自身(而不只是象征)，是一个自身具足的完整单子；另一方面，它们又处在某种"前定和谐"之中，成为一个宏大的"秩序之海"里的一撮撮波浪。"金黄的麦子叠起夜莺般优雅的波浪"这句诗的修辞便植根于这样的图景之中，姑且不论将"夜莺"折叠进"麦浪"之中是否恰当，它都指向一种视万物皆为

"波浪"的感受方式。

如果说《旅程》中的经验主义仍然带有浓重的浪漫派痕迹，那么稍后的《永恒》(2006)就是一首更为标准的经验主义诗歌，它的叙述克制和沉稳了许多。这首诗事实上开启了刘南山写作中"家庭叙事"的谱系或序列，并一直延伸到2013年的一些短诗中。《永恒》对家庭内部伦理场景的处理方式，是通过声调的舒缓，将生命的消逝、衰老等变化拉长并放慢下来，最终将它们定格为诗行。《永恒》可以看成是"经验主义"的一次更为内敛朴实的操练，它并没有直接、明确地言说超验（"永恒"），但却将超验作为经验的瞬间图像之所以能够成像的透视焦点暗示了出来。生命透过"永恒"这个彼岸焦点所展现出的深层视野，才获得了意义饱满性。在这种"经验-超验"的透视关系中，经验主义诗学虽然侧重于经验细节的呈现，但那个超验的焦点并未被废黜，而只是隐藏起来。我们在希尼、吕德安等人的诗中读到过类似的写法：生命的某些瞬间似乎成为了超验之光透射进来的窗户或缝隙——这便是我所谓的"提纯式的经验主义"的要旨，它在雷武铃等人的诗作中得到了更具典型性的展示，并成为了当代中国新诗的一种风尚。

可是，刘南山并没有一直沿着《永恒》所从属的诗歌路线走下去。他向前走了一段，就拐弯进入了别的轨道。《永恒》这一类"家庭剧"式的叙事，在他2013年的短诗中达到一个短暂的高峰期(如《背影》和《吃药》)，然后就消失不见了。他也许是本能地觉察到这种"提纯式的经验主义"的内在局限：首先，它将诗的视野和格局限定在尘世或实际生活,特别是伦理关系(其核心是家庭)之中,而屏蔽了诗的更多可能和想象空间;其次,它热衷于由伦理之善和自然之美来显示的"秩序",几乎注定会通向"日常生活的颂歌",因而带有天然的保守性质。另外,尽管经验主义诗歌也可以包含超验(启示或神话)维度,但它对超验性的引入方式仍然是在一种单一、同质的精神图景中展开的:无论是"波浪-大海"模式还是"窗隙-光源"模式,"经验-超验"的关系原则上都是单向的,经验之物要么是超验实体的样式-表现,要么被超验之光所照亮。然而,我们显然不只是被限定于实际性,不可能只是活在伦理关系之中,我们的想象更非如此;我们在生活中也不只经验到"秩序",更多遭遇到的是混乱和无序;在我们时代由媒介、技术、社会装置等中介构成的复杂语境中,我们的精神世界也不再是用"经验-超验"的透视关系就能够阐释清楚的,相反,其中充满了各种不能被"光"照亮的暗物质和暗区域,一些异质、坚硬、混杂和不透明的东西广泛分布在我们生活的各个区间之中,构成了我们的身体-意念。如果诗歌直面这些事实,就必然会纠正或突破"提纯式经验主义"的诗学框架,而进入到更为复杂和多样的图景之中。

有一种纠正或突破,发生在经验主义诗学内部,它便是我称为"芜杂的经验主义"的诗歌方法。这种经验主义诗学承认并拥抱现实世界的混乱和无序性,它反对"提纯式经验主义"赋予生活细节以光亮和秩序的那种戏剧化的手法,认为戏剧化是不诚实的、刻意的,真正的生活凌乱、芜杂且存在于虚空之中。这一诗学立场类似于阿尔都塞所说的"偶然相遇的唯物主义",对抗各类有意无意的编造"剧本"(目的论的和透视法的)、赋予生活以"超验意义"的做法。刘南山一度也有靠近这种"芜杂的经验主义"的可能,比如《错误》(2010)中对电梯场景的叙述,就非常接近于阿尔都塞那个著名的"跳上疾驶的火车"的比喻:

> 很惊讶地发现已有人帮我选了楼层
> 电梯里亮着的四个数字,映衬三个人
> 职业男人和低头不敢看我的小女孩
> 男人不会对我多加关注。那么可能是
> 可是我不认识她,也没有任何印象
> 男人果然离开。一个快递员突然进来
> 现在三个楼层正好。但他选了其他
> 仍是幽灵般逃离。矩形里只剩下我俩
> 这究竟是怎么回事?女孩始终低头
> 直到匆匆出去。我平静下来,等结果
> 踱出电梯,一位女同事正焦急等待
> 噢,刚刚想到保罗·策兰的坚定拒绝
> 终于如此上映:关于富士康的跳楼
> 它的诗,在纸上沉浮,仿佛电梯数字
> 这就是等待的美丽素材?让它去死

电梯中发生的事纯属偶然,毫无深意或神秘性。进入电梯时会遇到谁、会看到什么,都是不可预见且无法阐释的,它留下的只是"这究竟是怎么回事"的疑惑,却并不给予任何解答。插进来的"关于富士康的跳楼"的新闻讯息也没有带来意义的明晰感。诗始于"惊讶",终于"让它去死"的焦躁情绪,这可以视为对意义或可理解性的放弃。这样的诗直接删除了诸如"永恒""神秘"之类的超验焦点,让世界从赫拉克利特所说的"最美丽的秩序"瞬间又还原为"一堆随意扔弃、混乱不堪的垃圾"。在齐整的、如同有阳台或飘窗的楼层般的诗行中,运动的是一些奇怪的、不构成任何巧合的偶然事件,恰好对应着刘南山这一时期诗学努力的方向:在形式上尽量严谨、整饬,而在内容上尽量紊乱、庞杂。

但是,诉诸"芜杂"虽然能够使诗歌直面现实的混沌无序和偶然性,却并没有越出"实际生活"的经验主义边界。"实际生活"或"经验"之外的东西,除非是作为赋予经验以意义的光亮或神话原型,都仍不能进入"芜杂经验主义"的书写之中。这样的诗并不能让刘南山真正满意。从刘南山最早的一批诗作中,我们能够辨认出,始终有一种"反经验主义"的冲动潜藏在他的写作中,并引导着他偏离、疏远经验主义诗学的惯常轨道。例如在《旅程》中,他并没有像很多诗人那样耐心地一层一层铺展经验观察的细节,相反,从诗的第三节开始,他就进入到一种脱离观察的冥想状态,并围绕着"你是谁"这一从高处而来的问题反复盘旋。他对"思接千载,视通万里"的玄思的兴趣,超过了对"眼前之物"进行如实描述的兴趣。同样的特征也体现在组诗《〈真

265

相〉及解说词》(2008)之中,这首诗对自身生存处境的反思,并没有着眼于生活细节的刻画,而是不断纠缠于那些显得抽象、虚缈的问题和意象。这些诗作固然不成熟,但其中体现出的某种倾向性的特点却在后来得到了保留,并被编织到更为复杂的诗歌方式之中。

在我看来,这一从开端处便存在于刘南山写作中、并构成与经验主义的持久对峙的冲动,可以命名为"神游的冲动",其实质是一种跨越历史、文本、现实等单一语境限制的玄思或幻想力。我们应该承认,对于不少诗人而言,写诗并不只是为了确认、拥抱和肯定我们正在过的生活,而是为了"更多地生活"或想象自己"在别处生活"。这是亘古即存的生命冲动,是人试图越出经验(或实际生活)的限制而运用自身想象力的渴望,是试图活在并穿梭于更多样的可能世界之间的渴望。经验主义诗学的最大缺陷,就是试图否定人的这一本能冲动并将其贬低为"空洞、抽象的妄念"。经验主义诗学对"实"(真实、现实、朴实和结实)的执迷,总是使之倾向于无视人类对"虚"(各类幻象、泛象、拟象所形成的可能性的游戏空间)的需要。经验主义诗学在中国新诗历史中的兴起,是为了矫正此前的泛文化观念和意识形态象征系统对诗歌语言的侵害,在后来却经常被理解为对一切"不依托具体生活经验的想象"的拒斥,这不能不说是矫枉过正。"八十年代新诗"中的宏大叙事的真正问题,并不是其玄想性、观念性或不及物性,而是其中的想象和观念都从属于一个集体性的象征语汇系统,缺少足够个体化的转换和发明;同时,这些诗歌的想象运动基本都发生于一个单一的、同质性的终极语境(某种形而上学的世界设定)之中,因而从内部来说缺少必要的异质性,无法以之回应或呼应当代世界的复杂境况。在今天,当我们重新思考诗歌的动力机制和构成方式时,我们就不能再简单地将经验主义的"实感"(具体感)作为唯一真实或重要的诗歌形态,而是需要认真、公正地对待被经验主义所压抑的其他诗歌潜能。而刘南山的诗恰好表明,"神游的冲动"这一潜能会如何引导一位诗人走出经验主义的诗学藩篱。

2004—2013 年这十年(诗集的前三辑),是刘南山被经验主义诗学引力场所包围的十年。这一时期他不仅写下了许多经验主义的叙事或抒情诗,而且在"神游的冲动"的牵引下,他曾尝试过各种偏离经验主义诗学的可能路径。最重要的一条路径,是强化诗的语言意识,使语言本身相对独立于经验的某些特征在诗歌中凸显出来。经验主义诗学认为,在理想状态下,语言应当成为透明的、类似于空气或水一样的介质,通过这一介质我们能够清晰准确地观看或感受到事物-场景,但语言自身却不宜直接作为语言显露。因此,当词的"词语性"得到强调或突出时,一首诗就已经不那么"经验主义"了。刘南山 2011 年写下的组诗《在途中》,便是将拆字法和训诂学知识织入对当下经验的叙述之中,这些诗可以看成是后来更为繁复的字谜游戏性质的诗作(如小长诗《悲伤》)的前奏。对汉字的"字"之特性进行特殊处理之外,这一时期的刘南山还从另外两个层面对语言意识进行强化,一是对诗的句法进行锤炼,使诗的行与句承载更复杂、曲折的结构和意义变化;二是将"元诗"意识渗透到每一首诗之中,使诗的写作在自我返照中增加更多的层级和维度。句法层面的努力,是将经验主义诗歌中的"知觉细密性"转换为非经验主义诗歌中的"语言意感的细密性"(《悲伤》是一个过渡性的例子)。而元诗意识的彰显,则是将直接经验变成间接的、经过中介和反思的经验,并最终使经验的主宰地位被写作意识所替代。2013年的《写字》和《诗与现实》中,元诗意识还只是点到即止,而在2015年的《成为诗》和《祷告》中,元诗意识扩展成为了诗的根本结构。

在某种意义上,《成为诗》和《祷告》这两首诗可以看成刘南山诗学中发生"认识论断裂"的那个时刻。在这一时刻,诗人作出决断——《成为诗》意味着诗人要用"皱褶的诗学"替代"波浪的诗学";而《祷告》更清晰地显示了断裂的缘由和实质,它将刘南山的写作划分为两个泾渭分明的阶段。《祷告》这首元诗中,嵌入了两首完全不同的短诗,它们在写法和诗学考虑上有重大差异和冲突。后一首短诗,是对前一首短诗进行反思、否定和修正之后的产物。因而,这首诗的主题就是"诗歌的转变"。在此前的一些诗(《关于个人的通知》和《无法对抗的逻辑》)里,刘南山其实已经交待了转变的部分原因。《关于个人的通知》声称:"我不喜欢他们说得太多的高尚道德/或者"人性,太人性"的眼睛/更不喜欢他们缺乏活力的性冷淡诗歌"。"提纯的经验主义者"写下的纯洁高尚、"性冷淡"的诗歌,根本不足以呈现真实个体复杂的生存感受。《祷告》中嵌入的第一首短诗,就是这种"性冷淡诗歌"的例子。而转变的另一个原因,是因为:

"我"的骄傲,令我不希望成为

任何人希望的模样

因为那意味着我终将变成"他"的面孔

　　——《无法对抗的逻辑》

　　现代诗的写作,在根本上是一个人寻求自己的本真性、独一无二性的需要。刘南山意识到,他此前的诗作,都并不完全是以自己的声音和方式写成。它们事实上是某些"他人面孔"的集成和混合物,即使写得再纯熟、老练和漂亮,也无助于使自己成为自己。因此,他像一颗星星偏离了由以往的风格典范所规定的"仪轨",跑到其外部试图创建自己的星系。在《祷告》中,嵌入的第一首短诗是以卡瓦菲斯式的声调写成,第二首短诗则是以怀疑主义的反讽声调写成,但对诗人来说,真正的转变并不是从"优雅庄重"向"怀疑-反讽"的变化(因为"反讽之诗"也是现成的、有众多范例的),而是从一种单一、透明的诗歌语境向多重语境的并置、冲突和相互辩驳转换。这里最关键的断裂,是对多重语境的折叠带来的"皱褶":

瞬间,我走到悬崖边

监白色泡沫大海鼓起皱褶

我看见它平滑的寓意

第一层皱褶是浪花盲目的运转

她只是永远匆匆向前

她的冠冕空空,椅子空空

第二层是月光洒下潮汐

那阵阵地衣韵律,如弦如泣

勾起记忆中的羞恼遭遇

第三层,写诗早晚如临大海

而我不能掷下一个色子在历史中

只能空谈四月是最残忍的月份

第四层是纯净的语言

壮丽的透明水滴

用蠕动弹走塑料尘屑

第五层,诗人们在想象

他们面对无限的皱褶,凭空造物

星光平湖中,却被理想国放逐

也许还有第六层、第七层

　　　　　——《成为诗》

这首诗对"大海"中包含的多重"皱褶"层次的理解,是以纯诗语汇写出。严格来说,从"第五层"开始,诗人才真正触及到了诗歌想象力的实质,前面几层都是对既有语言方式的摹仿。"面对无限的皱褶,凭空造物"——这里的"皱褶"并非单一、透明语境("大海般的秩序")中的"波浪"。因为"波浪"是均质、到处同一的,它只是"大海"的表现或样式;而"皱褶"乃是强度的差异性,它是无限自我差异化的运动。"波浪"是透明的,或者说有知觉上的具体性;而"皱褶"则不透明,它隐藏起了许多东西。在刘南山的诗中,这一"皱褶"的具体形态是通过"意念-语言"在多重语境中的自由进出构成的,这意味着,"波浪"所从属的"经验主义诗学"对实际生活之具体性的忠实,被一种对内在世界("意念-语言"构成的内在平面)的无限丰富性和可能性的忠实所替代,也可以说,是"现实"被"虚拟"所替代。这个作为潜在或虚拟的"内在世界",是将自然、神话、历史、文本与现实都包含进来、且在诸语境之间来回迭加、映照的由玄想开启的世界。词衍生如藤蔓和病毒,在多重时空之间制造着语言虫洞,不被经验现实所限制。

这种强调"虚拟性"的诗歌,就是我所谓的"神游诗"。刘南山最初把它归到古老的"游仙诗"谱系之中,但事实上,它与"游仙诗"有很大差异。"游仙诗"作为一种古老的玄想诗类型,其精神视野或语境仍然是单一的道教神话或道家形而上学语境,而"神游诗"则在神话和自然形而上学的宇宙之外,另行折叠了历史和现实,将各类社会装置、古今文本、当代媒介和网络技术所形成的新的空间或世界都纳入到"神游"的范围之中。特别是,刘南山在"游仙诗"的传统玄想方式之外,着重吸收了元诗的语言意识和当代材料主义诗歌的材料意识,使得"神游诗"成为了对元诗、幻象诗、游仙诗和材料主义诗歌的个体综合形态。从启动方式上看,"神游诗"接近于游仙诗和幻象诗;但从构成上说,"神游诗"更接近于元诗和材料主义诗歌。材料意识的引入,使刘南山的诗在写法上以演绎、联想和推论法为主,几乎完全抛弃了正统诗歌的抒情和叙事,甚至不进行那种明显的哲理思辨或观念分析,而是淹没在由众多材料构成的复杂联结之中。这是一种以闲谭、传奇、笔记手法构成的诗歌体式,"××论"和"××书"这种题目自然成为诗的标题,因为它们本就是从一个话题或主题引申开来的智趣之论和推演之书,其中掺杂着种种志怪、传奇、词源学、拆字法、谐音联想和其他冷僻的知识和典故。作为诗歌题目的"主题"类似于蜘蛛,写作一首诗就是织网过程,如此密集地编织是为了将尽可能多的材料吸附到网中。例如下面这首《夜游神》的开头:

就在恍恍然的一天夜里

哥德跑去戏弄孔圣的发型

我乘渡轮误驶入蓬莱

那如云堆积着飞檐连碧

起鼓般浮现的一爿老建筑

倏地从旧时节心湖星眼中走来

仿似黄粱龙的"小桃"言归

当新识老人,如目明的博尔赫斯

为我口述游方之三事

指点新知仅靠气息攀谈雨无正

并立时表演喝茶前的吐纳

窗外,一树黄梅如铜铁士兵挺立

我从它的仪式与冬的雪女中

才意识到一个事实：

将马上抵达《神曲》中但丁的年纪

我，如今名自我号灵魂

诞于一丈蜀锦织就的卵形湿地

寰宇省天帝县金枝乡

如果有人问这儿是哪里

那么他就应该读读佩德罗·巴拉莫

从死亡里扯出"巴托比"做个出身

这几段里充满了各类意义皱褶。文学人物与历史人物相折叠，东方道教神话与西方《神曲》式世界相折叠，熟掌故与冷僻知识相折叠——这样的写法一方面将众多材料折叠进诗中，另一方面又试图在诗中打开词语或语言的多重地层。这意味着在诗中增加阻力和摩擦力，造成了某种"涩"的风格。这种"涩"，也包含着对黯淡性的要求，它是对经验主义诗歌中的"光之神话"的反对。皱褶无法被光照彻，它隐藏起太多不被看到的层次和事物，因此，它与那种光洁、光滑、"短路式"的诗歌写作是迥异的。这是一种必要的、适度的"涩"，这种涩起因于诗歌的构成原理层面的语境虚拟性。诗在虚拟的多重语境中进行神游，语言并不对应于某个单一性的现实或想象，而是永远处于自身差异化（延异）的运动之中。

需要说明的是，"神游诗"并不屏蔽现实，相反，它将现实语境当成必要的一重时空,置入到由意念-语言产生的诸种神话、传奇、文本和虚拟时空之中,使之变成众镜/境相照之中的一镜/境。刘南山的写作并不致力于呈现某种单一而完整的意义或语境(某种单向度的"诗意"),他并不想讲清楚一件事或一个瞬间-场景;相反,在他的诗中我们看到的是各种潜在的语境和意义线索之间的相互较量和彼此纠正。"现实"有时是神游的出发点,有时构成了神游的终点,但经常是在某个时刻突然地、毫无预料地闪现。从某一角度来看,"神游诗"的纷繁意念-语言运动作为一种"游戏"可能会造成诗的贫血和干涩,使读者迷失在无穷衍生的语义幻象之中,这个时候,"现实"语境的出场,或许会适时地调校诗的方向,使其虚拟性获得必要的平衡:

> 鹰眼会容纳它的海洋与透明吗?
> 它随纸鸢沟通雷电之树,浪游的
> 电光羽翼,伸展纳西索斯
> 你沉醉于望时,它似银河星柳
> 倒垂于方塘的小荷梦角漩涡
> 它,会轻轻翻身。像我的夫人
> 又传递至女儿尚稚的身上
> ——《有光论》

2021 年 1 月,昆明

陌生化书写、时间意识与想象力的突围
——略论品儿诗歌

敬笃 撰

在未仔细阅读青年诗人品儿的作品之前,我曾不止一次地猜测,她的作品应该具有鲜明的女性意识。然而,或许是我的主观臆测,狭隘了我的阅读视野,让我的判断发生偏差。初读其诗,被她那充满断裂感的遣词造句深深震撼,而没有规律的句法游戏更是让人着迷。她的诗拒绝平庸,消弭了性别意识,摆脱了传统女性诗歌的书写范式。在有限的阅读视野中,我从她近两年的诗歌文本中节选其中九首,试图寻找其文本中的空间构建和显性特征。

在哲学家福柯看来,"书写就是回归,回归本源,是在最原初的运动中再次捕获自身"[①]。书写本身就是一种再创造,它在恢复语言功能的同时,也使语言获得了存在。在这个以快餐文化为主导的消费时代,正是当年荷尔德林意义上的"诗意贫乏的年

---

① 福柯:《声名狼藉者的生活》,汪民安编,北京:北京大学出版社,2016 年6 月第 1 版,第 199—215 页。

代",那么在这个时代里,诗人何为?便成了摆在诗人面前的首要问题。诗人作为社会群体的参与者,势必要融入到这个贫乏的时代。那么,面临着生存与存在的巨大精神危机,又将何去何从,我想这必定是每一个诗人内心正在默默反思的重要问题。

一、陌生化书写与主体的反叛

作为一名诗人,品儿也探寻着属于"自我"的诗歌创作之路。她极富个性化书写,为诗歌文本自身营造了一种陌生感,而这种陌生化的处理方式,恰恰符合后现代主义所倡导的让语言退回到无限之中。语言必须要卸下它自身的负担,在时间的折叠中,走向无限。品儿的个性化表达方式,并不是在刻意的强调自我的特殊性,而是在重建一个属于诗歌的"个体"和"精神自我",由此达到词与物的重构。"灵魂是布满闪电的/路。一种声音盛开,被照亮的/无眠。歌者带着时间,在荒凉中奔跑"(《而时间是》)把灵魂比作布满闪电的路,而那穿透灵魂的歌者,载着时间奔跑,这种超然的语言处理方式,从侧面展示了诗人的语言驾驭能力,也带我们进入了世人虚构的迷局之中。

诗人是灵感四溢的创造者,如何能从重复的自我构建中剥离出来,就需要严格的使用语言,在独特的生命体验中变形,重构自我,拒绝同质化、模式化。品儿的诗没有固定的程序与窠臼,她深谙词语的炼金术,总是试图在词语的变构中解放自我,释放语言的魔力,力求用最简洁方式,来还原词语本身。这种宽向度的思维意识,释放了她诗歌的张力,也完成了精神指涉的自我结构。"活着,并非废墟上冷僻的修辞……思想的岩臼往往诞生自语言的冰川""直至时间的骨缝里同样塞满了霜雪"(《失眠》)在这个失眠的场景中,真实与虚无之间来回切换,异质化的叙述,让场景更富戏剧化,同样也把失眠者的挣扎、无奈、愤慨刻画得生动细腻。德里达认为,写作自动的要求我们将自身置于自我再现与复制的虚拟空间中。写作指向事物本身,悬置在词语之间的意义,终会在庞大的语言迷宫中,完成自我镜像的勾勒。帕斯说:诗是存在的正面,语言就是现实,而且是生活和人的最终意义。语言作为存在之家,语言在借助人的言语在说话,通过语言功能的延伸,从而获得自我表达的可能性。穿越语言的多棱镜,可以开启诗意的无限空间,从而获知生活与人的终极意义。

荷尔德林所创建的那持存的东西,正是语言,而在时间与空间的统一之中,语言具有真实的无限性。[①] 诗通过词语的组合,不断地创造着新的世界。"切割。切不动的部分/最后献上祭台,此举约等同于/给石头话语权,并允许它说出岩浆和烈火"(《哑默者说》)石头本身不具备语言功能,那么诗人却赋予它话语权,这似乎是一种逻辑学上的悖论,恰是这一悖论,让语言回到了最原初的状态,并且创造了"石头"特有的世界意识。在布局句子的过

① 海德格尔:《荷尔德林与诗的本质》,孙周兴译,商务印书馆,2014 年 6 月第 1 版,第 76—81 页。

程中,诗人很注重词语的准确性,用了"约等同于"一词,这种富有幽默气息的表达,将严肃的场景盘活,那么余下的结局,似乎只是诸多可能中的一种,着一"约"字,可算得上是妙笔生花,盘活了全诗。"人们驻足,探问内心的深渊/倘若繁复细碎的花朵,只是修辞堆砌/优美的虚假。有人在暮色里/匆匆向投往深渊的影子做出求和""无法同自己决裂,成为自己的反派/倘若我不能忍住疼痛,从深渊中取出火来。"(《虚妄者说》)"深渊"是一个虚构的空间,与诗人独特的体验相关,也是叙事主体在寻找的灵魂归宿,在这里似乎一切可以经验的事物或者不可经验的事物,都会以不同的形式显现出来,恰恰符合了"虚妄者"的臆想性。尤其是"从深渊中取出火来。"是一种符号学的过渡,这种近似于黑暗意识的表达,让我们感受到"虚妄者"的主体性压抑。在波德莱尔那里,艺术地处理一种语言,意味着进行一种魔术召唤。词语的艺术化处理,让词语自身之外的某种东西从书写的隐匿中呈现出来。于是,主体的自我反叛和无法言说的语词,建构了绝对无限的句子,在诗人所感知的疼痛中抵达澄明之境。

二、时间意识与自我救赎

品儿的诗歌具有很强的封闭性,这种封闭性并不具备排他性。在生涩的词组中,我们不难发现其鲜明的主体意识,然而,这并不是自我中心主义。诗人,通过自我与时间意识的互文性,来完成其诗歌空间的建构。品儿诗歌中的时间意识来源于一种个体化的经验,在实际的写作中经过不断地转化与切换,最终演变成了她的诗歌价值。毫无疑问,品儿的时间意识和她对时间的反思,必然有着人类对时间的共通性哲学认知。诗人从自我的时间经验出发,跨越无主体性语境,通过时间的能指与所指,言说出时间之外的东西。

"答案止于,时间落入黑洞/而我尚且不能以光的速度飞行/令人沉迷的悖论还有,时间/是否必须拥有一个开端/终点又将走往何处"(《断奏》)"降落。直至时间的骨缝里同样塞满了霜雪"(《失眠》)"时值盛夏。譬如人生之渐至中途/已有篇章可以略做归纳,释解"(《在雨中》)"钥匙在门上。而时间在所有地方。无冕之王,享有众多的/臣民和疆土。"(《秋》)"剩下时间/给筑梦者的餐盘拜上经霜后,甜蜜的奥义/在敞开的纸扉,读远方和宁静"(《蜗居》)诗是语言的授予,在众多与时间发生关系的诗句中,诗人在树立一种具有自我范畴的时间观,突出表现其诗歌的风格意识和美学特征。诗句中经常把时间这一哲学家最喜谈及的抽象概念,具体或落到实存之处,赋予了时间以"物"的共通性,这种自我与时间意识的互文方式,是一种形而上到形而下的过渡形式,最终达到了拓宽诗的外延的实绩。品儿在处理时间这一宏大命题的过程中,丝毫没有胆怯,她执刀剔骨,从本质上抓住了时间的要义,并上升到存在意义上的雄奇、瑰丽。当一位诗人过于关注时间意识的时候,我们也就不难发现,其生存的焦虑和对个体生命的自我辨识感,就会尤为突出。这种来源于个体的、具体而日常的生命体验,正是她对社会及生存境遇的关注,在处理自我与他者之间的变构中,她把时间意识切入到人类共同的命运里,思考了存在与时间之间关系的这一伟大命题。在时间面前,诗人借用哲学家的思考将抽象转化成具象,以触动心灵最深邃的激情,直抵人心。浓厚的时间意识,让品儿的诗歌具备了吊诡的、神秘的宗教色彩,那些隐秘而伟大的力量,正在借助语言的外壳,完成灵魂的自我救赎,进而实现诗意的神性升华。

三、想象力的突围与符号的艺术化

余光中认为艺术创作有三个条件——知识、经验、想象力。诗歌作为语言的艺术,势必也要具备着三个条件。毋庸讳言,诗歌是最富有想象力的一种艺术形式。想象力不是幻想,亦不是幻想力,更不是对词语的肆意捏造。英国批评家柯勒律治在其《文学传记》中指出:"幻想力和想象力是两种性质截然不同的能力,这两个词并不像人们通常以为的那样是词异义同,或最多也就是指同一种能力的高下之分。我承认,很难设想把希腊词Phantasia 和拉丁词 Imaginatio 翻译成两个毫不沾边的英语单词,但……在这种情况下,对这两个词的借用就已经开始并得到公认:弥尔顿极富想象力,而考利则极富幻想力。"①弥尔顿作为启蒙时期的思想家,他的讽刺诗以及对"失乐园"人物形象的重

---

① 李枫:《诗人的神学——柯勒律治的浪漫主义思想》,社会科学文献出版社,2008 年 12 月第 1 版。

构,都兼具了柯勒律治所倡导的想象力,这种想象力为人类自由与思想的进步勾勒出崇高的"救赎图景"。

诗歌创作一旦拥有了想象力,也就插上了飞翔的翅膀,在意象的天空中自由翱翔。

品儿的诗歌,在构境意义上实现了想象力的突围,她力图在词语的变形中不断寻求"异质性",引领读者进入其预设的虚无之中。"你又写到明亮。花朵,流水。鸟的天空/蔚蓝的城堡。灵魂是布满闪电的/路。一种声音盛开,被照亮的/无眠。歌者带着时间,在荒凉中奔跑"(《而时间是》)"荒芜"是激发想象力的原始动力之一,在这首诗中,诗人巧妙地虚构鸟的天空,想象到蓝色的城堡,而歌者在荒凉之中奔跑,这种奔跑已经打破了"时间"维度,割裂了时间与空间的对立关系,使灵魂穿透万物,而此刻时间作为想象力的主体,给主体带来获得真实的陌生的惊异感。

"我将从一首褪色的老歌里/放出蝴蝶和七星虫/放出稻草人,与它手中的云雀/我将接着在澄澈之上,把你命名为/玫瑰色,轻悠的云朵/藉由午后的一阵风起,你打开/我将从你那里/试着译出一棵月桂树在夏天的沉默"(《蓝色狂想曲》)其实诗人的"狂想"并不疯狂,在一首褪色的老歌中放出的"蝴蝶""七星虫""稻草人""云雀"等现实之物,正是架构虚与实之间的一座桥梁,也是由"蓝色"衍生出更多其他的颜色,丰富了想象力,也丰腴了现实的自在之物。在传统意义上而言,蓝色象征着沉稳的女性气质,象征着博大胸怀、永不言弃的精神,象征着遥不可及,也象征着忧郁。从全诗的基调来看，"我将把你命名为蓝色/发酵，蒸馏/热至沸点，又夕光一样/浸入夜色冷却。"（《蓝色狂想曲》）品儿的"蓝色"略带忧郁，且兼具沉稳的女性气质，也为我们展示了诗人的心境。此诗从始至终都没有过大的起伏，更像一面湖水，波平如镜，恰是这种平静，更能将我们带入一种"无声无息"之中，而那"午后的一阵风"却激起了浪花，达到了"于无声处听惊雷"的效果。平凡之处见惊奇，谁能料想正是这种平静，才能更好地把我们带入想象之中。这种想象力，没有波澜壮阔，也没有宏大叙事，却拓展了想象力主体的宽度，成为世界的慧心，使"蓝色"趣味盎然，从而凸显"蓝色国度"的神秘性。

"我路过一栋建筑的时候/几个体态虚浮的男人正指点江山——某某主任，位于这片建筑的最上层/我不由加快步伐/绕过一地言语的碎片/我不关心名字/再辉煌，百年后也不过是/石碑上一个符号/我只关心我手提着的一小兜/青菜和水果，是否被大肆捆绑销售了/农药超标激素残留等附加品/我不关心一栋建筑，被人为设置的层次/我只关心这个层次所辐射到的区域/建筑自生的阴影，所占的比例"（《名字》）这是一首颇具现实主义风格短诗，有很强烈的启示意义。诗中的叙事主体"我"冷眼观世界，对功名利禄的泰然处之，更凸显出"我"对"与我无关"的事物的排斥与漠不关心，以日常诗语的方式，勾勒出一幅现实版的"冷眼旁观图"。口语式的表达，并赋予这些建筑物、建筑工地、男人、农药、菜等日常事物以反讽意义，以期达到唤醒麻木者的效果。柯勒律治曾经写道："给日常事物以新奇的魅力，通过唤起人们对习惯的麻木性的注意,引导他去观察眼前世界的美丽和惊人的事物,以激起一种类似超自然的感觉;世界本是一个取之不尽、用之不竭的财富,可是由于太熟悉和自私的牵挂的翳蔽,我们视若无睹、听若罔闻,虽有心灵,却对它既不感觉,也不理解。"找到日常事物存在的意义,恰是现实主义所要关注的。人们在欣赏现实主义作品时不会产生理解的歧义和困惑,而艺术家必须最大限度地接近现实物本身,将生活场景逼真地呈现出来。诚然,这首诗是一件现实主义的艺术品,而艺术恰是一种特殊的符号。在这里刻在石碑上的名字、农药超标激素残留等附加品都是事物的能指,而体态丰腴所表达的背后隐喻以及刻在石碑上想要永恒的价值构成了符号的所指,诗中对照的现实世界的人或物构成了指涉物,正是符号的能指、所指和指涉物之间存在着对应关系,这种对应关系实现了诗歌的艺术化处理,完成了符号的艺术转化。诗人以敏锐的眼光,用诗的语言,在日常生活中提炼出生活世界背后的隐喻,是一首现实主义佳作。

结　　语

批评家西渡指出,语言的发生不是一种普通的实践行为,而是一种创造的行动。[①] 这句话运用在品儿的诗歌上,恰如其分。

---

① 西渡:《诗参与了世界的诞生》,载《文艺争鸣》,2019 年第 5 期,第 147—152 页。

诗人通过运思的过程,正在创建那持存的东西,沿着林中路,不断地探寻一种属于自我属性的审美之路,从而获得诗意的栖居之所。她陌生化的书写方式,虽然从阅读上拉开了与读者的距离,却从审美上推进了与诗人的关系,而个体化的时间意识,更是让其诗歌创造了一个异于他者的诗意空间。她风格迥异的想象力与个性化符号的艺术处理,完成了她个人诗歌写作上的突围。毋庸置疑,品儿诗歌的未来之路,会越来越宽。

梦境·雾霾·镜像

——冯晏诗歌中的超现实主义书写

何飞龙　撰

冯晏是当代女性诗人代表之一，她的诗歌创作具有丰富的内容和广阔的视野。迄今为止，冯晏已出版包括《冯晏抒情诗选》《原野的秘密》《看不见的真》《镜像》等在内的多部诗集。冯晏是一位具有宽泛阅读经验和敏锐的生命体验的诗人。她的诗作具有庞大的容量，古今中外的文学典故、名人事迹、人文地理、自然风景，甚至宇宙天体等都是其诗歌书写的对象。冯晏的诗歌创作，并非只是对囊括于诗作中的各种景象、意象的简单再现，也绝非泛泛地抒情表达，而是表现出对现实景象的变形，于变形的超现实艺术世界中表达诗人的现实关怀。因此，读冯晏的诗歌，让人时刻觉得在进行一场语言与智力的博弈。

冯晏是创作与理论并重的诗人，其诗歌创作与理论互相印证。冯晏的诗歌创作常常深入人的心灵结构深层，激活被理性所压抑的潜意识，其诗歌创作表现出强烈的超现实主义艺术特色。通过对人的原始生命冲动和欲念的书写，营造出种种超现实主义景象,与现实世界之间形成巨大的张力,呈现实超现实主义的艺术诉求。冯晏的诗歌创作关注对象广泛,在她的诗歌作品中有三个核心意象,体现着冯晏诗歌中的超现实主义书写:梦境、雾与霾、镜像。

一、冯晏的超现实主义诗学观

冯晏的诗歌创作实践,浸润着她的超现实主义诗学观。在冯晏看来,诗歌创作,就是一种"让潜意识说话,让沉默部分绽放礼花"①。冯晏的诗学观念,印证了"超现实主义"理论的精神内核,即文艺作品就是对潜意识进行书写,表达的主体沉默的部分。在超现实主义理论视域下,艺术家致力于"将现实观念与本能、潜意识及梦的经验相融合展现人类深层心理中的形象世界。"②在冯晏的诗歌创作实践中,常常通过对超现实的物象书写,营造疏离于现实的吊诡氛围,以表达主体内在的潜意识心理。

1924 年,法国理论家安德烈·布列东发表了《超现实主义宣言》的"第一宣言",超现实主义理论作为一种文艺思潮开始得以确立。在宣言中,布列东对"超现实主义"做出了清晰的定义:"阳性词语,纯粹精神无意识活动,人们以口头或书面形式,或以

---

① 程光炜、张清华、敬文东、姜涛、张桃洲、周瓒、夏可君、姚风、冯晏、苗霞、吴丹凤、宗仁发:《词语无边界——冯晏诗歌创作研讨会》,载《作家》,2020 年第5 期。

② 林崇德、杨治良、黄希庭主编:《心理学大辞典(上)》,上海:上海教育出版社,2003 年。

其他方式来表达思想的真正作用、在排除所有美学或道德偏见后，人们不受理性控制时，则受思想的支配。"①由此可见，在超现实主义理论语境中，诗人、艺术家在表达主体内在纯粹的无意识、潜意识或深层心理时。艺术作品，就是艺术家"自动写作"时纯粹精神自然而然的外溢。

　　冯晏的诗歌创作实践，是对她的超现实主义诗学观点的最佳诠释。在《诗的格局》中，冯晏指出："诗歌创作应该是最直接深入精神核心的语言表达。"②诗人的创作是运用诗歌语言对主体的内在精神核心进行书写，将人心灵结构深处的潜意识、无意识表达出来。在人的日常经验生活中，往往会受到各种理性的规约，从而使人的潜在欲望受到压抑。在"超现实主义"理论看来，能够通过文艺创作而获得一个彼岸世界，即人的心理深层世界或者梦境等。在这个世界中，源于心灵深处的受到理性钳制、压抑的潜意识不断突破意识的围堵与控制，人的原始生命冲动和意念不断释放。被理性束缚的潜意识，不断翻涌伺机而出。在超现实主义理论语境下，艺术或诗的生发，不源于理性的思索和价值观的倾注，而是一种完全跟随幻觉、梦境等深层心灵结构的外溢。这一艺术特点，在冯晏的诗作中随处可见，例如，"露出红砖的本色，潜意识来了"(《室内生活》)、"你发现身体经络里隐藏了航海沿途的位置"(《铃儿响叮当》)等，从这些诗句可以看

---

①　安德烈·布列东：《超现实主义宣言》，袁俊生译，重庆大学出版社，2010年。

②　冯晏：《诗的格局》，载《作家》，2015年第二十一期。

出，当潜意识来袭之时，便是诗意的生发时刻。任凭潜意识的流动，诗中的每一个语词都在爆破着源于心灵深处的炸药包，并表现出强烈的反现实逻辑、反日常规律的特点。

应当注意到的是，这些诗句所营造的超现实主义景象，并非是要对现实的全然脱离。超现实主义并不是要否定现实和脱离现实，而是寻求对现实问题的解决方法，获得一种比真实更深一层的"现实的真实"。按照超现实主义理论的精神内核，就是要化解现实与超现实之间的冲突，填补二者之间的沟壑，而达于一种绝对而超越的真实。因此，超现实主义的表达是诗人内心与外界的碰撞，是对人内心深处潜藏着的无意识的点燃，并以内心之火烛照心外之物。

冯晏的诗歌创作实践就是其诗学观点的印证，并在诗歌中表达出这种观点"写难懂的诗，让现实超出所指"(《每一瞬间》)。其诗歌创作诸如"清晨，依然是预览或倾听/转发一首超现实主义诗歌《还魂夜》"(《一个周日》)、"超现实，是一种潜能被挤压的形状/或者声音。"(《错觉是你的偶遇》)等，之类诗句比比皆是。这些诗句就是作者潜意识的放任自流的文字表达，毫无任何逻辑和理性的痕迹。正如诗人在《小月亮》中所写："一颗粒子通过身体的神秘之岛"正是这种任凭潜意识在身体内穿梭的佐证。句子与句子之间毫无逻辑联系，意象与意象之间陡然急转，一切都任随潜意识的自我流溢。诗人运用毫无干系，甚至相背离的意象造成一种杂乱无章的混乱感。

冯晏诗歌创作通过对现实的变形表达，呈现出反日常逻辑的特点,同时充满了哲学思辨的味道,这也为解读她的诗歌带来了难度。杨四平、朱唐林评论冯晏的诗歌称:"她的诗是亮丽的、多姿的,温婉而大气,饱满的意象和充满哲思的诗句虽然有时给人一种不解的朦胧。"①法国天才诗人兰波在《地狱一季》中说:"凭着幻觉、错觉来写诗",这也恰是冯晏的诗歌创作所呈现出的超现实主义艺术色彩。

二、梦境:真实与梦境的连接点

所谓的"梦境",是指人进入睡眠后的一种深层心理现象。《说文解字》释:"梦,不明也",意为做梦,不能被意识清晰地说明,也就是说梦是不能被验证的。尽管梦境作为人的深层心理现象,但是梦中所表现出来的梦境也并非完全体现了人的潜意识。心理学分析学派创始人西格蒙德·弗洛伊德在《精神分析引论》中将梦分为两个层面:显意和隐意。因此,梦境的显意识为了进一步激活做梦者去挖掘隐意,它只是伪装的替代物,其作用在唤起被替代的观念。

弗洛伊德在另一本著作《梦的解析》中强调,"梦无法表现思想之间的逻辑关系……需要由解梦来恢复"。② 因此,梦境也只能由做梦的主休,醒来后在意识状态下进行表达。人在梦境中,

---

① 杨四平、朱唐林:《在新的支点上滑翔——读冯晏的诗集《看不见的真》有感》,载《文艺评论》,2007年第二期。

② 西格蒙德·弗洛伊德:《梦的解析》,三月半译,湖南文艺出版社,2016年。

一切现实世界中的既定秩序可以被打破，梦境中的一切不受现实理性的制约。正是基于"梦境"的这一特点，在许多文学艺术的创作中，"梦境"成为作家重点关注的对象。

在超现实主义文艺理论中，强调文艺创作书写主体的潜意识、梦境等。在冯晏的超现实主义诗歌创作中，"梦境"也是她重点关注并高频书写的对象。梦作为与理性相对立的潜意识，是做梦者在醒时状态下的残余心理活动。在《有些事情"喜欢过了"》中，冯晏写道："我喜欢梦境与真实连接点"，诗人试图寻找到梦境与真实的连接点。接着诗人又继续写道："我是谁——我始终喜欢这句追问/我只对看不见、摸不到感兴趣"通过这些诗句，可以看到诗人对"我是谁"的追问，对"看不见、摸不到"感兴趣，总是将现实生活经验上升到一种形而上学的思索，而真理的"昏暗性"总不断地牵引着她继续于荒谬的内部深究，"喜欢真理的昏暗性/适合深究，进入荒谬的内部"。这样，在潜意识和理性之间、梦境与真实之间两种共同源于做梦者的力量形成一种平衡状态。

在梦境与真实之间，做梦者总是试图将之进行连接，因为梦境说到底也是源于主体经验生活中被理性所压抑的潜意识。在冯晏的诗歌里，可以看到"一条花蛇从梦中向外张望"（《仲夏夜之梦》），"暴雨，让我梦见包里缺一支防身手枪。"（《仲夏夜之梦》）由现实中暴雨之狂躁带来一种对安全感的缺失，由之在梦中产生对武器的需求。在《梦见苏轼》一诗中，充分体现了冯晏对梦与真、虚与实的思辨：

虚幻还给真实犹如还给逝去，

梦醒是一种胆怯。

梦见更多逃避，陌生词语、句子。

——《梦见苏轼》

梦境是反日常的，梦境中的逻辑与经验生活中的逻辑也是不同的。在梦中，一切都顺从潜意识的自然流动，故而"梦醒"便成了一种胆怯。在这首诗中，可以看到诗人通过悖反的概念"虚幻"与"真实"、"梦境"与"梦醒"形成潜意识与理性之间的张力。当主体的深层心理结构在日常生活中受到理性的压抑，被种种现实逻辑钳制时，人的原始欲望和冲动得不到释放。然而在梦中，不受时空限制与古人会意的无秩序自由自在的情境与现实的理性秩序之间成了对照关系。诗歌的结尾处，或许也是诗人对当下人生存状态的一种思考。当下社会中，个体都是孤独的，只能通过梦境来稀释孤独感，而实际上梦是私人的，是没有读者也不需读者的幻境。因此，诗人在全诗的结尾出写道："潜入身体，梦，没有读音，旋律幽深。"（《梦见苏轼》）

对梦境的捕捉，是对主体深层心灵结构的一种自我观照，因而梦境是潜意识和理性之间的通道。在《清晨房间的局部速写》中，可以看到诗人对梦境的捕捉：

床对面墙壁的捕梦往

光束正缠绕网扣

三根羽毛垂落(代表幸运),却是灰色。

——《清晨房间的局部速写》

在这首诗的最后,诗人对"捕梦网"作了注释,这是 18 世纪的印第安人用树枝、牛筋线、羽毛等做成的用来过滤梦境的网。诗人也在利用这张捕梦网来过滤梦境、捕捉梦境,并给梦境增添了神秘色彩。在另外一首诗《思想是神秘的》中,诗人指出了"梦"的这种神秘性,"我转头,惊扰了空气,梦中有神灵的手"。仿佛"梦境"是由某种"神灵的手"所操纵,对于做梦者而言,面对梦境却显得无能为力。虚幻的梦境,毕竟不能通过实体存在的网来进行捕捉,因此在冯晏看来对梦境的捕捉与解析终究也是徒劳无效的,"是的,梦境对神经系统进行解密/研究,最终是徒劳的。"(《清晨房间的局部速写》)

当梦境与现实之间产生一种奇妙的联系时,做梦者总是试图将这二者连接起来,搭建成意识和潜意识的桥梁。在《仿佛自述》"跳出窗户才看到人群中被扩大的躁郁里/有另一个我,直到从窗口退回梦中/才发现孤独时永恒的碑文/乘船看到航标若隐若现时我确认/迷惘不仅仅是错觉,生活更像涨潮"。从窗户内外到回到梦境中,做梦者正在对"另一个我"的孤独者形象进行确证。"航标"这一意象具有指引方向的蕴涵,指向的不仅是梦中的错觉,也指向了现实生活中的潮涨潮落。梦是做梦者在有意识情境下的心理活动残余,因此梦境又可以看作是对主体在理性时刻心理活动的延伸。梦境成为现实中心理活动的补充,在梦境与真实之间,完成做梦者的自我确认。

　　冯晏在诗歌中也曾明确指出,梦境是为了完成现实中不能完成的行为,"为了飞行/每晚能出入梦境已经足够了"(《航行百慕大·第五夜》)。尽管在梦境中是对现实中既定秩序规则的颠覆,是对理性压抑的突破,但是梦境终究还是做梦者的一种深层心理现象。冯晏在《渐近渐远的日子》中写道:"清晨,梦境以外的生活又是重复"。这是诗人心灵结构深层的自由涌动,在反日常逻辑、反理性秩序的超现实主义幻境中,对主体真实的、理性的现实生活进行观照。在潜意识和理性之间、在幻境和真实之间,梦作为一个连接点,将做梦者心灵结构的两端连接起来。

三、雾与霾:真实与虚幻之间的迷墙

　　除了"梦境","雾霾"也是冯晏诗歌重点关注并书写的对象。雾与霾本是两个词语,表示两种天气现象。按照气象学的解释,雾是一种自然的天气现象,由空气中的水滴凝聚而成。霾则是由大量的肉眼无法分辨的颗粒组成,更多地是由于人类活动所造成的,多出现于城市上空。雾由水汽而成,故而又具有了水的特性,但又比水更轻盈。霾则由尘埃颗粒组成,具有了一种颗粒感,显得比雾沉重。

　　无论是雾还是霾,这两种天气现象具有其相同的特质,即都能造成人的视觉障碍。当面对这两种不同的天气现象时,审美主体会表现出不同的心理反应。由于雾与霾都能造成人的视觉障碍,因而在文学作品中的雾与霾,又具有了迷惘、虚幻、空虚、阴郁、沉重等文化蕴涵。雾与霾,就像人的心灵结构中一堵隔开真实与虚幻之间的迷墙。在冯晏的诗中,常常可以看到这种令人无法言明,模糊不清的意象。例如,"嗅觉、视野,沉入存在的迷雾里"(《今日无事》)、"白雾抹去屋顶,果实落空树枝/荒野散尽了暖流"(《思想是神秘的》)等等。雾气、雾霾的意象,自身具有不可预知和无法确定的神秘感。面对这些意象,人往往会表现出茫然迷惘,似乎人变得无能为力,既无法把握雾中景,也无法预知雾中景,只能放任其自流。在《白雾》一诗中,可以看到:

推开窗,白雾游向手,

指甲与琥珀戒面,水分子开始滑翔。

楼顶,尖塔,东正教教堂圆葱头上的十字架,

手指在翻找,在弹奏白色屏障。

没有裂缝可以过放视野,

万物,荒原,天和地,

意念不停钻孔,先放出几只七星瓢虫。

闪电,鸣笛,礼花轰炸都尝试过了,

对待自由如对待魔镜里一个绿精灵。

勒间神经的一只小黑蚁从昨夜一直在跳,

刺痛反复突破,像瓶子里有一束光。

——《白雾》

白雾作为水汽的一种形态,游向手指则是心理结构深层中受抑制的潜意识的流动。诗人常运用看似毫无关联的意象,对心理活动片段进行诗化处理。推开窗后,近处的"白雾"以自身朦胧的姿态游向手指,似乎预示着主体对这一意象的无能为力,只能任凭其游动。这里白雾已然不是自然现象,更多地是源于心理深层的投射。推开窗后,由近及远呈现在视野中的楼顶、尖塔、教堂顶上的十字架等宗教的意象,本身就具有某种象征意义和神秘性,这恰与"白雾"的品质契合。如梦境一样,从推开窗后出现的一系列意象来看,是无逻辑性的书写,仅仅是跟随着意念的流动。诗人并非是对这些源于意念的意象简单地罗列,而是通过这种破碎的、非连续性的甚至杂乱的意象折射着现实生活中的破碎性。"意念不停钻孔"是对超验性思考的可能性的尝试,在真实与虚幻之间,任凭意念自由穿梭"雾"之迷墙。

　　雾与霾时常会被组合在一起使用,实际上这种组合的使用更多地是指由于人类活动而加剧的霾。程相占从生态美学的角度来审视"雾霾",他认为"随着人类对于自然无限度地'控制、征服、改造、利用',原本是自然现象的天气变成了雾霾这种高度'人化'的天气。"①"雾霾"这种气象可以视为一种因人类自身行为而产生的,就此而言对雾霾的关注,是关切人自身的重要课题。在冯晏的诗歌中,对"雾霾"的书写并非只是对人类面临的

---

　　① 程相占:《雾霾天气的生态美学思考——兼论"自然的自然化"命题与生生美学的要义》,载《中州学刊》,2015 第一期。

现实环境的简单再现,而是在诗歌中通过将人类暴露在"雾霾"世界中,来警醒读者,并试图对现实恶劣环境作出改变。正如布列东所强调那样,"超现实主义的目标就是最终摧毁其他一切超心理的机制,并取而代之,去解决生活中的主要问题。"[①]

如果说对雾的书写体现着冯晏对主体的深层心灵结构的自然流露,对霾的关注则体现着冯晏通过对雾霾造成的幻象世界的书写来观照现实世界,体现着诗人对现实生活敏锐的洞察力和价值关怀。在雾霾中,一个扭曲的、变形的、反逻辑、反理性的世界呈现出来。在《又一场雾霾过后》,诗人写道:

> 冰河两侧,树枝垂下一条蛇尾
>
> 树干被微粒袭击,又一场抖落和扭断
>
> 此刻呼吸还在。

在"雾霾"的侵噬中,"树枝垂下一条蛇尾"尽显这个扭曲世界中的吊诡氛围,诗中的"树"也被拟人化,被雾霾中的小颗粒肆意袭击。每一次雾霾就像一场碾压式的战斗,拟人化的树除了"抖落和扭断"别无他法,所幸的是"呼吸还在"。这既是对扭曲变形的雾霾世界的书写,也通过对"树"的拟身体化处理,警醒读者,在"人化"的天气"雾霾"中,每个人都如诗中的"树"一般。诗人通过

---

① 安德烈·布列东:《超现实主义宣言》,袁俊生译,重庆大学出版社,2010年。

对雾霾来时造成的超现实世界,以及雾霾过后现实世界的描写,使得虚幻世界与现实真实之间形成巨大的张力,并吸附人们进入其中思考。因此,冯晏的诗歌呈现出一种强烈的现实感。

冯晏诗歌中的现实感来自作家对人类生存境况、人类未来命运等现实问题的观照,试图通过对现实世界的变形,于超现实的诗歌世界中,释放诗歌的某种直击读者心灵的能量,需求现实生活困境的某种出路。诗人以警告式的口吻写道:"一起隐去时,城市像一座山洞/山顶洞人,擦肩而过。"(《又一场雾霾过后》)人类文明的进程中,生态环境不断遭到破坏,诗人似乎想通过这种扭曲变形的超现实图景,警示人们,倘若生态走向了毁灭,人类只能回到"山顶洞人"时代。

同时,在这首诗中,诗人又将视点从超现实的世界中,移动到现实生活中,并且提醒人们"雾霾"的循环性:

> 一场雾霾,又过去一次,
>
> 茫然被看清了,
>
> 迟疑、紧迫感也露出脸上,
>
> 时间服刑,还会奔向下一场……
>
> ——《又一场雾霾过后》

当生态问题成为一个常态化的问题时,人们或许会表现出"茫然"、"迟疑"以及"紧迫感"。然而,这仅仅只是"一场"雾霾之后人们的表现,而"时间服刑"之后,雾霾又会再来,似乎进入一个循环。诗人警觉的意识到,雾霾给人类带来的危害以及呼吁人们不应茫然,不应该使雾霾一场之后又一场地循环着。为此,冯晏不惜收藏雾霾,在《收藏》一诗中诗人说:"我收藏雾霾"为的是"减少颗粒密度"。在这里,可以看到冯晏作为一名诗人的现实担当和价值关怀,也在通过诗歌的发声,呼唤人们对生存环境的关切。

在人类文明的进程中,如何处理人与自然环境的关系关乎着人类自身的命运。冯晏的诗歌通过对雾与霾的书写,营造了超现实主义的"雾霾"幻境,雾与霾以其自身朦胧不清晰的性质造成人的视觉障碍,成为虚幻与真实之间的迷墙。在冯晏的诗作中,诗人通过对"雾霾"两种天气意象的变形、扭曲,营造出一个诡谲的,令人不安的超现实景象。在雾与霾的世界中,一切事物被异化,现实遭遇变形。通过这种超现实主义书写,一方面表现出人类所面临的现实困境,另一方面也在呼吁人们对现实环境的关注并且寻求解决办法。

四、镜像:一面映照现实的镜子

"镜子"是映照现实世界和主体自我确证的器物,也是生活中常见的物件。在"镜像"的世界中,所呈现出的图景又是对现实世界的悖反。从镜像世界来看,是对现实世界的投影和变形。因此,在超现实主义文学理论中,"镜像"也成为一个重要的书写对象。在冯晏的诗歌创作中,"镜像"也是高频出现的意象。有时以镜子本身的形式出现,有时则以"媒介镜像"的形式出现。这些意象都有一个共同特点,即形成对现实世界的映照、扭曲的镜像。例如,"逃出冥想无人区,镜中有新月落下"(《雪花飘了一夜》)、"你已经成功挤进别人的镜子/从岩石内分裂出来。"(《基因错觉与〈湮灭〉》)、"镜子里的我,静默里有铁路"(《镜子》)等作品都表现出对"镜像"世界的书写。

冯晏的诗集《镜像》(商务印书馆,2016)标题本身就在暗示一个镜像世界,并试图意图表现一个不同于现实的变形的世界。诗集《镜像》的第一首即为《镜子》,通过对一个镜像世界的书写,并对"镜中之我"进行审视。诗人择取"镜子"这一意象,既是对现实世界的映照,也是通过"镜子"进行自我塑形。

> 镜子里的我,静默里有铁路
>
> 左脑醒来一只花豹
>
> 漂浮在森林。
>
> ......
>
> 镜子里的我是精细的,
>
> 她听到生活发出撕纸的刺耳声。
>
> 然而,粗糙是一种诱惑,始终都是。
>
> ——《镜子》

在这首诗中,呈现出一个不一样的镜中之我的世界,在这个镜像世界里同样是反意识、反逻辑的,镜像中的一切,都只是"镜中之我"脑中幻生出来的假象。作为一面镜子,尽管其生成的是假象,但却是对现实世界的映照。雅克·拉康用"镜像"理论来进行论证,"它揭示出我们在精神分析中所感觉到的"我"的形成过程"[①]。诗人反复强调镜子中的我,通过这面镜子,完成了自我形象的确立。

在冯晏的诗歌作品中,还应当注意到,"镜像"世界的形成,并非只是通过镜子本身映射出来。这种镜像的世界,还通过网络时代的电子产品生成。人对世界的观看,是通过光线折射映入视觉中的样子,人类视觉摄取的世界本身就是一个幻象。莫里斯·梅洛-庞蒂说:"世界实际上是在我们与世界的接触中呈现给我们的,而这与世界的接触正是知觉给予我们的。"[②]所谓现实真实世界,也不过是由人的知觉系统(主要是视觉)所摄取到的样子,是通过人的眼球形成的镜像。在数字时代,世界再次被人类虚拟,再次被镜像化。韩炳哲在《美的救赎》一书中说:"数字化的视网膜将世界变成显示器和控制屏"[③],在数字时代,虚拟镜像无时无刻不存在着。

冯晏在《数字模式》中写道:

> 生活继续被数字模式改变着,被多种耐心

---

① 雅克·拉康:《镜像期》,穆枫译,载《文艺研究》,1992年第三期。

② [法]莫里斯·梅洛-庞蒂:《知觉的世界:论哲学、文学与艺术》,王士盛、周子悦译,江苏人民出版社,2019年。

③ 韩炳哲:《美的救赎》,关玉红译,中信出版集团,2019年。

领取每一件携带风尘的牛皮纸或者小纸盒

获取指尖上虚拟的真实感，片刻天意

运气化身的虚无

　　在这个镜像世界中，源于心灵结构深处的原始冲动，欲念都在翻腾。在数字时代中，现实中的距离感被抹去，主体与外界直接的关系被简化。购买、社交、虚拟的旅游体验、文学的生产与传播等等都可以在数字虚拟的镜像之中完成。人与人之间的物理距离被消弭掉，人对所处的物理空间的感悟也不再像传统社会那样强烈。在镜像的世界里，真实与虚幻互相交错，主体似乎能感受到自我存在的世界就是一种"虚无"感，只能依靠手指敲击键盘时获得些许真实感。在数字时代，人走向了自我的内部，变得不关心外部世界。数字技术更替给人类带来便利的同时，也是不断对人的主体性消弭的过程，其背后潜藏着个体终将走向孤独、走向极端个人主义等一系列现实危机。于是诗人说："在都市，新恐惧来自看不见"（《内部结构》）。

　　在数字化时代，主体通过媒介镜像进行自我观照。随着人类科学技术的发展，不断的推陈出新的产品正在改变着人类的生活方式和思维方式。冯晏以戏谑而严肃的姿态写下："'思想者'由手机屏幕改变着姿势。"（《清晨的候机大厅》）当奥古斯特·罗丹的《思想者》，变成手机屏幕前的"思想者"时，令人深思。在数字化时代，主体正面临着新的异化。人类在科技的发展中延伸拓展了自身的能力，同时也处处受控制于科技，在手机屏幕前，每个人都被迫变成了"思想者"。

当现实世界中的人被数字化、被异化的时候，冯晏却有意营造一个超现实主义的世界，并说道："虚拟真好"(《飞行》)。在虚拟的镜像中，主体不必理会现真实世界中的诸多问题，"错觉里，熟人都不在"(《错觉是你的偶遇》)。当真实世界中不断在追求真实感的时候，冯晏却朝着幻觉前进，"我要起飞，飞向倒影"(《在海上》)。面对数字时代形成的媒介镜像，冯晏在《寻找绝技》写道：

> 你在找能恢复人类秩序的一种超现实主义手法
> 而不仅仅是绝望，每天数一堆数字

尽管镜像中的世界是一个幻象，却是对人们生活的现实世界的一种的映照、变形的呈现。通过对镜像世界的建构，营造一个不同于现实真实的超现实主义图景，在这个假象世界中，是另一种真实。超现实主义不是对现实的完全脱离，而是在这个所谓"绝对的现实"中，寻求解决现实问题的办法。这也是冯晏诗歌所追求的艺术表达，希望能够寻找一种改变现实困境和恢复人类秩序的"超现实主义手法"。

结　　语

随着科技的发展，尤其自第一次工业革命以来，人类的能力得到极大延伸,对世界的探知也愈发精确和深入。人越来越相信自己的理性能力,越来越倾向于认为科学技术的发展能够牵引着自我对世界真理的揭示。人类生活的真实世界也在不断地加速中,主体所要面对的现实生活经验日趋丰富而复杂。人类生活的现实世界的进步,固然对人类的认知能力有极大的提升和拓展,但是在这个过程中似乎又对主体深层心灵结构中的被隐藏的部分视而不见。在加速社会中,人们似乎来不及对自我心灵深处的潜意识进行观照。冯晏诗歌的超现实主义书写,为我们提供了一种观照自我内心深处潜意识的可能。在冯晏的诗歌创作中,诗人对被理性所压抑的潜意识、直觉、幻觉、错觉等深层心理机制进行激活,在虚幻与真实、感性与理性之间形成巨大的张力,并通过诗句释放出强烈的艺术感染力。

附录：作者简介

李　森

1966 年 11 月生，云南省腾冲市明光镇人。云南大学中国当代文艺研究所所长，教授，博士生导师。教育部艺术学理论本科教学指导委员会委员，"中华文艺复兴论坛"主席。《学问》杂志主编，《新诗品》杂志主编。出版《屋宇》（新星版）等诗文集和《法蕴漂移——〈心经〉的哲学、艺术与文学》（商务版）等学术著作 20 余部，发表论文和作品 400 余篇。《他们》诗派成员，"语言漂移说"诗学理论的创始人。

一　行

本名王凌云，1979 年生于江西湖口。现居昆明，任教于云南大学哲学系。已出版哲学著作《来自共属的经验》（2017）、诗集《新诗集》（2020）、《黑眸转动》（2017）和诗学著作《论诗教》（2010）、《词的伦理》（2007），译著有汉娜·阿伦特《黑暗时代的人们》(2006)等，并曾在各种期刊发表哲学、诗学论文和诗歌若干。

方　婷

湖南人，文学博士，毕业于云南大学，现任教于云南师范大学。主要从事诗歌批评，曾有文学评论发表于《南方文坛》《作家》等。

魏　云

1977年生，云南玉溪人，云南大学中文系讲师。著有文学评论集《一代新人的诞生》，发表论文《中国新诗的古典追求》等。目前致力于中国当代文学评论与当代思想研究。

邱　健

云南昆明人，文学博士，艺术硕士，青年评论家，云南大学中国当代文艺研究所研究人员。主要研究方向为：艺术哲学、音乐理论、文学批评等。已出版学术专著《音乐哲学》，诗集《音声小集》；在《思想战线》《音乐研究》《扬子江评论》《南方文坛》《作家》《齐鲁艺苑》《艺术探索》《东吴学术》《云南艺术学院学报》等国家级核心刊物发表多篇文章。

朱振华

1982年生，山东莱芜人，云南大学教师，云南大学在读博士,云南大学当代文艺研究所研究员。研究方向为现当代诗学、现代语言学,发表相关论文十余篇。

纪 梅

1986年生于河南杞县,文学博士。曾出版诗学评论集《情绪的启示》(云南大学出版社,2017年),有文章见于《新诗评论》《世界文学》《作家》等刊。曾获第二届"西部文学奖·评论奖"。

谭 毅

四川成都人,现居昆明,任教于云南大学美术系。已出版诗集《天空史》(2020年)、《家与城》(2017)和戏剧集《戏剧三种》(2011),并在各类刊物发表诗歌和译诗若干。

楼 河

1979年生,江西南城人。诗人,兼事评论与小说创作,曾与友人创办"野外诗社",获第二届"《诗建设》新锐诗人奖"。现居昆明。

李日月

原名李明,曾用笔名黯黯。诗人,有《七情正义》《痛苦哲学》《欢喜伦理》等诗集。云南大学中国当代文艺研究所研究员。

敬 笃

哲学硕士,在读文学博士,高校教师,诗人,兼事批评,鲁迅文学院青年作家班学员，作品散见于《星星》《博览群书》《诗探索》(理论版)《文学报》《山东文学》《散文诗》《延河》《诗潮》《扬子江诗刊》等报刊，入选诗歌、散文诗年选，获奖若干。出版诗集《凋谢的孤独》，参加星星第三届全国青年散文诗笔会、第 20 届全国散文诗笔会。

何飞龙

贵州盘州人，云南大学文学院博士研究生，从事中国当代诗歌与思潮研究。

图书在版编目(CIP)数据

中国新诗档案:诗意母语与诗之真实/ 李森主编.
--上海:华东师范大学出版社,2022

　　ISBN 978 - 7 - 5760 - 3510 - 0

　　Ⅰ.①中… Ⅱ.①李… Ⅲ.①新诗—诗歌研究—中国—当代
Ⅳ. ①I207.25

中国版本图书馆 CIP 数据核字(2022)第 240929 号

华东师范大学出版社六点分社

企划人　倪为国

本书著作权、版式和装帧设计受世界版权公约和中华人民共和国著作权法保护

中国新诗档案
诗意母语与诗之真实

主　　编　李　森
责任编辑　倪为国　古　冈
责任校对　王寅军
封面设计　卢晓红

出版发行　华东师范大学出版社
社　　址　上海市中山北路 3663 号　邮编　200062
网　　址　www.ecnupress.com.cn
电　　话　021 - 60821666　行政传真　021 - 62572105
客服电话　021 - 62865537　门市(邮购)电话　021 - 62869887
地　　址　上海市中山北路 3663 号华东师范大学校内先锋路口
网　　店　http://hdsdcbs.tmall.com

印 刷 者　上海盛隆印务有限公司
开　　本　787×1092　1/32
插　　页　1
印　　张　9.75
字　　数　190 千字
版　　次　2023 年 1 月第 1 版
印　　次　2023 年 1 月第 1 次
书　　号　ISBN 978 - 7 - 5760 - 3510 - 0
定　　价　68.00 元

出　版　人　王　焰

(如发现本版图书有印订质量问题,请寄回本社客服中心调换或电话 021 - 62865537 联系)